La Maison de l'aube

Collection dirigée par
Olivier Delavault

Nuage rouge est la première collection en langue française exclusivement consacrée aux Indiens d'Amérique.

Des grands ouvrages historiques aux meilleurs textes littéraires et aux romans, c'est tout l'univers, le monde des légendes, les traditions orales, la religion, la philosophie, la poésie, les figures célèbres et le destin glorieux et tragique de ces peuples qui seront proposés au lecteur.

Déjà parus

Elliott Arnold, *La Flèche brisée*
Michael Blake, *Danse avec les loups*
Thomas Berger, *Little Big Man*
Forrest Carter, *Pleure Geronimo*
Petit Arbre
Jean Cazeneuve, *Les Indiens Zuñis*
James Fenimore Cooper, *Le Dernier des Mohicans*
La Prairie
Thomas E. Mails, *L'Homme-Médecine des Sioux*
Stanley Vestal, *Sitting Bull*
Frank Waters, *Le Livre du Hopi*
L'homme qui a tué le cerf
Paul G. Zolbrod, *Le Livre des Indiens Navajos*

À paraître

D.C. Cole, *Les Apaches Chiricahuas 1846-1876, de la guerre à la réserve*
George E. Hyde, *Histoire des Sioux, le peuple de Red Cloud*
Mari Sandoz, *Crazy Horse*
Louis L'Amour, *Hondo, l'homme du désert*
Edwin R. Sweeney, *Cochise*

N. Scott Momaday

La Maison de l'aube

Traduit de l'américain
par DANIEL BISMUTH

Préface de Yves Berger

Nuage rouge

ÉDITIONS DU ROCHER
Jean-Paul Bertrand
Éditeur

Ce roman a paru sous le titre original

HOUSE MADE OF DAWN

Harper & Row, 1968

Ouvrage traduit avec le concours du Centre national des lettres.

ISBN 2 268 01491 6

Pour Gaye

Préface

Solitude du coureur de fond...

Entre la course d'Abel, dès les premières lignes de La Maison de l'aube *et la course d'Abel, aux dernières lignes de* La Maison de l'aube, *quelque trois cents pages composent l'un des plus beaux livres jamais écrits, écrits ici ou écrits ailleurs, partout où l'on a écrit et partout où l'on écrit. Partout, peut-être, où l'on écrira. L'un des plus beaux au monde : je le dis simplement, très simplement, sans élever la voix ni, plus qu'il ne le faut, le style. Beau et grand : le texte fondateur d'une littérature particulière et, en même temps, un livre pour tous, quelle que soit, du lecteur, la race. L'essentiel est qu'il sache lire. Qu'il ait l'oreille. Pourvu qu'il sache lire... Pourvu qu'il ait l'oreille...*

Quand paraît House Made of Dawn, *en 1968, voici donc vingt-cinq ans, des Peaux-Rouges sont auteurs de livres, certes. Écrivains, c'est autre chose. Comme on sait, les autochtones de l'Amérique septentrionale ne connaissaient pas l'écriture. Le premier texte publié d'un Indien (ou Amérindien, comme les ethnologues assurent que nous devrions dire, que nous ne disons pas) remonte à 1772 – mais c'est un sermon; le premier roman publié d'un Indien à 1840 – mais son sujet n'a rien à voir avec l'indianité. Le premier roman publié d'un Indien à traiter d'un sujet indien paraît en 1899 : Simon Pokagon raconte dans* Queen of the Woods, *où il se met en scène, l'agonie de la vie pastorale, saccagée par les Blancs, des Potawotomis. Ici et là, un Creek, un Sioux, un Cherokee à l'œuvre... mais l'œuvre est négligeable et l'auteur, justement négligé. Une exception possible : d'Arcy McNickle, Indien d'une tribu bien mal nommée, Tête Plate (Flathead). En 1968, surgit enfin – littéralement surgit – le Kiowa (Cherokee par sa mère, Kiowa par son père, il ne se reconnaît que chez les Kiowas) Scott Momaday, avec cette* House Made of Dawn *qui recevra, l'année suivante, le prix Pulitzer et qui constitue, sans injustice à l'endroit des devanciers ou des contemporains, l'acte de naissance d'une littérature indienne peau-rouge.*

« Littérature »... Comme le mot est, ici, d'un maniement délicat! Trop européen et anthropocentriste. Trop blanc, si l'on peut dire. A ce jour (et pour longtemps encore...) l'expression orale de cette « littérature » est l'essentiel. Sous cette forme, elle plonge aux racines mêmes de la race rouge : jusqu'aux quelque quinze mille ans qui datent l'arrivée du Peau jaune mongol et chinois au Nouveau Monde (comme on dira plus tard) où, abusé par les Beothuks qui, à dessein de se protéger des terribles moustiques, s'étaient enduit le corps d'une décoction de roucou, l'équipage d'un morutier basque décidera, au large de Terre-Neuve et à jamais, d'une couleur et, sans doute, d'une race...

L'écriture des Blancs a fixé cette culture orale au gré

des traductions, dans les deux siècles qui nous précèdent. Elle s'exprime dans le conte, la chanson, le poème, l'épopée, dans le discours enfin, les uns et les autres souvent d'une grande force et beauté, d'une singularité jamais démentie et d'un sens inépuisable, comme on le sait depuis au moins Claude Lévi-Strauss. Les récits de genèse, en particulier, sont admirables. Rien qui relève de la complaisance ethnologique quand bien même ce corpus fait-il le bonheur, avant le nôtre, de l'ethnologue.

La Maison de l'aube *conte l'histoire d'Abel : à la fin de la dernière guerre mondiale, qu'il a connue sur les champs de bataille, il s'en retourne chez lui, dans une famille réduite à son seul grand-père, qui l'attend. De surcroît, Abel est le meurtrier d'un albinos, crime pour lequel il a fait de la prison. Quand il descend de l'autobus qui le ramène à son passé, il est ivre. Parti à dix-sept ans, il revient à vingt-cinq, l'innocence en moins. C'est le thème de l'impossible retour, chez soi et chez les autres, sur soi et dans le temps passé : « Il avait bien essayé de parler à son grand-père mais n'avait pas su trouver les mots appropriés ; il avait essayé de prier, de chanter, de se fondre dans le vieux rythme de la langue mais il n'y était plus accordé. »*

Où, ce retour ? A Jemez, au Nouveau-Mexique, *dans le paysage-type du* Nouveau-Mexique *: le pueblo, la Mission, la mesa, le canyon. La pierre et le sable. Aussi, hélas, l'autoroute (du pueblo on ne la voit pas mais on l'entend). Dans un pays-paysage à l'image du livre : l'un des plus beaux du monde. Tout entier fait du contraste – de l'apparent contraste – que supposent les épousailles de la désolation et du sublime. Reste que l'unité peut naître de ce contraste. « Nu », « dur », « austère » sont des adjectifs qui s'appliquent à cette* *partie du Nouveau-Mexique et Scott Momaday, qui a passé un an à Paris, accepterait peut-être « janséniste ». Écoutez : « En bas, dans la vallée, le village s'étire comme un squelette écartelé en plein cœur du pays, là où la terre n'est qu'une étuve, là où la glèbe est emportée par le vent, là où toute récolte n'est que mince survivance des semailles » ; mais aussi : « Et maintenant il était sous l'empire du pays silencieux qui venait déjà de s'emparer de la lumière pour resplendir » ; et encore : « Il y avait une maison faite d'aube. Une maison faite de pollen et de pluie, dans un pays si ancien qu'on le disait immortel. Les collines étaient multicolores et la plaine resplendissait d'argiles et de sables bariolés. Des chevaux rouges, bleus et mouchetés, paissaient dans la plaine, devant la sombre immensité sauvage des montagnes. C'était un pays rude et tranquille. Tout y était beau. »*

Tout y était beau... *Sinon toujours beau, l'espace où se meut ce livre est en tout cas celui, inoubliable pour le voyageur, de l'immensité américaine, et du nomadisme qu'il entraîne. Les pages peut-être les plus fortes de* La Maison de l'aube *évoquent la grande marche des Kiowas qui, voici trois siècles, décidèrent de quitter leur pays perdu dans les montagnes de la Yellowstone, tout là-haut aux sources du Missouri et presque au Canada, pour gagner des plaines qui se révéleraient celles du nord-ouest de l'Oklahoma, au sud de l'Amérique septentrionale, voyage au cours duquel ils seront l'objet de la métamorphose qui fera d'un « peuple des forêts aveugle et soumis » « les seigneurs des plaines du Sud [1] ». Trois*

1. In *Ancestral Voices, Conversations with N. Scott Momaday*, Charles L. Woodard, University of Nebraska Press, 1989.

siècles plus tard, à l'un des héros de La Maison de l'aube, *Jean Gros Bluff Tosamah, Scott Momaday prête sa voix porteuse d'échos, et son grand souffle, pour raconter que, dans le souvenir de Aho, sa grand-mère qui vient de mourir presque centenaire, et de Ko-Sah, une autre Kiowa, centenaire celle-là, toutes deux à cause de leur grand âge les plus proches d'une épopée dont le temps, en passant, ne peut qu'altérer la mémoire, il a, lui Jean Gros Bluff Tosamah (Scott Momaday), refait le voyage du haut de l'Amérique vers le bas, pèlerin obsédé par le besoin de retrouver, en marchant sur les traces de son peuple, l'esprit même du peuple à ce moment où il entre dans l'Histoire et découvre l'orgueil de la condition humaine. Qui douterait que Scott Momaday est doué pour dire, physique et métaphysique, la grandeur, l'éternité ?*

Il l'est, par la grâce du substantif apocalyptique, cosmique et voué à l'évocation des fins dernières. A son aise quand il évoque, imagine, suppute les commencements du monde, la fin du monde, la mort et, encore et toujours, l'éternité. Par ces traits, il se situe dans la mouvance de la littérature orale de sa race : « (S'il avait pu parler) cela aurait été un chant célébrant la création. Lentement, il aurait chanté le premier monde, celui du feu et du déluge, ainsi que l'émergence de l'aube dans les collines. » Des oiseaux ? « Parfois elle observait les oiseaux qui traçaient dans le ciel des figures rapides, espiègles, mais les oiseaux finissaient toujours par s'en aller, et alors le ciel redevenait vide et éternel au-delà de toute espérance. » La maison Benevides ? « C'était une maison dont la principale particularité consistait à tenir le monde en échec, comme une tombe. » Impressionnant – et selon les substantifs que l'on a dit. Que Scott Momaday abandonne le Nouveau-Mexique d'Abel ou la Californie de Jean Gros Bluff Tosamah pour le Wyoming de ses ancêtres Kiowas, plus rude pays : « J'ai mis beaucoup de temps à m'approcher (de la Devil's-Tower) et je ne l'ai pas revue avant qu'elle ne surgisse entière, au milieu de la vallée, comme si, à la naissance du temps, le centre de la terre s'était soulevé jusqu'à percer la croûte tellurique, engendrant ainsi le premier mouvement du monde. Elle est là qui semble en effet se mouvoir, monter encore, tout comme certains arbres sans âge qui aspirent à s'élever jusqu'aux cieux » – alors je demande : quel écrivain aujourd'hui (hier ?) a cette puissance d'évocation, ce pouvoir visionnaire ?

Visionnaire : le mot juste. Dans ce livre gorgé d'espace, d'infini, de violence, de cruauté et de mort, pas un personnage (l'auteur pas moins que chacun d'eux) qui n'ait le goût et le sens de l'invisible, pas un personnage qui ne tente de voir au-delà *et, quelquefois, y réussit : « L'arc orange grandit sur le pays et s'incurva jusqu'à atteindre un diamètre impossible. Cela ne peut continuer ainsi, pensai-je, et je commençai à avoir peur, puis l'air se dissipa et le soleil recula, mais pendant un instant, j'avais vu jusqu'au centre de l'être du monde »... Scott Momaday est servi, ici, par son sens du sacré, lié à l'indianité croyante qui perdure dans certaines réserves et que tentent de retrouver, ou d'insuffler dans les esprits oublieux, de nouveaux prophètes, qui disent l'avenir improbable en puisant, pathétiques, dans le passé incertain : la matière est celle-là même, si émouvante, du lieutenant Dunbar qui, dans* Danse avec les loups, *réapprend à Dressée-Avec-le-Poing sa langue natale et perdue.*

Indianité religieuse, fervente, superstitieuse, à l'aise

dans un monde qui fourmille de signes, de sons, de messages, de symboles, d'avertissements et de magie. Indianité qui juxtapose l'animal païen et la Vierge chrétienne, le Taureau ou le Cheval et Maria de Los Angeles, la patronne des Indiens à Jemez. Indianité que l'on suit dans ses déplacements, ses migrations, ses dévotions, ses cérémonies, ses sacrifices, ses rituels, ses rivalités tribales et claniques et dans la somptuosité de ses Sociétés. Tout un peuple qui croit à l'homme-médecine et au thaumaturge. Toute une culture de mythes, tout un sacré et toute une spiritualité courent dans les lignes de ce livre et servent ici à des fins récitatives, où l'Indien Scott Momaday accomplit sa passion de l'espace, de la grandeur et du mystère. Visionnaire, oui, ici dans la beauté majestueuse : « Pendant tout l'après-midi, les chariots viendraient ainsi du sud, à une allure si lente et si régulière qu'ils sembleraient immobiles, mais en fait ils grossiraient imperceptiblement, et leurs grandes bâches grises se gonfleraient comme des voiles à l'horizon de la plaine. »

La beauté convulsive au rythme du tambour indien... Dans ce livre de la sécheresse et du torride, du désespoir et du sauvage, de l'âpreté des êtres, des lieux et des choses, la grâce est dans le ciel avec les aigles. Là, encore, inoubliable ce passage qui décrit les voltes d'un couple d'aigles dans le ciel et le vent, le mâle et la femelle à tour de rôle reprenant en le happant du bec, toujours plus près du sol (mais ils ont commencé haut dans l'azur) et sans une seule fois se poser, le serpent qui semble ne jamais devoir toucher terre. Quel ballet, quelle allégresse au pays des canyons et des mesas !

La Maison de l'aube *parle d'un temps presque révolu, retenu ici et là comme la robe sur laquelle on tire, le monde de la nature avec les nuages, la pluie, les arcs-en-ciel, les étoiles – quelque chose que nous avons cessé de voir et de savoir ou, plutôt, que nous ne savons plus voir et reconnaître – quand il constitue, en splendeur et âpreté, le tissu même, terrestre et sidéral, du livre ! A le (res)susciter, Scott Momaday excelle, comme il excelle à restituer l'ambiguïté du monde indien, en équilibre instable entre hier et aujourd'hui, entre la mesa éternelle et l'autoroute, le sacré et le profane, les dieux ou Dieu, les dieux ou rien, le calumet de la paix et la cigarette (du Bull Durham, un tabac à rouler de consommation courante...), la noblesse et une déchéance qui s'incarnait dans l'alcool seul, voici vingt-cinq ans (aujourd'hui, en plus, la drogue...). Comme il excelle à évoquer les animaux, non seulement les chiens tueurs de serpents et les aigles tueurs de lièvres, non seulement les oies sauvages et le cerf – mais aussi l'ours, qui est, dans* La Maison de l'aube, *le sujet d'une grande chasse rituelle...*

Avec ce fauve, Scott Momaday entretient d'étranges rapports (étranges pour un Blanc). Dans Set, *il décrit la métamorphose d'un homme en ours et à Charles L. Woodard* [1], *il raconte : « Je suis un ours. J'ai vraiment une nature à le devenir. L'ours, quelquefois, entre en moi et me transforme. Je ne sais jamais avec précision quand la métamorphose va se passer. Il arrive que l'intrusion de la bête donne lieu à une lutte... J'avais vingt-cinq ans quand j'ai découvert qu'un ours m'habitait... » – Scott Momaday ici prolongeant un trait essentiel de la culture kiowa (d'une grande partie de la culture indienne des Plaines) qui raconte des histoires de* bear boys, *d'enfants-ours. Non pas seulement* La Maison de l'aube

1. Ouvr. cité.

et Set – *toute l'œuvre de Scott Momaday puise dans la mythologie kiowa, dont elle exprime la puissance, l'insolite, le merveilleux, le rayonnement animal* [1].

De même considère-t-on indien, et relevant d'une conception du temps propre à la pensée indienne, l'ignorance de Scott Momaday à l'endroit des transitions. Indien aussi peut-être (mais alors Faulkner...) les retours en arrière, les répétitions (qui ne sont pas répétitives) de scènes, cet apparent désordre qui se manifeste quand nous découvrons un Abel vu par son grand-père, puis vu par lui-même à la première personne, puis vu par lui-même, cette fois à la troisième (Abel se dédoublant...), puis Abel vu par son ami indien Benally, enfin Abel vu par le narrateur. C'est là montrer avec superbe l'impuissance de l'esprit à dominer l'esprit, à démonter les mécanismes de ses sentiments et de ses décisions, à ordonner la grande confusion de l'être ontologique... La vie d'Abel est reconstituée par fragments discontinus, découpés dans le temps et ils finiront par s'emboîter les uns dans les autres, comme les pièces d'un puzzle – mais dans l'ignorance de la chronologie.

Scott Momaday : « Je pense que toute mon œuvre n'est qu'une seule histoire, de sorte qu'il y a d'évidents rapports entre House Made of Dawn, The Way to Rainy Mountain, The Names, The Gourd Dancer *et je pense que* Set *est un autre chapitre de cette longue histoire.* Set *procède de la même expérience de légende préhistorique* [2] *» (qui est à l'origine des autres livres). L'œuvre*

1. « Ce que j'écris est en quelque sorte enraciné dans la tradition orale des Indiens des Plaines, et dans toute l'expérience de mes ancêtres en Amérique du Nord. » *Destins croisés, cinq siècles de rencontres avec les Amérindiens.* Éd. Albin Michel/U.N.E.S.C.O., 1992.
2. Ouvr. cité.

serait un flux continu, que l'auteur organiserait en lui selon le genre que le flux inspire – comment s'étonner, dès lors, de la polyphonie propre à Scott Momaday : romancier, poète, dessinateur, peintre, causeur (un très grand causeur public et privé)?

A *la fin de* La Maison de l'aube, *Abel perd son grand-père Francisco et, par le truchement de la mort de celui qu'il aimait, le dernier de sa parenté, redécouvre l'héritage spirituel dont le grand-père, lui, ne s'était jamais écarté. Dans les deux pages, de toute beauté, qui ferment le livre, Abel court dans l'aube du jour (non pas* à *l'aube, mais* dans *l'aube, immense comme l'atmosphère et comme le ciel), course sacrificielle qu'il mène à perdre haleine, jusqu'à la souffrance à peine endurable d'un corps (d'un esprit) jusqu'ici rebelle, et qu'il brise.*

There was a house made of dawn. *Il y avait une maison faite d'aube...*

Yves Berger

Prologue

Dypaloh. Il y avait une maison faite d'aube. Une maison faite de pollen et de pluie, dans un pays si ancien qu'on le disait immortel. Les collines étaient multicolores et la plaine resplendissait d'argiles et de sables bariolés. Des chevaux rouges, bleus et mouchetés, paissaient dans la plaine, devant la sombre immensité sauvage des montagnes. C'était un pays rude et tranquille. Tout y était beau.

Abel courait. Il était seul et il courait. Tout d'abord, il avait couru avec lourdeur et difficulté, puis avec aisance. La route décrivait une courbe devant lui et s'élevait dans le lointain. Le village, il ne le voyait pas. La vallée était grise de pluie et la neige recouvrait les dunes. C'était l'aube. La première lueur avait pénétré la brume, mais elle était demeurée imprécise, puis le soleil était apparu sous la forme d'un grand éclat jaune qui avait transpercé les nuages. La route côtoyait des buissons de genièvre et de bouteloue, et sous la fine croûte blanche, il voyait affleurer des souches noires et distordues. La glace luisait, reluisait. Il courait, il courait. Il voyait les chevaux dans les champs et, plus bas, les méandres de la rivière.

Pendant un instant, le soleil fut entièrement caché par les nuages; une éclipse se forma et une ombre palpable vint obscurcir le pays. Et Abel courait. Il était torse nu, ses bras et ses épaules avaient été recouverts de signes tracés avec du charbon de bois et des cendres. La pluie tombait sur lui, oblique et froide, laissant des marbrures et des zébrures sur sa peau. La route tournait toujours et se perdait au loin sous le banc de pluie. Et Abel courait. Sa silhouette se découpait sur le ciel hivernal et sur le paysage clair, étiré, de la vallée à l'aube; il paraissait presque immobile, minuscule et seul.

1

Le chevelu

Walatowa, canyon de San Diego, 1945

Le 20 juillet

La rivière repose dans une vallée de collines et de champs. L'extrémité nord de la vallée est étroite, et la rivière descend des montagnes en suivant un canyon. Les rayons du soleil ne frappent le fond du canyon que quelques heures par jour, et en hiver, la neige subsiste longtemps dans les crevasses des parois. Il y a un village dans la vallée et des ruines dans le canyon. Des champs cultivés s'étendent dans trois directions autour du village. La plupart se trouvent à l'ouest, au-delà de la rivière, là où la plaine s'incurve. Parfois, en hiver, des bandes d'oies sauvages volent en triangle au-dessus de la vallée, et leur couleur se confond alors avec celle du ciel ; l'air est froid et humide, et de la fumée s'élève des maisons du village. Ici, les saisons sont rudes. L'été est torride dans la vallée, et les oiseaux viennent se poser sur le mélèze au bord de la rivière. Les plumes des oiseaux bleus et jaunes sont prisées par les habitants.

Les champs sont divisés en lopins irréguliers qui,

depuis la mesa ouest, forment une mosaïque complexe d'arbres et de jardins dont le nombre paraît disproportionné à la taille du village. Tout l'été, les hommes travaillent aux champs. Quand la lune est pleine, ils travaillent la nuit avec leurs outils traditionnels, des charrues et des houes faites à la main, et si le temps est clément, si l'eau coule en abondance, la récolte est excellente. Ils cultivent du maïs, des piments et de la luzerne, toutes choses qui se conservent facilement. Sur la berge de la rivière, du côté du village, il y a des vergers et quelques parcelles où poussent des melons, de la vigne et des courges. Tous les six ou sept ans, loin à l'est du village, a lieu la grande récolte des *pinones* [1]. Cette récolte, tout comme la présence du cerf dans les montagnes, est considérée comme un don de Dieu.

Il fait très chaud à la fin du mois de juillet. Cette année-là, le vieux Francisco conduisait un attelage de juments aubères jusqu'à l'endroit où la rivière dessine une boucle autour d'un peuplier. Le soleil brillait sur le sable, la rivière, les feuilles de l'arbre, et des vagues de chaleur ruisselaient sur les pierres. Au bord de la rivière, les pierres étaient petites, lisses et colorées; sous les roues du chariot, elles frottaient les unes contre les autres et se fendillaient. De temps à autre, l'une des juments encensait, et le mouvement de sa sombre crinière dispersait une nuée de mouches. En aval, les taillis s'épaississaient sur une langue de terre au milieu de la rivière; c'est à cet endroit que le vieil homme aperçut le roseau. Il fit entrer les juments dans l'eau, mit pied à terre et s'avança sur le banc de sable. Une

1. Graines comestibles se trouvant entre les écailles lignifiées des pommes de pin. *(N.d.T.)*

hirondelle était suspendue au roseau. Elle avait la tête en bas, les ailes à demi déployées, et les plumes derrière sa tête formaient une minuscule collerette. Ses yeux n'étaient ni ouverts ni fermés. Francisco fut déçu ; il avait espéré trouver un geai des montagnes au jabot bleuté comme un pâle ciel d'avril, ou turquoise comme l'eau d'un lac. Ou bien même, qui sait, un tangara : une plume de prière n'est jamais trop belle. Il arracha le roseau du sable et coupa le crin de cheval qui retenait la patte de l'hirondelle. L'oiseau tomba dans l'eau et fut emporté par le courant. Le vieil homme joua un instant avec le roseau ; sa tige était lisse, presque translucide comme le penne d'une plume d'aigle, et n'avait pas encore été brûlée par le soleil ou abîmée par le vent. Comme il avait coupé le crin trop court, il en prit un autre à la queue de la jument la plus proche et réarma le piège. Quand la tige fut ployée et tendue comme un arc, il la replanta avec soin dans le sable puis il effleura le roseau qui se détendit tel un ressort, et le nœud coulant s'enroula autour de son index, laissant une trace blanche au-dessus de l'ongle. *« Si, bien hecho ! »* s'exclama-t-il avant de retendre le piège sans ôter le roseau du sable.

Le soleil montait dans le ciel et le vieil homme pressa l'attelage pour s'éloigner de la rivière. Il rejoignit bientôt l'ancienne route de San Ysidro. De temps en temps, il parlait tout seul, chantait, et ses paroles couvraient le bruit du chariot : *« Yo heyana oh... heyana oh... heyana oh... Abelito... tarda mucho en venir... »* Tête baissée, les juments tiraient leur charge sans peine. Il conduisait machinalement, se contentant de maintenir une vague tension sur les rênes. Un lézard traversa la route devant les juments, trouva refuge sur une large pierre plate et demeura sans bouger, la queue recourbée sur le bord du rocher. Au loin, un tourbillon de vent progressait en direction de la rivière, mais bientôt il se dissipa et l'air redevint parfaitement immobile.

Il était seul sur la route des chariots. Plus haut à l'est, la nouvelle chaussée longeait le pied des collines. Les camions de la ville – et ceux des scieries de Paliza et Vallecitos – y défilaient sans fin, mais seuls les bergers et les cultivateurs des champs situés au sud et à l'ouest empruntaient désormais la route des chariots. Une fois parvenu au lieu-dit Seytokwa, Francisco se souvint de la course en l'honneur de la chasse et des moissons. Un jour, il s'y était distingué : dès l'aube, il s'était enduit de suie pour courir sur la route des chariots. Il avait couru à si vive allure qu'en dépit du froid et de la neige il avait senti la sueur ruisseler sur son front et ses épaules. Il avait couru jusqu'à ce que sa gorge le brûle, que ses pieds se soulèvent et s'abaissent d'une façon étrangement machinale, comme dissociée de l'effort accompli. Enfin, il avait réussi à rattraper Mariano, tenu dans toute la région pour le meilleur coureur de fond. Longtemps, Mariano avait réussi à maintenir la distance entre eux; puis, comme ils s'approchaient des enclos annonçant le village, Francisco avait subitement accéléré. En prenant la tête, il avait eu le temps d'apercevoir le visage de Mariano, en sueur et défait... *« Se dio por vencido »*... Ce visage, il l'avait frappé du revers de la main, et un bleu était aussitôt apparu sur la mâchoire de son rival. Mariano était tombé d'épuisement. Francisco avait maintenu son allure jusqu'au Milieu [1] et, même une fois arrivé, il

1. Nom de lieu. *(N.d.T.)*

aurait pu continuer sa course, sans raison, pour le seul plaisir de courir. Cette même année, il avait tué sept cerfs et sept biches. Bien plus tard, quand sa jeunesse n'était déjà plus qu'un lointain souvenir et que la maladie avait roidi sa jambe, il fit un dessin au crayon sur la première page d'un registre qu'il rangea ensuite au grenier avec ses plumes de prière. Le dessin représentait la silhouette noire et longiligne d'un homme courant dans la neige. Au-dessous, en guise de légende, une date se trouvait inscrite : 1889.

Il traversa la rivière sous le pont de San Ysidro. Les juments eurent du mal à tirer le chariot de la berge jusque sur la chaussée. Il était presque midi. Les portes des maisons étaient fermées pour lutter contre la chaleur, et même les enfants qu'on voyait d'ordinaire aller nus étaient rentrés, eux qui aimaient parfois poursuivre le vieil homme de leurs cris moqueurs. Ici et là, un chien vautré dressait la tête et le suivait des yeux sans prendre la peine de quitter le coin d'ombre qu'il était content d'avoir trouvé. Bien avant d'arriver au croisement des rues Cuba et Bloomfield, il distinguait déjà la lente plainte des pneus. C'était un son étrange, tout d'abord aigu, puis grave, qui diminuait puis s'élevait à nouveau pour devenir enfin inaudible, noyé sous le proche vacarme de l'attelage et des claquements de sabots – noyé même dans la lente, absurde, agitation des mouches – avant de ressurgir encore et encore. Il tourna à l'intersection et prit la direction du comptoir d'échanges. Il venait de parcourir environ quatorze kilomètres.

Quelques minutes après une heure, le car apparut loin dans la plaine au sommet d'une butte, et ses fenêtres captèrent un bref instant les rayons du soleil.

Le car grandit dans la prunelle du vieil homme jusqu'à ce qu'il détournât le regard, et il se mit à décrire un cercle vague en claudiquant et en lissant sa chemise neuve avec ses mains. *« Abelito, Abelito »*, répétait-il à voix basse, sans cesser de jeter de brefs coups d'œil au chariot et à l'attelage pour s'assurer que tout était en ordre. Il sentit son cœur battre et, d'instinct, il se redressa afin d'adopter une contenance digne de son âge. Il entendit le grincement poussif des freins au moment précis où la masse du car s'arrêtait en face de la pompe à essence, et seulement alors, il se retourna en feignant un mouvement de surprise. La portière s'ouvrit brusquement, Abel descendit le marchepied d'un pas lourd et titubant. Il était ivre et s'effondra dans les bras de son grand-père sans le reconnaître. Sa lèvre inférieure pendait et tremblait, ses yeux étaient mi-clos et hagards. La jambe infirme de Francisco faillit le trahir. Son beau chapeau de paille tomba, et il dut s'arc-bouter afin de supporter le poids de son petit-fils. Ses yeux s'emplirent de larmes; il savait pourtant qu'il lui fallait rire et se détourner des visages qui se pressaient aux fenêtres du car. Il redressa Abel et le guida jusqu'au chariot, tandis que le car s'éloignait enfin et que ses pneus commençaient à chanter sur la route. Durant le retour vers le village, Abel demeura affalé au fond du chariot et Francisco resta courbé sur les rênes. Les juments allèrent un peu plus vite qu'à l'aller, et près du pont, un chien jaune surgit et les défia à la course.

Le 21 juillet

Abel dormit dans la maison de son grand-père pendant le reste de la journée et toute la nuit suivante. Dès la première lueur de l'aube, il se leva et sortit. Il marcha d'un pas rapide dans les rues obscures du village et tous les chiens se mirent à aboyer. Il se faufila dans le dédale des enclos, traversa l'autoroute et entreprit de gravir la colline escarpée. Quand il fut parvenu au-dessus du village, il put voir la lumière naissante sur toute la vallée, les mesas lointaines et l'éclat du soleil sur la crête de la montagne. Dans le petit matin, le pays déployait son immensité léthargique ; on ne pouvait l'appréhender qu'en sa totalité car il n'offrait nulle prise au regard, à l'exception d'un liséré scintillant qui reculait à perte de vue jusqu'au néant du ciel. Le silence reposait sur le pays comme de l'eau ; même les aboiements frénétiques des chiens étaient affaiblis et mettaient du temps à parvenir à l'ouïe.

« Yahah! » s'était-il écrié à l'âge de cinq ans, et il était monté en croupe derrière Vidal, puis tous deux étaient allés avec leur grand-père et les autres – certains en chariot mais la plupart à pied ou à cheval – sur la rive opposée de la rivière, jusqu'au champ du cacique. C'était par une chaude matinée de printemps, Vidal et lui devançaient les cultivateurs, ils couraient dans les sillons sombres et frais, jetant des cailloux aux oiseaux qui peuplaient les ormes et les peupliers gris. Vidal l'avait emmené devant la mesa rouge et conduit à l'entrée d'un étroit canyon qu'il n'avait jamais vu auparavant. Les parois rouge vif étaient élevées, plus élevées qu'il ne l'avait imaginé, au point de paraître prêtes à se refermer sur lui. Quand ils furent arrivés au bout, il faisait aussi frais et sombre que dans une caverne. Il leva une fois la tête vers la courbure du ciel et vit passer un nuage ; il crut que c'étaient les grandes parois abruptes qui bougeaient, il eut peur et se mit à pleurer. A leur retour, il rejoignit son grand-père et le regarda retourner la terre avec sa houe. Le travail était presque terminé et les hommes ouvrirent la tranchée du fossé ; il resta debout à regarder l'eau brune et écumante qui s'insinuait dans les sillons et pénétrait dans la terre éventrée.

Sa mère était venue en chariot avec Francisco ; elle avait fait du pain, du ragoût de lapin, du café et des gâteaux ronds de farine de maïs bleu fourrés d'une confiture dont la consistance grumeleuse et douceâtre rappelait celle des figues. Tous mangèrent à même le sol, regroupés selon leur appartenance familiale et clanique, tous, à l'exception du cacique, du gouverneur et des autres notables du village assis aux places d'honneur situées le plus près des arbres.

Il ne savait pas qui était son père. Son père était un Navajo, disait-on, ou un Sia, ou un Isleta, un étranger en tout cas, et de ce fait, sa mère, Vidal et lui-même étaient considérés comme des gens à part. Francisco était l'homme de la famille, mais, même à cette époque, il était vieux et commençait à boiter. Et déjà, le petit garçon était conscient de l'âge de son grand-père, tout comme il savait confusément que sa mère allait bientôt succomber à sa maladie. On ne le lui avait jamais dit, mais il le savait d'intuition, tout comme il connaissait déjà, sans pourtant les comprendre, les mouvements du soleil et le rythme des saisons. Soudain, il fut saisi d'une profonde lassitude, il monta sur le chariot, se mit auprès de sa mère et écouta chanter son grand-père sur le chemin du retour. Sa mère mourut en octobre, et durant longtemps, il refusa d'approcher sa tombe. Tous se rappelaient combien elle avait été belle ; lui se souvenait surtout de sa voix, aussi douce que le murmure de l'eau.

Quelque chose l'effrayait. Un jour, il y eut une vieille femme. On l'appelait Nicolás teah-whau parce qu'elle avait une moustache blanche, une bosse sur le dos et qu'elle mendiait du whisky au bord de la route. Une femme Bahkyush, disait-on, et une sorcière aussi. Elle était déjà vieille la première fois qu'il l'avait vue, et ivre aussi. Il était enfant et gardait les brebis quand tout à coup elle avait surgi d'un champ de maïs et lui avait lancé une malédiction inintelligible. Il s'était enfui à toutes jambes jusqu'à un massif de bouteloue au bord d'un arroyo. Là, il avait repris son souffle et attendu le chien tueur de serpents qui fermait le troupeau. Plus tard, quand toutes les brebis s'étaient regroupées dans le lit de l'arroyo et que depuis la rive il avait pu voir le troupeau au complet, il avait lancé un petit bout de pain au chien tueur de serpents, mais alors le chien avait tressailli, les oreilles rabattues en arrière, avant de reculer lentement, en s'aplatissant, sans le regarder, sans rien regarder, uniquement à l'écoute. Soudain, lui aussi avait entendu quelque chose. Même à cette époque, il savait que ce n'était que le vent, cependant c'était un son des plus étranges. A cet instant, il avait vu le trou dans le rocher, par où le vent s'engouffrait, venait cogner puis ressurgissait. Plus grand qu'un terrier de lapin, le trou était en partie caché par un merisier. Le gémissement du vent s'était accentué et l'avait empli d'effroi. Jusqu'à la fin de ses jours, ce son demeurerait pour lui celui même de l'angoisse.

Il était plus âgé alors, mais encore un enfant, et tout l'après-midi il avait attendu à l'extérieur de la maison. Les Anciens venaient d'entrer pour la dernière fois, et il les avait entendus prier. Il se souvenait de la prière, de ce qu'elle signifiait – mais pas des mots eux-mêmes, ces mots qu'il n'avait d'ailleurs jamais vraiment entendus, mais dont seule la sonorité assourdie allait et venait dans son esprit, une sonorité ininterrompue et reconnaissable entre toutes. Même à cette époque, bien qu'il connût la raison de son attente, le temps lui avait paru interminable avant que son grand-père ne l'appelât. Le soleil baissait à l'horizon, une profonde quiétude régnait alentour. Il entra dans la chambre et s'approcha du lit. Son grand-père le laissa seul face à son frère. Il vit un visage terriblement livide et émacié, mais d'où toute souffrance avait disparu. Alors, à voix basse, et parce qu'il se trouvait seul, il prononça le nom de son frère.

Francisco le réveilla d'un coup de coude, et il s'habilla dans la froidure. Il avait alors – quel âge au fait ? – dix-sept ans, et une fois déjà il avait chassé par un temps clair comme celui-ci, une fois déjà il s'était levé aussi tôt afin de se trouver au bord de la rivière au point du jour. Oui, et le premier animal qui s'était présenté avait été une petite biche au long pelage, insouciante mais cependant prête à s'enfuir à la moindre alerte. Il avait levé son fusil sans faire de bruit – du moins l'avait-il cru – mais la biche avait déjà tendu la tête et raidi son corps. Alors, il s'était redressé, et la biche avait détalé. La détonation du fusil s'était répercutée dans les arbres, et il s'était précipité pour regarder les deux petites empreintes laissées par la biche au cours de sa fuite à travers les branchages. Un peu plus loin, il avait vu une traînée de sang, puis la biche elle-même qui gisait sur un tronc d'arbre mort ; sa langue pendait hors de sa bouche fumante et du sang brûlant jaillissait de sa blessure.

Francisco avait déjà attelé le chariot, et ils partirent. C'était le premier janvier 1937. La lune et les étoiles étaient visibles, et nul signe avant-coureur de l'aube n'était encore apparu. Le visage transi de froid, il se tenait ramassé sur lui-même et soufflait dans ses mains. Pendant une partie du trajet, il courut à côté des chevaux en faisant des moulinets avec ses bras pour les mettre au trot. Une fois arrivés à Sia, ils attendirent l'aube dans la maison de Juliano Medina. Comme l'heure approchait, Juliano fit du feu et leur offrit du café. Les Cerfs et les Antilopes étaient déjà partis dans les collines, tandis que les Corbeaux s'habillaient dans la *kiva*[1]. Il faisait gris au-dehors quand ils se dirigèrent vers le Milieu où quelques Anciens, Navajos et Domingos, étaient déjà réunis, emmitouflés dans des couvertures. Les chants avaient commencé. Dès que le soleil parut à l'horizon, les Cerfs et les Antilopes dévalèrent les collines, les Corbeaux et les Bisons sortirent de la *kiva*, et la danse débuta. Tout le monde était excité ; les hommes avaient des fusils pour la plupart, et ils tiraient en l'air avec force cris. Il regarda les Corbeaux noirs à demi nus qui sautillaient et mimaient les rapaces qui fondent sur leur proie, et il pensa qu'ils devaient avoir bien froid avec les grandes ceintures conchos scintillantes comme de la glace qui leur serraient le ventre et le dos. Mais tout allait bien. Elle était belle cette danse, presque parfaite.

Plus tard, après avoir bu du vin, il se retrouva couché auprès de l'une des filles de Medina, loin du village, sur une dune en bordure de la rivière. Elle était jolie et ne cessait de rire aux éclats, et, bien que le vin l'eût rendu maussade, lui aussi riait, mais d'un rire affecté. Quand le corps de la fille tressaillit et se détendit enfin, lui n'en était pas rassasié ; il la désirait encore mais elle se rhabilla en hâte et s'enfuit. Lorsqu'il vou-

1. Chambre souterraine où se déroulent les rites indiens. *(N.d.T.)*

lut se lever pour la retenir, ses jambes le trahirent parce qu'il était ivre. Il s'efforça de la rattraper mais elle demeurait hors d'atteinte et se riait de lui.

Un jour, il avait vu une chose étrange, un aigle au-dessus de lui qui avait refermé ses serres sur un serpent. Cette vision d'horreur sacrée recelait un sens magique.

La Société des Guetteurs de l'Aigle était le sixième groupe à entrer dans la *kiva* durant les retraites des pluies d'été et d'automne. C'était une Société importante qui, d'un certain point de vue, se distinguait nettement des autres. L'origine de cette différence – de cette supériorité – remontait à fort longtemps. Un peu avant le milieu du siècle dernier, la population du village avait reçu un petit groupe d'immigrants venus de la cité tanoane de Bahkyula, située à cent trente ou cent cinquante kilomètres à l'est. Ces immigrants étaient un peuple misérable car ils avaient subi de terribles revers. Leur pays étant limitrophe des Plaines du Sud, ils avaient constitué pendant de nombreuses années une cible facile pour les bandes de maraudeurs, chasseurs de bisons et autres voleurs. Ils avaient enduré toutes sortes de persécutions plus intolérables les unes que les autres, au point d'en perdre l'esprit. Ils s'abandonnèrent au désespoir et dès lors se trouvèrent à la merci du premier coup de vent venu. Néanmoins, ce ne fut pas un ennemi humain qui les fit succomber, mais la peste. Ils furent décimés par une épidémie si redoutable que le nombre des survivants n'atteignit pas la vingtaine quand elle s'enraya enfin, et cette poignée de rescapés aurait probablement péri à son tour parmi les décombres de Bahkyula s'ils n'avaient bénéficié de la protection des *patrones*, ces parents éloignés qui les abritèrent au risque de leur propre vie, de celle de leurs enfants et de leurs petits-enfants. On raconte que le cacique en personne s'était porté à la rencontre des nouveaux arrivants afin de les accueillir et de les escorter. Les gens du village durent observer avec une extrême attention ces âmes meurtries qui s'avançaient lentement vers eux, le regard éperdu de douleur et de désespérance. Les immigrants Bahkyush n'apportaient avec eux guère plus que leurs vêtements ; cependant, même en cet instant d'affliction et d'humiliation, ils se considéraient toujours comme un peuple à part entière. Ils transportaient avec eux quatre objets qui devaient par la suite servir à témoigner de leur identité : une flûte sacrée, deux masques pecos, l'un figurant un taureau, l'autre un cheval, et la statuette en bois de leur patronne Maria de Los Angeles, qu'ils appelaient Porcingula. Ainsi, après que maintes années et générations se furent succédé, le sang vénérable de cette tribu oubliée courait toujours dans les veines des hommes.

La Société des Guetteurs de l'Aigle constituait la principale organisation cérémonielle des Bahkyush. Son chef, Patiestewa, et tous les affiliés descendaient en ligne directe de ce groupe de vieillards qui avaient accompli cette longue marche au bord de l'oubli. Ces hommes avaient de l'allure, même à ce moment, comme si la certitude d'avoir frôlé l'extinction pure et simple de leur peuple leur avait fait acquérir un sens de l'humilité plus aigu que celui de leurs bienfaiteurs et, paradoxalement, un plus grand sens de la fierté. On pouvait observer cette ambivalence chez un homme tel que le vieux Patiestewa. Il était dur et paraissait en savoir plus sur la vie que quiconque. A côtoyer ainsi sans cesse d'extrêmes périls, les Bahkyush s'étaient transformés en un peuple de prophètes et de devins. Ainsi avaient-ils acquis ce sens éprouvé du tragique qui conférait à leur race tant de dignité et d'endurance. Ils étaient guérisseurs. Ils étaient faiseurs de pluie et chasseurs d'aigles.

Les aigles, il n'y pensait pas. Depuis l'aurore, il descendait à pied cette montagne où, cette année-là, il avait dompté un cheval pour John Raymond, un propriétaire de ranch. En milieu de matinée, il arriva en bordure d'un grand cratère volcanique situé sur les hauteurs du versant ouest de la chaîne de montagnes, le Valle Grande. C'était l'œil droit de la terre, toujours ouvert face au soleil. De tous les lieux qu'il connaissait, seule cette vallée pouvait refléter la vastitude majestueuse du ciel. Cette immense excavation semblait avoir été creusée dans les sombres pics, tel le cœur d'un orage aux couleurs d'ombre profonde et de fumée bleutée. Son diamètre d'une dimension prodigieuse offrait un spectacle magnifique. Chaque nouvelle vision du site l'avait stupéfié, et contraint à reprendre son souffle. En cet instant précis, on eût dit qu'une lueur singulièrement intense illuminait le monde et que tous les éléments composant le paysage venaient d'être soigneusement lavés et disposés au loin. Dans la lumière du soleil matinal, le Valle Grande était pommelé d'ombres nuageuses et semblait épouser les ondulations des herbes sous le vent d'hiver. Ces nuées étaient là, à demeure, gigantesques, et leurs formes ciselées resplendissaient dans l'air pur. Cependant, l'attrait principal de la vallée résidait dans ses dimensions, si extrêmes qu'un regard humain peinait à embrasser cette beauté étrange et distante. Une telle grandeur créait l'illusion, de celle qui englobe la réalité et qui, là où elle se produit, suscite toujours un sentiment d'émerveillement et d'allégresse. Il observa les facettes d'un bloc de pierre qui paraissait suspendu en équilibre sur le fil de l'horizon, et la première chose qu'on distinguait au-delà, ce vague champ brumeux sur lequel il s'érigeait, n'était autre que le fond pâle et vert-bleu de la vallée elle-même, à des kilomètres de là. Il plissa les yeux et parvint à discerner quelques taches éparses : c'était le bétail en train de paître le long de la rivière dans la plaine lointaine.

Alors, il aperçut les aigles, deux d'entre eux qui volaient très bas dans les profondeurs et remontaient vers lui à l'oblique. Il fut incapable de reconnaître immédiatement l'espèce à laquelle ils appartenaient et resta debout à observer leur errance silencieuse, farouche et lointaine dans le matin radieux. Ils s'élevèrent et franchirent la ligne d'horizon avant d'effectuer un virage qui les rapprocha de lui. En proie à une émotion intense, il s'agenouilla derrière un rocher en prenant garde de ne pas les perdre de vue.

C'étaient deux aigles royaux, un mâle et une femelle en vol nuptial. Ils s'ébattaient librement, tournoyaient, formaient des vrilles dans les colonnes d'air froid et limpide. Ils étaient beaux. Ils fondaient en piqué puis planaient, se rapprochaient l'un de l'autre et feignaient une attaque en glatissant de joie. La femelle avait atteint l'âge adulte, et l'envergure de ses ailes dépassait la taille de n'importe quel homme. Ses mouvements témoignaient d'une élégance aisée, son allure était incroyablement vive, ses rotations et ses volte-face amples, parfaitement accomplies. Son poids était important, mais elle maîtrisait à merveille la trajectoire de son corps fuselé. Elle tenait dans ses serres un serpent à sonnettes brillant qui pendait mollement dans son sillage. Soudain, ses ailes et sa queue s'ouvrirent en éventail, elle capta toute la force du vent, demeura immobile un instant, déployée et spectrale dans l'azur, tandis que son compagnon décrivait des allers et retours au loin, comme s'il était à sa recherche. Tout à coup, elle se mit à battre des ailes en frôlant le bord du cratère et gagna de l'altitude jusqu'à ne plus former qu'un point dans le ciel; elle lâcha le serpent qui tomba lentement avec des contorsions, tel un fil argenté flottant sur le vaste arrière-plan du pays. Elle plana au-dessus de lui, étincelante dans les courants d'air froid, son jabot et son camail miroitant comme cuivre au soleil. Le mâle fit un écart et s'élança à tire-d'aile. Il était plus jeune qu'elle et d'une envergure presque moitié moindre, mais montrait plus de rapidité et d'agilité dans ses mouvements. Il laissa dériver la charogne, reploya ses ailes et fondit comme l'éclair sur sa cible sans ralentir sa course, ni dévier de sa trajectoire. Il frappa sa proie à la tête, fit claquer le long corps serpentin tel un fouet, puis, emporté par son élan, il remonta comme sous l'effet d'un balancier. Au sommet de sa trajectoire, il lâcha le serpent à son tour, mais la femelle ne daigna pas s'en saisir. Au lieu de cela, elle survola la plaine et s'estompa telle une particule de poussière dans les brumes de la montagne lointaine. Le mâle l'imita, et Abel les suivit des yeux le plus longtemps possible; il les regarda virer une dernière fois, plonger, puis disparaître.

Maintenant, la Société allait entrer en action. La fin

du mois de novembre approchait et les chasseurs d'aigles s'apprêtaient à partir pour les montagnes. Il s'abîma dans des rêveries maussades, taraudé par une nostalgie étrange, jusqu'au jour où il alla voir le vieux Patiestewa pour lui raconter ce qu'il avait vu. « Je crois que vous feriez mieux de me laisser y aller », dit-il. Le vieux chef ferma les yeux, réfléchit longuement puis répondit : « Oui, je ferais mieux de te laisser y aller. »

Le lendemain, quand les Guetteurs de l'Aigle Bahkyush s'en furent à pied vers le nord pour traverser le canyon et monter dans la forêt, Abel était du nombre. Ils partaient pour plusieurs jours, s'arrêtant ici et là dans les lieux sacrés afin de réciter leurs prières et d'accomplir leurs offrandes. Tôt le matin, ils avaient quitté les arbres et s'étaient retrouvés en bordure du Valle Grande. Dans le jour naissant, le paysage s'étirait à perte de vue en une succession de collines plissées et de plaines aux herbes grises et ondulantes et ils entreprirent la descente. En milieu de matinée, ils parvinrent aux prairies inférieures, dans la cuvette. Il faisait froid et clair, l'air était transparent et coupant comme un tesson de verre. Comme ils avaient besoin d'appâts, chacun d'eux s'éloigna dans une direction différente jusqu'à former un grand cercle, puis ils convergèrent lentement vers le centre en tapant des mains et en poussant des petits cris aigus d'une voix monocorde qui ne portait pas très loin. Comme ils se rapprochaient, des lièvres apparurent dans les herbes, qui se mirent à sauter et à se regrouper. Au début, bon nombre d'entre eux réussirent à s'échapper car les hommes se trouvaient encore loin, mais, à mesure que le cercle se refermait, les lièvres se réfugiaient au centre en s'aplatissant et cherchaient à se dissimuler dans les broussailles. Parfois, l'un d'eux tentait de s'enfuir, et l'homme le plus proche lui jetait alors son bâton. Ces armes étaient de petits gourdins incurvés que les chasseurs d'aigle lançaient avec une précision meurtrière; quand le cercle des hommes eut atteint une certaine taille et qu'une très courte distance les sépara les uns des autres, bien peu d'animaux en réchappèrent.

Il se courba vers le sol, le bras tendu, tremblant de nervosité. Un énorme lièvre jaillit des herbes juste derrière lui. En deux rebonds, l'animal parcourut presque dix mètres. Abel se tourna et lança son bâton qui frappa le lièvre par ricochet au moment où il allait accomplir un troisième saut. Il fut stoppé net dans son élan et tomba, lourd, sur le sol.

Les claquements de mains et les cris avaient cessé. Il était trempé de sueur froide et pouvait entendre son cœur battre à tout rompre. Quelque chose comme une déception mêlée de remords l'envahissait à présent que les lièvres gisaient un peu partout sur le sol. Il se pencha dans les broussailles et ramassa l'un d'eux – il était doux et chaud, ses yeux lustrés par la mort brillaient comme de la porcelaine – puis il se saisit du grand mâle qui n'était pas encore mort mais seulement assommé et glacé d'effroi. Il sentit dans ses mains la masse chaude et palpitante; la vie de l'animal ne tenait qu'à un fil fragile, tendu à tout rompre par ses dernières forces.

Il rassembla quelques appâts, les rangea dans son sac, puis arracha des touffes d'herbe, coupa quelques rameaux dans un bosquet de la plaine et les réunit en un fagot qu'il put porter en bandoulière. Il se rendit à la rivière et s'y lava la tête afin de se purifier. Quand tout fut prêt, il adressa un signe de la main aux autres et se mit en route tout seul vers les parois rocheuses. Le premier plateau atteint, il se reposa un peu et contempla la vallée. Le soleil était haut qui répandait son éclat hivernal sur les pics et les nuages – une lumière pâle, sèche et uniforme. Au loin, un corbeau traçait des cercles descendants. Sur les hauteurs, là où saillait un grand pan de roche blanche, il aperçut le gîte des chasseurs d'aigles ; il s'y rendit. C'était une petite tour de pierre ouverte en son sommet, construite autour d'une excavation. Tout près se trouvait un autel constitué d'une grande pierre plate légèrement creusée ; là, il déposa une offrande. Il pénétra dans la tour et entreprit de confectionner au sommet un treillis avec des rameaux entrecroisés qu'il recouvrit d'herbes et de brindilles, sans oublier d'aménager une petite ouverture au centre, par où il fit glisser les lièvres avant de les placer avec soin sur les rameaux. Il parvenait à voir à travers l'écran boisé et verdoyant, mais cette vision était quasiment réduite à la verticale, tandis que sa proie, elle, viendrait sûrement tout droit du soleil. D'une voix étouffée, il entonna une imploration.

Les aigles volaient au sud, loin au-dessus du Valle Grande, presque trop haut pour être visibles. Grâce à leur position avantageuse, ils devaient distinguer le moindre cours d'eau dans les méandres du paysage, et même voir le grand défilé du sud, les pentes boisées, le canyon et le désert, jusqu'à l'horizon lointain de la terre qui s'incurvait face au ciel. Les aigles aperçurent les lièvres et infléchirent aussitôt leur trajectoire. Ils virèrent et fondirent en piqué vers le cratère. Quand il fut conscient de leur présence, ils se trouvaient déjà très bas de chaque côté du puits et s'approchaient à une vitesse sans cesse croissante. Le mâle déploya ses ailes et descendit en vol plané le long de la paroi afin de lever les lièvres, tandis que la femelle se tenait prête à s'emparer d'eux dès qu'ils s'égailleraient. Rien ne se passa; les lièvres restèrent immobiles. La femelle dépassa le piège en criant. Elle était en rage et accéléra sa course folle dans les airs puis revint dans un grand bruissement d'ailes et s'abattit sur les appâts avec une fureur redoublée. Il la vit à l'instant précis où elle frappait. Ses pattes se détendirent : l'une de ses serres déchiqueta le corps du lièvre sur toute sa longueur, tandis que l'autre agrippa son crâne et le broya. A ce moment précis, elle reposait de tout son poids sur le piège et il en profita pour l'attraper; ses mains se refermèrent sur ses pattes et il l'attira à lui de toutes ses forces. Elle ne se révolta qu'un court instant, agitant ses grandes ailes au-dessus des rameaux et des herbes – et faillit réussir à se dégager – puis elle glissa dans les ténèbres, il la chaperonna, et là, elle ne bougea plus.

Le crépuscule tombait quand il rejoignit les autres chasseurs dans la plaine. San Juanito avait lui aussi réussi à capturer un aigle, mais c'était un vieux mâle qui ne soutenait pas la comparaison avec la prise d'Abel. Tous se rassemblèrent autour du rapace et lui adressèrent quelques paroles de compassion avant de lui souhaiter un bon retour parmi les aigles des cimes. Ils attachèrent une plume de prière à sa patte et le laissèrent libre de ses mouvements. Sous le regard attentif d'Abel, l'aigle recula en baissant la tête, souleva lentement ses ailes dans une attitude farouche et craintive et puis il quitta le sol en froissant la pénombre de la vallée. Il s'éleva de plus en plus haut jusqu'à croiser les rayons dorés du couchant qui traversaient le cratère.

Quand la dernière lueur l'atteignit, il fut nimbé d'un sombre éclat. Il prit encore un peu d'altitude, s'éloigna et disparut à la vue de tous. Les yeux d'Abel restèrent fixés dans sa direction un long moment. Il le suivait en esprit et gardait en mémoire l'horrible murmure de son envol. Une vague de nostalgie le submergea. Il éprouva tout le poids de l'oiseau qu'il portait dans le sac. Le crépuscule se changea en nuit et les autres ne purent se rendre compte que ses yeux étaient emplis de larmes.

Cette nuit-là, pendant que les autres mangeaient près du feu, il s'éloigna subrepticement afin d'aller voir le grand oiseau. Il ouvrit le sac; l'oiseau frissonna, lui sembla-t-il, et tenta de déployer ses ailes. Désormais prisonnier et impuissant, son aigle n'était plus qu'une misérable silhouette informe dans le clair de lune, disgracieuse et pataude, incapable de s'envoler. Cette vision l'emplit de honte et de dégoût. Il tâtonna dans l'obscurité, trouva le cou de l'animal et l'étrangla.

Tu dois faire ceci et cela, lui disait son grand-père.

Mais le vieil homme n'avait pas compris et ne comprendrait jamais. Il ne faisait que sangloter, et Abel l'avait laissé seul. C'était l'heure de partir; le vieil homme se trouvait aux champs. Personne pour lui dire au revoir ou pour lui expliquer comment cela allait se passer; Abel mit les mains dans ses poches et attendit. Il était prêt depuis longtemps, et il était nerveux, excité et effrayé à l'idée de partir. C'était l'heure. Quand le klaxon retentit, il sortit et ferma la porte. Soudain, il éprouva le sentiment d'être tout seul, comme s'il se trouvait déjà à des kilomètres et des mois d'ici, comme s'il avait depuis longtemps quitté le village, la vallée et les champs, tout ce qu'il connaissait et avait toujours connu. Il marcha vite, le regard fixé droit devant lui, sous le joug de la solitude et de l'appréhension. Jamais encore il n'était monté dans un véhicule motorisé ; il s'assit près de la fenêtre et perçut aussitôt les trépidations du moteur et la brusquerie du démarrage. Les murs du village s'évanouirent. Sur la côte qui menait à l'autoroute, le car s'inclina et grinça ; il sentit les pertes d'élan et les cahots dus aux changements de vitesse. Il y eut alors beaucoup de bruit et de précipitation, et il tenta désespérément de saisir leur signification afin de s'y accoutumer. Quand il pensa à se retourner pour regarder en direction des champs, il était trop tard.

Tout cela – tout ce qui avait directement précédé son départ – il pouvait s'en souvenir dans les moindres détails. C'était plutôt le passé récent, l'écoulement insignifiant des jours et des années, cette succession d'horribles accalmies et de heurts, ce temps immédiat et néanmoins confus, c'était cela qu'il ne réussissait pas à ordonner. Seul subsistait un souvenir, fragmentaire et acéré, qui souvent lui revenait.

Il s'était réveillé sur le flanc d'une colline boisée. C'était l'après-midi, et partout il y avait des rayons de lumière obliques. Le sol était couvert de feuilles humides, collées entre elles. Il ne savait pas où il était, et il était seul. Non, il y avait des corps près de lui, des corps humains ; il pouvait vaguement les voir, qui jonchaient le sol entre les trous, leurs membres éparpillés sur la litière de feuilles mortes, et d'autres feuilles tournoyaient dans les rayons de lumière, des centaines de feuilles qui tombaient sans bruit. Pourtant, il y *avait* du bruit : sourd et incessant, presque lointain, un bruit qui, lentement mais sûrement, se rapprochait. Le bruit était au-dessus de lui, derrière lui, sur l'autre versant de la colline, il s'approchait. Il progressait dans le vaste sillage du silence, s'emparait du silence, s'installait en son cœur même où il ne cessait plus de grandir, de s'approcher. Dans chaque repli du pays, le silence. Une légère couche de fumée restait figée dans le lointain. Le feu des mortiers avait cessé ; là-bas quelqu'un, quelque puissance humaine lointaine et invisible frayait le chemin pour la machine qui s'approchait. Le silence l'avait réveillé – et le grondement sourd et imperturbable de la machine qui approchait. Il ne savait pas où il était, il ne se souvenait pas d'être venu en cet endroit, moins encore de s'y être endormi. Pendant des heures, des jours peut-être, les sifflements des obus et les explosions avaient constitué le seul repère de son esprit en sommeil, mais à présent, il ne restait que le silence et l'étrange insinuation de la machine au cœur de ce silence. Sa vision se clarifia, il vit les feuilles innombrables plonger puis naviguer sur les éclats de lumière. La machine concentrait en elle étrangeté, calme et terreur, et elle s'approchait. Il roula sur lui-même afin de se relever puis, face au soleil, il scruta la crête des montagnes ; il ne vit que le sombre contour de la colline et les arbres auréolés de lumière. Le bruit de la machine avait à présent franchi la crête et il progressait, non plus brouillé mais désormais plein, assourdissant. Sa bouche retomba sur les feuilles humides et froides et il commença à trembler violemment. Il essaya d'atteindre quelque chose sans avoir aucune notion de ce que cela pouvait être ; sa main se referma sur la terre, sur les feuilles humides et froides.

Puis, à travers les feuilles qui tombaient, il vit la machine. Elle s'éleva sur la colline, massive et noire, et surgit face au soleil. Il la vit grossir, augmenter de volume et prendre forme à l'horizon, comme si la terre se soulevait, comme s'il se produisait une éruption volcanique, une éclipse, et enfin, dominant tout cela, apparut un rayon éblouissant, un périmètre froid et lumineux où palpitaient les feuilles mortes. L'espace d'un instant, la machine sembla se séparer du paysage, sa grande carapace de fer se détacha de la forêt et du ciel, son centre de gravité quitta la crête. Puis elle descendit la pente dans un terrible fracas, lente comme une chute d'eau, menaçante, dotée d'une force sans égale, et vint presque se *nicher* dans la flaque bouillonnante des débris humains. Ses tremblements redoublèrent de violence quand il vit la machine se précipiter sur lui, s'approcher tout près, et l'ignorer. Un vent se leva et parcourut le flanc de la colline, dispersant les feuilles.

A présent, il était sous l'emprise du pays silencieux qui s'était peu à peu emparé de la lumière pour resplendir. Le pâle liséré de la nuit progressait vers lui comme une marée montante, et il l'attendait. Sur les collines, toutes les couleurs apparurent, et les collines convergèrent à l'embouchure du canyon. Là-bas, cette crevasse obscure aurait pu être une ombre ou une mare de fumée ; rien ne laissait deviner sa distance ou sa profondeur, mais elle accompagnait le cours de la rivière sur une quarantaine ou une soixantaine de kilomètres. Le village resta un instant en équilibre au bord du jour, puis la flèche de la Mission miroita, l'angélus retentit et les maisons près de la rivière s'embrasèrent. Pourtant, le froid se cramponnait toujours à lui, la nuit était toujours sur ses talons. Au loin, vers l'est, la terre revêtit une teinte cendrée et le ciel s'enflamma. Le contour de la mesa noire apparut nettement quand un nuage ensoleillé vint s'aventurer tel un éclaireur annonçant le solstice.

Une voiture surgit sur les collines, au nord ; elle se dirigeait vers le village, entrant et sortant de son champ visuel sans faire aucun bruit jusqu'à ce qu'elle fût juste au-dessous de lui ; elle prit le virage vers le village, louvoya dans les rues et atteignit les arbres de la Mission. Tous les coqs du village commencèrent à chanter, les habitants s'animèrent et le faible écho de leurs voix s'éleva dans les airs. L'odeur du vin doux imprégnait encore ses vêtements. Il n'avait pas mangé depuis deux jours, il avait un mauvais goût dans la bouche. Ce matin-là, le froid était intense ; il frotta ses mains l'une contre l'autre et sentit son sang circuler de nouveau dans ses veines.

Il resta longtemps debout, tandis que le paysage s'abandonnait à la lumière. Il resta debout, sans penser, sans bouger ; seuls ses yeux erraient à la recherche de quelque chose... Quelque chose... Le tablier blanc de la colline, sillonné par la pluie, le séparait encore de dix mètres de l'autoroute. Les dernières taches d'ombre désertèrent le lit de la rivière et le froid se dissipa dans l'air. Il descendit avec précaution, des mottes de terre et des pierres roulaient sous ses pieds. Il avait des crampes aux genoux et le soleil frappait fort sur sa tête et ses mains. La clarté sèche de la vallée apparut ; le paysage se fit dur et pâle.

A la Mission, la journée avait débuté comme à l'ordinaire. Il y avait une fête des martyrs, et le père Olguin était allé décrocher la chasuble pourpre dans la penderie. C'était un homme de petite taille, au teint basané, aux traits accusés, dont la chevelure avait prématurément grisonné. Pas un vieillard à proprement parler, mais ses épaules voûtées et une certaine lenteur dans ses mouvements – séquelle d'une maladie contractée des années auparavant dans son Mexique natal – lui donnaient de loin la silhouette d'un homme âgé et épuisé. Une taie bleuâtre voilait l'un de ses yeux, et sa paupière était presque close. Sans cela, on aurait pu penser que son visage était beau. Il avait écrasé une cigarette avant d'entrer dans la sacristie ; ses doigts étaient tachés de nicotine.

La sacristie était froide et sombre. Le vieux Francisco était déjà agenouillé devant le petit panneau vitré donnant sur l'autel de la chapelle, tandis qu'un petit garçon ensommeillé du nom de Bonifacio, debout dans un coin, revêtait une vieille soutane rouge. De l'autre côté du mur, les piétinements et les toussotements des gens installés sur les bancs se firent entendre. La demie était déjà passée d'une minute. *« Andale, hombre ! »* chuchota le vieil homme d'un ton péremptoire, et le garçon s'empressa d'allumer les cierges sans prendre le temps de boutonner entièrement son habit. Le vieil homme l'observait à travers la vitre. Il aimait les cierges ; il aimait voir la flamme rester en suspens au-dessus des mèches, la lenteur de son approche avant le flamboiement soudain.

Le père Olguin entendit la voiture qui roula sur la passerelle au-dessus du fossé d'irrigation avant de s'arrêter. Il alla regarder par la fenêtre. Quand les rayons du soleil traversaient les feuillages, ils se transformaient en colonnes de fumée avant de s'épanouir dans la cour en une multitude de motifs chatoyants ; la clôture en fil de fer qui courait le long de la rue était couverte de volubilis bleus et violets. De la voiture sortit une jeune femme brune au teint pâle, vêtue d'un imperméable gris ; elle scruta les alentours pendant un moment, mit un foulard bleu sur sa tête, ouvrit la grille et traversa la cour menant à la chapelle. Il la suivit de son œil valide jusqu'à la porte tout en se demandant qui elle pouvait bien être ; il ne l'avait jamais vue. Les pas de l'inconnue résonnèrent dans la nef latérale ; il se détourna de la fenêtre, prit le calice et suivit Bonifacio jusqu'à l'autel.

La femme ne vint pas recevoir le sacrement de la communion et ce ne fut que plus tard, quand elle se présenta à la porte du presbytère, qu'il put la voir en face. Elle était plus âgée qu'il ne l'avait supposé et lui parut moins pâle qu'auparavant.

– Bonjour, dit-elle en lui tendant la main, je suis madame Martin Saint John.

– Bonjour. Vous n'êtes jamais venue ici.

– Non, je suis en visite. Je séjourne pour quelque temps dans le canyon, à Los Ojos.

– Entrez donc, je vous prie.

Il la conduisit dans un petit salon meublé d'une

table ronde et noire et de plusieurs chaises. Il lui proposa une cigarette qu'elle refusa puis tous deux s'assirent.

– Mon père, veuillez me pardonner de vous déranger si tôt le matin – je me rends compte que vous alliez sans doute prendre votre petit déjeuner – mais je me demandais si vous pourriez m'aider à résoudre un petit problème. De toute façon, je voulais vous rencontrer et assister à la messe.

– Vous avez bien fait. Je vous ai vue arriver en voiture, vous savez, et je me demandais qui vous étiez.

– Mon mari et moi vivons en Californie, à Los Angeles... C'est une belle région par ici. Je n'y étais jamais venue auparavant.

– Vraiment? En ce cas, soyez la bienvenue. *Bienvenido a la tierra del encanto!*

– Le ciel est si bleu. Tout à l'heure, quand je conduisais dans le canyon, on aurait dit de l'eau. Une eau calme et profonde...

– Et votre mari vous accompagne-t-il?

– Non, non. Il a dû rester en Californie. Voyez-vous, il est médecin, de sorte qu'il lui est très difficile de s'absenter.

– Certes. Eh bien, il se trouve que je connais quelques personnes à Los Ojos. Auriez-vous de la famille là-bas, par hasard?

– Non. En fait, Martin voulait absolument que je tente une cure thermale. J'ai souffert d'un lumbago pendant plusieurs semaines.

– On dit que l'eau de source est très salutaire.

– Oui, fit-elle.

Pendant un moment, elle parut perdue dans ses pensées. Le soleil avait réussi à transpercer les frondaisons des arbres et illuminait directement la pièce ; le plateau de la table devint un disque de lumière amarante et d'innombrables particules de poussière flottaient distinctement dans l'air. Des abeilles bourdonnaient à la fenêtre et des chariots passaient dans la rue. Les chevaux tiraient nerveusement les brancards, impatients de rejoindre la rivière et les champs. Une légère brise se faufila dans la pièce, apportant une fraîcheur exquise.

Le prêtre observait discrètement son invitée, émerveillé de sentir qu'une simple présence physique pût être si éclairante. La jeune femme était plus proche de la beauté qu'il ne l'avait cru de prime abord. Sa longue chevelure, d'ordinaire si sombre qu'elle en paraissait noire, captait dans la lumière présente des reflets auburn. Trop menue, pensa-t-il, et le nez un rien trop long, mais l'éclat de sa peau était ravissant, et sa bouche ainsi que ses yeux étaient maquillés avec soin. Elle s'était adossée à la chaise et avait croisé ses jambes nues, minces et expressives. Sous ce jour, elle lui parut à nouveau plus pâle, et sa chevelure constellée de filaments lumineux mêlait le bronze et l'argent. Ses mains étaient petites, douces et blanches, ses ongles laqués de rose pâle.

– Vous disiez donc que je pourrais vous aider ?

– Ah oui. Je me demandais si vous connaîtriez ici quelqu'un qui pourrait accomplir quelques travaux pour moi. J'ai acheté du bois mais il faudrait encore le couper. Voyez-vous, j'ai pris une maison à Los Ojos – la grande maison blanche située au-dessous de l'exploitation forestière...

– La maison Benevides ?

– Oui, c'est ça. Eh bien, il n'y a qu'un poêle à bois

dans la cuisine, j'aurais donc besoin qu'on me coupe un peu de bois.

– Quelle quantité en avez-vous acheté?

– Pas mal, je crois, mais je serais bien en peine de vous le dire avec exactitude. C'est un villageois qui l'a livré hier mais il travaille dans les montagnes et n'a pas le temps de le couper. En tout cas, je suis prête à mettre le prix qu'il faudra... Je pensais que peut-être un Indien...

– Certainement. Il y a ici quelques garçons... Je peux demander au sacristain.

A partir de midi, pendant quelques heures, le village ne donnait plus aucun signe de vie. Les rues étaient vides et stériles sous l'éclat blanc du soleil. Les murs n'offraient ni ombre ni perspective; même les portes et les fenêtres dégageaient une impression de platitude impénétrable. L'air était immobile et la poussière blanche brûlait dans les rues. A cette heure du jour, le village semblait disparaître sous terre. Tout, dans la vallée, tendait à prendre la couleur de la poussière.

Plus tôt, Abel était revenu dans la maison de son grand-père, mais le vieil homme n'y était pas. Rien encore n'avait été échangé, aucun mot, aucun signe de reconnaissance. Il avait eu faim, mais sa bouche était aigre et sèche; il ne savait pas ce qu'il avait envie de manger, et son appétit finit par s'évanouir. Dans le silence et la chaleur, il se reprit à penser à lui-même et ne put rester tranquille. Il arpenta les pièces de la maison; elles étaient petites et nues, et les murs blancs, propres, et nus aussi. En fin d'après-midi, il alla jusqu'à la rivière, il marcha le long de la berge jusqu'au croisement. Il longea les pentes en bordure des champs cultivés en suivant la longue ligne des contreforts au pied de la mesa rouge. Lorsque la première brise du soir s'éleva dans l'ombre qui recouvrait les collines, il s'assit pour contempler les parcelles vertes et jaunes des terrains agricoles. Il put voir son grand-père et les autres qui travaillaient en bas dans les champs ensoleillés. La brise affaiblie portait l'odeur de l'humus et du grain. Pendant un instant, il se sentit en plein accord avec lui-même. Il était chez lui.

Le 24 juillet

Abel se rendit à la maison Benevides le mardi. Il couperait le bois pour trois dollars. Angela Saint John s'était attendue à devoir marchander, mais il n'était pas enclin aux concessions, moins encore aux compromis, et il l'avait tout bonnement ignorée. Il ne lui restait plus qu'à échafauder sa vengeance, pensa-t-elle. Un sourire aux lèvres, elle le regarda fendre le bois depuis une fenêtre de l'étage supérieur.

Elle n'avait jamais vu un homme s'échiner ainsi au travail. Toujours elle avait remarqué une sorte de résistance, de retenue dans le geste ou de réticence dans la volonté. Cependant, avec lui, c'était différent : il se donnait à fond. Il maniait la hache avec dextérité, ses coups étaient nets et profonds. La lame retombait dans la chair du bois qui se crispait brièvement avant de partir en vrille. Il travaillait en balançant ses hanches, bien campé sur ses jambes puis il se penchait et son cou se gonflait. Elle éprouva un vif plaisir à décomposer ses mouvements. Il soulevait la hache jusqu'à sa taille, faisait glisser sa main sur le manche incurvé jusqu'au coin de métal noir, puis ses épaules pivotaient et il bandait ses muscles dorsaux. Soudain, il se ramassait sur lui-même tel un serpent prêt à bondir, comme si toute sa puissance reposait en équilibre sur une brèche dans le temps avant de s'élancer vers l'infini. Il se penchait et portait le coup. La lame étincelait, frappait, et le bois s'ouvrait tout grand. « Je vois », dit Angela après avoir repris son souffle. Une légère brise entra par la fenêtre et vint effleurer ses tempes. Le soleil frappa d'argent les feuilles des arbres fruitiers ; elle sentit naître en elle un mélange d'anxiété et de détermination.

Et maintenant, maintenant qu'elle pouvait voir, elle se rendait compte qu'un vain supplice venait d'être infligé au bois, une blessure qu'elle aurait eu jusque-là peine à imaginer. Et plus tard, même quand elle eut détourné son regard, elle continua de prêter l'oreille. Au-delà des parfums moites des roses et du thé qui l'enveloppaient, la journée fut essentiellement marquée par le travail d'Abel. Elle irait prendre son bain et feuilleter une hagiographie. Peut-être alors inclinerait-elle un peu la tête et fermerait-elle les yeux. C'était là tout ce qu'elle pouvait opposer au rythme trivial du jour et de la nuit, et pourtant elle continuerait d'entendre le bourdonnement des abeilles, le clapotis de l'eau sombre – et le son mat de la hache contre le bois, régulier, incessant.

Angela arpenta le rez-de-chaussée. Toujours, quand elle se trouvait seule à une certaine heure de l'après-midi, elle devenait l'ombre d'elle-même. Lorsque la luminosité du jour était au plus bas, elle se demandait qui elle était. Alors, à de tels instants, quand une étrange rougeur l'envahissait, suivie d'un éblouissement vertigineux, elle imaginait l'enfant en elle, glissait ses mains jusqu'au bas de son corps, hissait l'enfant et le tenait contre son cœur en lui parlant d'une voix qui tremblait comme une flamme. « Mon chéri, disait-elle alors, oh, mon chéri ! » puis elle guettait l'apparition de quelque sinistre présage dans les airs. Parfois, elle observait les oiseaux qui traçaient dans le ciel des figures rapides, espiègles, mais les oiseaux finissaient toujours par s'en aller, et alors le ciel redevenait vide et éternel au-delà de toute espérance.

La hache résonnait en elle, produisant un bruit creux et lancinant dont l'origine se perdait. Une fois, elle avait vu un animal qui lapait de l'eau, un blaireau ou un ours. Elle aurait eu envie de toucher le doux museau d'un ours, ses petites lèvres noires, sa grosse tête plate. Elle aurait eu envie de caresser sa truffe noire et humide, de retenir pour un instant dans sa paume le souffle chaud de la vie. Elle sortit de la maison et alla s'asseoir sur les marches en pierre du porche. Il était là, dominant le tas de bois. Des ombres découpaient le canyon. Les derniers rayons du soleil avaient atteint le bord du canyon au-dessus des vergers, et maintenant ils embrasaient les parois. Un oiseau-mouche voletait d'un rosier à l'autre, tandis que le crépuscule s'étendait sur le verger en tachant les feuillages. Les pieds d'Angela étaient nus dans des mules, ses bras et ses jambes découverts. Un vent froid se leva, mais elle y fut insensible ; elle se sentait entourée d'une chaleur vague. Il planta la hache sur le billot d'un coup sec et s'avança vers elle. Elle se mordit la joue et lui laissa l'initiative pour voir ce qu'il allait faire.

– Il y a de la gomme dedans, dit-il enfin. Ça mettra longtemps à brûler.

Il la regardait sans sourire, mais sa voix possédait un timbre doux, agréable et assuré. Il n'allait pas se laisser dédaigner aussi facilement. Elle retourna rapidement ce problème dans son esprit.

– Dois-je vous payer maintenant? demanda-t-elle.

Il parut songeur, mais il était clair que c'était là le dernier de ses soucis.

– Je couperai le reste vendredi ou samedi. Vous pourrez me payer à ce moment-là.

Elle fut vexée qu'il se refusât à tout échange. Cependant, elle savait apprendre à ses propres dépens, et un jour ou l'autre, elle saurait bien faire fructifier le moindre investissement de sa fierté. Pour l'instant, il lui suffisait simplement d'attendre en maintenant ses positions. Il y eut un silence. Il restait debout dans la lumière déclinante. Son regard noir et tranquille soutenait le sien. Il ne bougea pas un seul muscle.

– Vous avez abattu une bonne journée de travail, dit-elle tout en se demandant pourquoi elle parlait ainsi.

Il était là, debout. Il n'y eut pas de réplique, rien.

– Eh bien, vous revenez vendredi? reprit-elle. Ou avez-vous dit samedi?

Mais il ne répondit pas. Elle était irritée à l'extrême. Elle savait comment persévérer mais avait déjà pressenti qu'en l'occurrence ce serait inutile. Elle était folle de rage.

– Il faudrait vous décider, voyez-vous, sinon je risque d'être absente quand vous viendrez.

Le visage d'Abel se rembrunit, mais il tint bon, muet et impassible. Il n'allait pas se laisser provoquer. Pour lui, c'était chose naturellement aisée que de rester ainsi en retrait, dans une position de résistance. Il semblait observer de loin ce qui se passait en elle, quelque chose d'intime et de banal, qui ne présentait aucune importance en soi. Cette réserve excédait Angela. Elle aurait aimé lui faire perdre son aplomb, le faire tressaillir, lui faire peur, lui adresser un geste obscène, ou peut-être même lui lancer ces mots : « Ça vous dirait, une femme blanche ? Avec un ventre et des seins blancs comme les miens, avec mes doigts aux ongles peints, et mes pieds ? » Mais à quoi bon ? Elle savait pertinemment qu'il n'aurait pas même éprouvé de honte pour elle – ou qu'il n'aurait pas été surpris le moins du monde.

Pourtant, il paraissait aussi étrangement vulnérable. Elle s'en apercevait à présent. Il était là, debout, muet, docile, attendant son bon plaisir, et ne sachant pas même – du moins le supposait-elle – comment faire pour s'en aller. Dans l'obscurité, elle ne pouvait plus le voir. Elle l'entendit qui s'éloignait.

Elle pensa à son propre corps. Jamais elle n'était parvenue à admettre qu'il fût doté de quelque beauté. A son avis, rien n'était plus vil et obscène que la chair grossière de son corps, l'enchevêtrement de ses veines, toute cette masse sanguinolente autour des os, et maintenant, cette monstrueuse forme fœtale, cette chose bleue, aveugle, macrocéphale, qui se développait en elle et la parasitait. Ce dégoût mêlé de crainte pour son corps, elle l'avait conçu au cours de son enfance, la première fois qu'elle avait vu son propre sang jaillir d'une coupure sur le dos de sa main, et rien n'avait pu lui faire oublier cette impression. Elle ne redoutait pas tant la mort que l'implication du corps dans celle-ci. Dans ses moments d'égarement, elle souhaitait de tout son cœur mourir par le feu, un feu d'une chaleur si intense que son corps s'y consumerait en une seule fois. Il ne devrait y avoir ni bulle de graisse ni combustion des os. Et par-dessus tout, il ne devrait émaner d'elle aucune pestilence.

Elle sortit et se trouva enveloppée de la douce lumière jaune qui, reflétée par les vitres, éclairait le sol et le tas de bois. Elle s'agenouilla pour ramasser quelques rondins durs et froids qu'elle tint au creux de son bras. A chaque extrémité, les rondins présentaient des arêtes vives et des fissures si nettes qu'elles semblaient avoir été dessinées au crayon; ils sentaient la résine. En se relevant, elle toucha par inadvertance le manche glacé de la hache profondément fichée dans le billot. Sous ses pieds, parmi les pierres et les herbes sombres, des copeaux jonchaient le sol. Le long pourtour noir du canyon se détachait sur le ciel sombre et silencieux. Elle resta debout, se rappelant la violence sacramentelle dont le bois avait été victime. L'un des bas plateaux, maintenant invisible au-dessus d'elle, avait jadis été la proie des flammes; pendant la journée, elle avait pu voir se dresser les noires épines dorsales des arbres morts. Elle imagina le feu dévorant qui avait dû s'élancer sur eux, les écorchant, brûlant leur douce gomme ambrée, craquelant leur chair fibreuse, les transformant enfin en charbon et en cendres. Au soleil, chaque facette du bois mort luisait faiblement comme du velours, et les mains qui le touchaient alors gardaient l'empreinte veloutée de sa mort.

Elle rentra le bois et le déposa dans l'âtre. Le feu prit si lentement qu'en dépit d'une attention soutenue, elle ne put surprendre l'embrasement. Alors, elle observa les flammes jaunes et blanches s'enrouler autour du bois sans jamais sembler en atteindre le centre vital.

Plus tard, ce même soir, le père Olguin se rendit à la maison Benevides.

– Demain, c'est la fête de Santiago, dit-il. Il y a une célébration au village. Viendrez-vous?

– D'accord. Merci bien.

Il aurait voulu rester, la regarder, écouter sa voix, mais comme elle était perdue dans ses pensées, il se leva et lui souhaita une bonne nuit.

Angela pensait à Abel, à la façon dont il l'avait regardée – avec son visage aussi froid et inexpressif qu'un masque indien. Quelques jours auparavant, elle avait assisté à un spectacle aussi beau qu'étrange : la danse du maïs à Cochiti. Il lui avait semblé que les danseurs ne s'arrêteraient jamais de danser de cette façon lente, posée. Il y avait quelque chose de si solennel et mystérieux à voir ces vieillards psalmodier sous le soleil, à voir ces danseurs si... si terriblement *absorbés* par ce qu'ils faisaient. Aucun d'eux ne souriait jamais. Tout à coup, ce détail lui parut crucial. Les danseurs avaient regardé droit devant eux, semblant exclure tout objet de leur champ visuel, mais sur le moment elle n'y avait pas prêté attention. Ils n'avaient pas souri. Ils étaient solennels, si indiciblement solennels. Ils n'étaient pas maussades, cérémonieux ou dévots, non, rien de tout cela. Simplement, ils se montraient à la fois solennels, distants et concentrés sur quelque chose d'invisible pour elle. Leurs yeux étaient happés par une vision hors de portée, quelque chose situé aux confins de l'horizon, quelque réalité qu'elle ne connaissait pas, ni même ne soupçonnait. Et que voyaient-ils? Probablement rien, après tout. Rien du tout. Mais c'était ça le truc, justement! Ne rien voir du tout, ne rien voir dans l'absolu. Voir par-delà le paysage, par-delà chaque forme, ombre et couleur, c'était *cela*, ne rien voir. C'était être libre, accompli, achevé, spiritualisé. Ne rien voir enfin, mais lentement et par degrés : tout d'abord voir les couleurs pures et vives des choses proches, puis le spectre complet des couleurs impures, mélangées, indécises et ténues du lointain, et finalement voir par-delà les nuages et le pâle dégradé du ciel – jusqu'au rien, jusqu'au néant. Dire « par-delà la montagne » en sachant exactement ce qu'on entend : par-delà toutes les choses dont la montagne se porte garante – dont elle atteste l'existence. Quelque part – si seulement elle avait pu savoir où ! – existait un endroit où il n'y avait ni rien ni quelque chose. Et c'était *là*, précisément *là*, que gisait l'ultime réalité. Et c'était ainsi, dans cette attitude de non-être, que Abel avait fendu le bois. Elle n'avait pu surprendre son regard avant qu'il ne fût trop tard, avant que celui-ci ne fût revenu des confins du monde pour se reposer sur les choses. A cet instant-là, son regard s'était adouci, ses yeux avaient semblé reprendre leur place, leur couleur ; il avait vu en elle, à travers elle, mais sa vision avait raté de peu la réalité qui importait en dernier lieu. Ainsi, lui aussi s'était heurté à son monde à elle, quotidien, dense, impénétrable. Pour cette seule et unique raison, elle pourrait lui tenir tête. Soudain détendue, elle chassa ces pensées de son esprit et se perdit dans la contemplation du feu. Seules quelques petites flammes bleues et jaunes vacillaient encore sur les braises.

Le 25 juillet

Ceci, selon le père Olguin :

Santiago se dirigeait au sud vers Mexico. Bien qu'il chevauchât une monture de bonne race à la robe luisante, il s'était déguisé en *peon*. Après avoir accompli une longue route, il fit une halte dans la maison d'un vieil homme et de son épouse. C'étaient des gens pauvres et malheureux mais aussi gentils et généreux, et ils firent bon accueil à Santiago. Ils lui donnèrent de l'eau fraîche afin d'étancher sa soif et de bonnes paroles afin de réconforter son esprit. Dans la maison, il n'y avait rien à manger à part un vieux coq qui se pavanait dans la cour. Le coq constituait l'unique bien du vieil homme et de sa femme, mais ils le tuèrent et le firent cuire pour leur hôte. Cette nuit-là, ils lui donnèrent leur lit et dormirent à même le sol glacé. Le lendemain matin, Santiago leur apprit qui il était. Il leur donna sa bénédiction et poursuivit sa route.

Il chevaucha encore plusieurs jours et parvint enfin à la capitale du royaume. Ce jour-là, le roi proclama une grande fête au cours de laquelle devaient se dérouler de nombreux jeux, de dangereuses épreuves d'adresse et de force. Santiago participa aux jeux. Tout d'abord, il fut la risée de tous, pris pour un pauvre *peon* arriéré. Cependant, il remporta la victoire et comme récompense on lui permit de choisir une épouse parmi les filles du roi. Il jeta son dévolu sur une fille aux yeux en amande et aux longs cheveux noirs et s'apprêta à s'en retourner avec elle dans le nord. Le roi ressentit un vif courroux de constater qu'un simple *peon* pût ainsi lui enlever sa fille, et il forma le projet de tuer le saint. Il commanda haut et fort que les voyageurs fussent escortés sur leur chemin de retour par une compagnie de soldats, mais discrètement il ordonna que Santiago fût mis à mort dès que l'équipage aurait franchi les portes de la ville.

Alors, par miracle, Santiago sortit de sa bouche le coq, entier et vivant, que le vieil homme et sa femme lui avaient donné à manger. Le coq avertit aussitôt des intentions des soldats et lui donna l'ergot de sa patte droite. Quand les soldats se firent menaçants, Santiago les passa tous au fil d'une épée magique.

Parvenu au terme de son voyage, Santiago n'avait plus besoin de son cheval, et le cheval lui parla ainsi : « Maintenant, tu dois me sacrifier pour le bien du peuple. » Santiago obéit et poignarda le cheval à mort; du sang de l'animal naquit une grande troupe de chevaux, en nombre suffisant pour tout le peuple pueblo. Ensuite, ce fut le coq qui parla à Santiago : « Maintenant, tu dois me sacrifier pour le bien du peuple. » Santiago obéit et déchiqueta l'oiseau de ses mains nues avant d'éparpiller les restes aux alentours. Le sang et les plumes de l'oiseau devinrent des plantes cultivables et des animaux domestiques, en nombre suffisant pour tout le peuple pueblo.

Cette fin d'après-midi de la fête de Santiago était paisible et chaude; il n'y avait pas de nuages dans le ciel. La rivière avait baissé et les feuilles de vigne commençaient à friser sous le feu du soleil. Dans la plaine, près de la rivière, les herbes jaunies avaient poussé car on avait envoyé paître le bétail et les brebis dans les hauts pâturages; les fossés d'irrigation étaient craquelés et recouverts d'une pellicule alcaline qui ressemblait à du givre. C'était une pâle journée du milieu de l'été, deux ou trois heures avant le coucher du soleil.

Le père Olguin sortit du presbytère en compagnie de Angela Saint John. Tout en devisant, ils marchaient à pas lents le long de la rue qui montait jusqu'au Milieu. Les maisons étaient bâties du côté nord de la rue, tandis qu'au sud se trouvaient les vignes et les petits carrés de maïs et de melons. Il n'avait pas plu dans la vallée depuis longtemps, et une épaisse couche de poussière recouvrait le sol. Devant l'une des maisons, indifférent à leur passage, un vieil homme émacié était courbé en avant, occupé à brosser sa longue chevelure qui touchait presque le sol. Sa tête était inclinée, de sorte que ses cheveux pendaient d'un seul côté de son visage et retombaient sur son épaule. Il se peignait à l'aide d'une poignée de rémiges, en partant lentement de l'oreille; ses doigts évoluaient avec aisance, complices de l'épaisse et brillante chevelure qui semblait dénuée de toute douceur, sauf quand la lumière venait y apposer un fugitif reflet huileux.

Ils virent aux fenêtres obscures et sur le seuil des

maisons, des visages à demi-cachés qui les observaient avec des yeux attentifs, solennels. Tandis que le prêtre s'arrêtait pour échanger quelques mots avec eux, Angela s'éloigna un peu de lui. Tout à coup, elle fut au milieu des maisons du village ; il y avait de l'excitation dans l'air, un murmure incessant derrière le son du tambour, et les murs renvoyaient cette rumeur sourde qui contrastait avec la clarté morbide et silencieuse de l'après-midi. Lorsqu'elle se rendit compte qu'elle était allée un peu trop loin, elle attendit près d'un moulin à vent et d'un abreuvoir situés au centre d'un grand cercle noir et boueux portant de nombreuses traces d'animaux. En cette fin du mois de juillet, le village était imprégné par des odeurs d'animaux, de fumée, de bois fraîchement débité, par la senteur douce, moite, du pain rompu et laissé sur place.

Quand ils furent parvenus au Milieu, une grande animation régnait déjà. Les habitants avaient commencé à s'aligner le long des façades, et une bande de petits garçons courait en tous sens à grand renfort de cris et de cabrioles. Le Milieu était un lieu ancien, d'environ cent mètres de longueur sur quarante de largeur. En dépit des apparences, la terre meuble n'était pas nivelée mais présentait des creux et des bosses formés au fil du temps ; l'argile sèche s'élevait même un peu le long des murs, créant ainsi une continuité entre le sol et les maisons. Vu de l'intérieur, l'espace semblait clos ; cependant, il comportait d'étroits passages aux quatre coins ainsi qu'une grande ouverture à mi-chemin, le long du côté sud, sur l'ancien emplacement d'une maison où subsistait à présent un vieil amas de briques de terre, à peine distinct du sol et du renfoncement le plus proche.

Angela et le prêtre pénétrèrent dans l'endroit d'un pas précautionneux et furent aussitôt absorbés par la rumeur et les mouvements du village.

Les plus anciennes constructions, situées à l'ouest et au nord, comprenaient deux ou trois étages avec des terrasses où s'agglutinaient des grappes d'hommes et de femmes. Le joueur de tambour, juché au sommet d'un toit, battait sur sa caisse en rythme, lentement, d'un simple et quasi imperceptible mouvement du poignet, dans une attitude ancestrale, parfaitement immobile, vigilant et imperturbable. Angela le vit, et le battement du tambour lui parut alors à peine plus puissant, plus intense qu'une heure auparavant, à un kilomètre de là, quand elle était restée seule un court instant dans une pièce du presbytère, seule avec cette vibration oppressante. D'ailleurs, cette rumeur ne lui aurait pas semblé moindre, se fût-elle trouvée au-delà de la rivière et parmi les collines, car le bruit du tambour régnait sur toute la vallée, tel le grondement de tonnerre d'un orage lointain, se répercutant en écho dans une région située hors du temps. Il faut prendre les choses comme elles viennent, pensa-t-elle, tout comme l'on se résigne à une tempête inévitablement suivie d'une averse aussi brève qu'intense. Elle secoua sa torpeur et contempla les encadrements bleus et blancs des fenêtres, les fours en terre cuite aux apparences de ruches, les poutres, les chiens et les mouches. A équidistance de tous les murs entourant le Milieu se trouvait un trou fraîchement creusé dans le sol, d'un diamètre d'environ vingt-cinq centimètres, à côté d'un petit monticule de terre sableuse.

Peu après, des cavaliers juchés sur leurs meilleures montures entrèrent du côté ouest par groupes de trois ou quatre. Ils étaient sept ou huit hommes et autant de garçons. Ils traversèrent le Milieu dans sa largeur puis revinrent en file indienne le long du mur. Abel chevauchait l'une des juments aubères à crinière noire de son grand-père ; il se tenait trop raide en selle et témoignait un excès de prévenance à sa jument débonnaire. Pour la première fois depuis son retour, il avait renoncé à revêtir son uniforme et portait ses vieux vêtements : un Levi's maintenu par un gros ceinturon noir, une chemise de travail de couleur grise et un chapeau de paille aux larges bords relevés. Ses manches retroussées révélaient le hâle récent de ses mains et de ses avant-bras. Un autre cavalier attirait l'attention par son allure ; il était large d'épaules, le corps souple, la peau blanche, il portait de petites lunettes de soleil rondes et chevauchait un beau pur-sang noir. Le cheval noir était fougueux, mais l'homme blanc tenait les rênes d'une main sûre et ne prenait pas appui sur les étriers. Il fermait la file, et quand il eut rejoint les autres à l'ombre du mur, un notable du village apporta un grand coq blanc qu'il était allé chercher dans l'une des maisons. Il le déposa dans le trou et le recouvrit de terre pour l'ensevelir jusqu'au cou. La tête blanche du coq s'agita aussitôt en tous sens, si bien qu'il parvint à dégager ses barbillons et à déployer son camail sur le sable. Les habitants s'esclaffèrent à le voir ainsi enterré et effrayé, avec ses yeux jaunes, ronds et luisants qui ne clignaient pas face au jour mourant. Le notable s'éloigna, et le premier cavalier surgit de l'ombre, puis, l'un après l'autre, tous se dirigèrent vers le coq afin de s'en emparer, agrippés au pommeau de la selle et penchés à l'extrême sur l'encolure de leur monture. La plupart des animaux n'étant pas dressés pour l'épreuve, ils se cabrèrent à la moindre inclinaison de leur cavalier. L'un après l'autre, tous les garçons tombèrent au sol à la grande joie des habitants. Quand le tour d'Abel fut venu, il se montra trop prudent, trop fébrile, et fit piètre impression. Angela lui jeta un regard dédaigneux et se promit de ne pas oublier cette défaillance, mais pour l'instant son attention se trouvait si captivée par cette scène fantastique qu'elle sentit ses jambes flageoler. Depuis l'irruption du premier cavalier, tous ses sens étaient en éveil. Le soleil baissait et son éclat orangé brûlait son visage et ses bras nus. Elle ferma les yeux mais cette suite éblouissante de mouvements désordonnés persista : l'or sombre et toujours plus sombre de la terre et des murs terreux, l'avancée incisive de l'ombre et la procession confuse, violente, des centaures. Si inintelligibles étaient les sonorités gutturales des voix, les brusques claquements des sabots, l'odeur des animaux, de la sueur, si dépourvus de sens et néanmoins si spectaculaires... Quand Abel repassa à pied devant elle, la jeune femme se tenait prête à le décontenancer un peu plus. Elle lui adressa un sourire et détourna les yeux.

L'homme blanc était trapu et doté d'une forte carrure ; de ses mouvements émanait une impression de puissance et de sang-froid. Le cheval noir se mit au galop et ne varia plus l'allure même quand l'homme blanc se pencha sur son encolure. Il s'empara du coq, l'arracha du sol et revint en selle sans avoir perdu l'équilibre un seul instant. Il tira implacablement sur les rênes, et le cheval s'arrêta si brusquement que ses sabots s'enfoncèrent dans le sol. Un frisson parcourut Angela quand elle vit l'homme blanc communiquer de façon si impérieuse sa volonté, comme si le cheval, pourtant frémissant de force contenue, s'inclinait devant la parfaite maîtrise de son cavalier. Sous le vacarme et l'agitation se révélait une symétrie irréprochable, et pourtant il y avait là quelque chose de déplacé, de disproportionné, de monstrueux même, qui frappa vivement la jeune femme. Un sentiment familier de fascination revint hanter son esprit. Le cheval noir fit volte-face. L'homme blanc regarda les autres cavaliers, tout en tenant au bout de son bras gauche le coq qui battait l'air de ses ailes. Il guida son cheval au petit trot balancé le long du mur sud, tandis que les habitants reculaient afin de lui laisser le passage. Tout à coup, il fut face à elle, et Angela aperçut les cheveux blond pâle sous le chapeau, clairsemés et coupés court, la peau du crâne était rose pâle et très tendue. Elle vit la face énorme, marbrée de blanc et de rose, les lèvres charnues, entrouvertes, bleuâtres et violettes et les joues qui pendaient, flasques, sur la mâchoire. Ses sourcils étaient invisibles et ses petites lunettes rondes et noires ressemblaient à des pièces de monnaie étrangement rapprochées et appliquées sur son visage gigantesque. Pendant un instant, l'albinos se trouva juste au-dessus d'elle, immensément hideux au bout de l'oiseau terrifié. Son regard fut alors attiré par la main gonflée et exsangue qui serrait le cou de l'oiseau ; on eût dit cette main faite de marbre ou de silex, d'une substance pétrifiée qui empoignait impitoyablement l'oiseau effrayé dont les fanons écarlates demeuraient emprisonnés sous les longs ongles bleuis. Il passa enfin et rejoignit les autres cavaliers ; mus par un mélange de respect et de crainte, ceux-ci s'écartèrent également et attendirent avec anxiété que l'homme blanc choisît l'un d'entre eux. Après avoir prolongé l'attente à dessein, il s'approcha d'Abel, plaça son cheval contre le sien, se tourna brusquement et lui cingla le visage avec le coq. Leurs chevaux firent volte-face, provoquant un mouvement de recul chez les autres montures. L'homme blanc frappait Abel, lourdement, brutalement, sur la tête, les épaules et le torse ; il leva les mains afin de se protéger, mais le grand oiseau se mit à le becqueter férocement. Abel n'était pas habitué à ce jeu-là, et l'homme blanc se montrait bien trop fort et rapide pour lui. Une lueur farouche dans les yeux, le cheval noir se pressa contre les flancs de la jument aubère qui ne cessait de hennir, déséquilibrée et coincée contre le mur. L'homme blanc continuait à frapper, avec négligence, nonchalance presque, sans raison ni motif, comme s'il éprouvait un plaisir malin et muet dans le simple accomplissement de l'acte, l'issue du combat ne laissant déjà plus aucun doute. L'oiseau était mort, mais comme l'homme s'obstinait à l'agiter en tous sens, le cou se rompit, la chair se déchiqueta, et bientôt le sang éclaboussa tout alentour. La jument sautait, se courbait puis se cabrait, mais Abel tenait bon. Le cheval noir maintenait son avantage et se serrait contre les flancs de la jument effrayée, lui interdisant tout espoir de retraite. Tout ceci n'était qu'un rêve, une ombre tumultueuse sous le rougeoiement du soleil déclinant qui embrasait toutes les surfaces argentées et vitrées avant de s'adoucir sur les murs absorbants du village. Les plumes, les chairs et les entrailles de l'oiseau étaient éparpillées sur le sol, les chiens s'avancèrent en rampant sournoisement, et c'en fut fait. Des habitants vinrent répandre de l'eau afin de conclure sur une note sacrificatoire.

En fait, cela se tient, se dit-elle peu après, songeant

à cet étrange épuisement de tout son être. Elle était recrue de fatigue, ses pieds glissaient sur le sable de la rue, à peine pouvait-elle marcher. De même, son corps l'avait quittée afin de se reposer loin d'elle, la première fois qu'elle avait couché, non sans larmes, avec un homme ; cela s'était d'ailleurs passé à cette même heure sacrificielle de la journée. Elle avait été lasse au point de ne ressentir ni culpabilité ni bonheur, elle était restée longtemps au bord du sommeil, vidée du moindre désir, emportée par le courant chaud de son sang. De même – mais comment aurait-elle pu le savoir alors ? – il y avait ce paysage noir au-dessus des vergers et des murs, ce ciel écarlate, cette lune en son troisième quartier.

Un peu plus tard, quand Angela fut rentrée à la maison Benevides, le père Olguin monta dans sa chambre et fit sa prière. Quelques minutes après onze heures, il redescendit, alluma le poêle à bois et fit chauffer du café. Il était fatigué mais, comme d'habitude, il lui serait impossible de s'endormir avant le matin. Il n'avait pas besoin de beaucoup de sommeil et se réveillait toujours en éprouvant un étrange sentiment d'urgence. C'était tard, dans la nuit, qu'il aimait le mieux réfléchir, lire et écrire, avec des cigarettes et du café noir. Ainsi, seul avec lui-même, il pouvait inventorier ses ressources, évaluer ses perspectives, et il parvenait toujours à s'y retrouver. Il avait ôté sa soutane et enfilé un vieux pantalon de toile ainsi qu'un long sweat-shirt qui lui descendait presque aux genoux. Il commençait à faire froid au rez-de-chaussée, aussi ferma-t-il la porte de la cuisine avant de s'installer à la table. Il avait apporté de la chambre un livre qu'il avait trouvé parmi les registres paroissiaux, peu après son arrivée au village. Le café et le feu du poêle le réchauffèrent. Un silence régnait dans la maison, à part le léger crépitement du feu. Il pouvait percevoir au-dehors le ronronnement du générateur ; ces à-coups faisaient subir des variations d'intensité à la lumière jaune du plafonnier de la cuisine. Pendant plusieurs minutes, il dégusta son café et savoura sa cigarette tout en contemplant distraitement le livre fermé sur la table, comme s'il guettait en lui-même la fin de cette longue journée. Il frotta la barbe de plusieurs jours qui ombrait son menton, reposa sa tasse, l'écarta, écrasa une cigarette et en alluma une autre. Soudain, un cafard surgit du garde-manger, s'immobilisa un court instant à l'endroit où une moisissure du linoléum gris laissait entrevoir les lattes brunes du plancher. Puis il disparut.

Le livre était une sorte de *journal* [1] vieux et relié en cuir. Les plats étaient visibles et écornés ; ici et là, le cuir était craquelé et avait commencé à s'excorier. Il l'ouvrit avec précaution et suivit du bout des doigts le manuscrit estompé, comme s'il lui était possible de sentir le relief des mots. Les feuilles étaient jaunies, cassantes sur les bords, et vaguement lignées de marron. A l'endroit où il commença de lire, l'écriture était brune, et son tracé net et régulier évoquait presque celle d'un copiste. Sous l'année 1874 se lisait ceci :

1. En français dans le texte.

16 novembre

Vent et neige à nouveau ce matin. De nouveau je suis déchiré par des quintes de toux & suis à peine en mesure de dire Ta Messe. Seigneur, Ton serviteur & le mien Viviano disent encore Maria bear-HEE-nay ET OMO FATUOUS! S'il Te plaît, pardonne à Ta brebis galeuse & bêlante. Son petit frère Francisco n'est pas venu à cause des grands froids, bien que Tu saches combien il aime se balancer aux cordes des cloches & se prendre les pieds dans sa soutane. Sans nul doute, grâce à Ton aide Toute-Puissante, sera-t-il prêt dès le mois prochain à Te chanter la Gloire de Ta Naissance. Après tout, les jours nous sont comptés & Tu m'as dit Nicolas ta vie entière tu devras te faire l'intercesseur de Ma Venue. Oui & je T'attends toujours.

17 novembre

Mais si l'un parmi vous demande du pain à son père, lui sera-t-il tendu une pierre? Et pour un poisson, s'il demande un poisson, lui sera-t-il tendu un serpent? Ou s'il demande un œuf, lui sera-t-il tendu un scorpion?

19 novembre

As-Tu vu? Aujourd'hui quand ma langue T'a malmené m'as-Tu vu trembler? Jamais je ne T'ai plus aimé & jamais plus je ne T'aimerai moins. Non jamais moins bien que dans une heure je serai sur pied et guéri. Je n'ose prier à ce propos!

Mais cet après-midi le soleil a brillé à travers l'orage & cela m'a mis du baume au cœur jusqu'à ce que j'aille voir la vieille Tomacita Fragua. Elle dépérit à cause du mauvais temps elle est proche du trépas & je suis content d'y être allé cette fois & de T'avoir recommandé son âme pitoyable. A mon retour j'ai été saisi d'une autre quinte de toux & je me suis courbé penché & j'ai craché du sang dans la neige & était-ce le Tien ?

Je vois maintenant qu'il fera beau demain.

22 novembre

Prenez garde car vous ne savez ni le jour ni l'heure. Tomacita Fragua est morte en fin de matinée & de nouveau l'on n'a pas fait appel à moi. Mais le gendre Diego est venu cet après-midi & m'a donné son accord pour l'enterrement. J'ai bien vu qu'ils en avaient fini avec elle selon leurs coutumes obscures & il y avait de la farine de maïs bleu & jaune sur le sol. Ceci frotté sur la pierre presque aussi fin que du pollen & 4 plumes d'aigle brun & de dindon dans les mains de la morte. Ils l'avaient étroitement enveloppée dans une couverture & j'ai remarqué alors que son ventre était gonflé comme pour un enfant & on sentait déjà une horrible pestilence. J'ai été fort étonné que cela survienne si tôt. Nous avons fait une petite procession jusqu'au Campo Santo : Antonio & Carlos avec elle sur l'échelle & Viviano pour m'assister. Juan Chinana mon bon sacristain aussi était déjà là avec le Capitaine de Guerre & avait creusé la tombe au sud-est près de l'arroyo & il y avait déjà une petite croix blanchie faite avec du saule et du fil. Alors lui Juan il a jeté la terre sur elle mais sous le sable c'était gelé & les gros morceaux étaient durs à casser & j'ai pensé que cela lui aurait fait de la peine si elle avait été encore vivante.

Soir. Ne suis-je pas à Ta Merci? Quand je ne peux plus prononcer Ton Nom je veux que Tu me redonnes la force. Redonne-moi la force! Ton Esprit fond sur moi & je suis trop faible pour Te supporter!

J'ai écrit ce qui précède il y a cinq heures & à présent j'atteste que je viens de me réveiller en toussant à cause de quelque chose de froid d'obscur & de terrifiant & d'étrange & je tombe à genoux sur le plancher & suis parcouru de frissons. C'est comme si j'avais mal agi & que je

12 décembre

Est-ce que les petits garçons ne T'ont pas bien servi Toi & Ta Mère? J'ai donné 1 bonbon à Viviano & 2 à Francisco.

25 décembre

Ta Nativité Seigneur. Car ce Jour dans la ville de David un Sauveur est né de Toi Qui est Christ le Seigneur.

Tu me dis Nicolas prends ta force en Moi car le jour viendra où Je devrai prendre ton poids sur Mon dos & partir dans les rues. Oui Seigneur oui oui oui. Je ne me suis nourri que de Toi au cours de la Nuit

& je suis toujours empli de Toi & n'ai rien pris d'autre & ne prendrai rien d'autre ce Jour & cette Nuit.

Un tiers ou une moitié de l'assistance pour Ta première Messe & aussi quelques braves Espagnols & Sias mais il y eut beaucoup plus de monde ensuite. Je suppose que Don De Lay O ne T'a pas fini ou bien que Tu as été retardé en chemin. Mais sa petite statue en cèdre de Ta Mère est vraiment une petite merveille d'une sainte ressemblance & surpasse même Conquistadora de Son Excellence bien qu'elle ne soit pas aussi grande & n'ait pas de vrais cheveux. Ainsi Tu as été cette année encore Notre Enfant Béni de Prague & Ta Couronne est décente je crois bien qu'elle repose dans la paille & Tes visiteurs sont Tes propres créatures. Ynocencia est encore Ton Ange de l'Annonciation. San Juanito est Ton Père Joseph. Avelino encore & Pasqual & Viviano Tes Rois Mages. Lupita Ton âne est plus sage qu'eux. Augustin & Francisco Tes agneaux qui ont encore la grosseur des agneaux ainsi que l'esprit. Mais ils ont chanté & je pense que Tu as dû les entendre même si Tu étais sourd & j'ai prié avec ferveur pour que Tu ne dormes pas!

Je T'ai mené en procession à la maison de Domingo Gachupin jusqu'à l'Epiphanie. Petit, veille bien sur Tes Patrons car je suis séparé de Toi. Maintenant le tambour résonne & les louanges sont chantées & je n'y participe pas & je suis seul et fatigué. J'espère que Francisco viendra me voir un petit peu ce matin.

Sous l'année 1875 :

5 janvier

Ta Circoncision. Quand 8 jours se furent écoulés depuis la Circoncision de l'Enfant Son Nom fut dit Jésus & ce Nom Lui fut donné par l'Ange avant qu'Il fût Engendré dans la Matrice.

Hier soir je suis revenu tard de Cuba & suis tombé en chemin où un lièvre a bondi & j'ai failli m'endormir dans le froid. Alors Tio m'a secouru & aujourd'hui je boite plus que jamais bien que j'aie marché avec lui le reste du chemin. Avenicio Lucero & Jésus Baca sont morts à Cuba depuis la dernière fois que j'y suis allé. Maria Delgado a confessé 9 péchés mortels & 32 péchés véniels ! & elle s'est émerveillée des 9 comme si c'étaient autant de miracles.

Aujourd'hui j'ai entendu parler d'une chose étrange ici le 3 & je suis allé voir l'enfant qu'ont eu Manuelita & Diego Fragua. C'est ce qu'on appelle un albinos & il est plus blanc qu'aucun autre enfant de race blanche que j'aie jamais vu. Ses yeux et sa bouche sont comme morts mais à part ça en bonne santé & il y a un petit duvet blanc sur sa tête on dirait un vieillard & il pleure si doucement qu'on ne l'entend pas. J'ai conseillé qu'il soit baptisé le jour même & cela s'est passé à 3 heures. On l'a prénommé Juan Reyes.

Nuit. Comme chaque nuit maintenant un frisson me parcourt & cela me brûle même quand je dors. Je me sens mieux pendant la journée mais j'ai eu au moins 4 ou 5 quintes de toux très longues. Je commence à me demander si je fais bien de sortir par ce temps mais Tu m'as donné une tâche considérable à accomplir. Je n'ai plus de goût pour rien sauf pour Toi & je ne mange qu'un peu de pain à l'eau bien que Francisco m'ait apporté un beau morceau de gibier qu'avant je préférais au mouton ou au bœuf.

Suivaient de nombreuses pages contenant presque exclusivement des citations de la Bible et des homélies. Le père Olguin se contenta de les parcourir puis il ouvrit le livre plus loin; une lettre de Fray Nicolas s'y trouvait insérée, dont le destinataire n'était pas nommé, peut-être un parent. Bien qu'il eût déjà lu et relu la lettre ainsi que la majeure partie du journal, le père Olguin s'aperçut pour la première fois de menues variations dans le manuscrit. L'écriture était moins contrôlée et dénotait une perte de patience et de concentration. Il prit la lettre et la déplia avec un soin étrange, comme s'il s'agissait de son propre ouvrage, d'un testament de sa foi qu'il lui faudrait corriger et relire ultérieurement.

Le 17 octobre 1888

Mon plus cher frère J. M.,

Reçois ici mes remerciements les meilleurs pour les livres & le papier & Dieu dans Son infinie Bonté te récompensera selon ta générosité. Sois sûr mon frère que je me porte aussi bien qu'on peut l'espérer. N'est-ce pas un miracle? Je vois dans mon journal que 10 ans & plus ont passé depuis que tu es venu me voir sur mon lit de mort afin de me donner ta bénédiction. Je suis un vrai Lazare & tu en es le témoin. Tu peux dire avec moi, comme il est écrit dans Cor. I : O Mort où est ta victoire? O Mort où est ton dard? Cependant, toutes mes forces ne sont pas revenues & l'Ange le plus funeste n'a pas encore disparu de ma vue. Je guette son approche mais il se contente de rester immobile en ricanant. Il reste immobile mon frère. Je lui suis réservé je le sais. Tu dois me trouver bien fantasque. Ecoute mon frère je l'ai entendu qui prononçait ton nom. Tu es content de m'apprendre combien tu prospères mais tes jours sont comptés. Sois assez sage pour dire chaque jour adieu à ta femme Catherine car ses jours sont comptés & à tes enfants aussi car leurs jours sont comptés.

Ecoute je t'ai parlé de Francisco & j'ai bien fait. Il est méchant & me veut du mal & ceci après que je l'ai protégé toute sa vie. Garde ce que je t'écris car si jamais je meurs tu pourras lui en faire porter la responsabilité. Il est l'un d'entre eux & va souvent dans la *kiva* & revêt les dépouilles & les cornes & idolâtre ce Serpent pourtant notre plus vieil ennemi. Il n'a même pas honte d'être l'un de mes sacristains & mon frère j'ai bien trop peur pour l'empêcher d'agir ainsi. Tu te sentiras injurié je le crois d'apprendre qu'il touche la patène & l'Hostie & ainsi me déshonore devant mes ennemis. Comment se fait-il que le Saint-Esprit ne l'ait pas encore foudroyé? Toujours je l'espère & toujours suis déçu. Pourquoi suis-je trahi moi qui ne puis trahir? Je suis sûr qu'il a été avec Porcingula Pecos personne abjecte je te le garantis & elle est déjà grosse & sera bientôt malade si Dieu le veut. Avant c'était un enfant si gentil & j'aimais bien faire semblant d'être fâché contre lui & le toucher après pour le faire rire. T'ai-je raconté qu'une fois il est tombé dans la rivière & qu'il n'avait pas plus de 6 ou 7 ans & que je lui ai fait enlever ses habits & rester nu près du feu & qu'il tremblait & qu'il avait honte & que le lendemain il m'a rapporté des *pinones* des collines?

Pourquoi ne m'as-tu pas envoyé le rasoir & l'affiloir & un peu d'argent aussi? J'en ai bien besoin. Comme je te l'ai dit, la lame que je possède m'est de peu d'utilité & il ne me reste qu'un bout de cuir de vache trop rêche & trop épais. Je ne peux rien aiguiser dessus & ma peau est très abîmée & je suis obligé de faire du savon avec des racines. C'est une demande ingrate & je présume que tu ne vas pas tarder à te montrer mon bienfaiteur n'est-ce pas? Tu envies ma situation avec Lui & tu cherches donc à me soutirer de bonnes paroles. Ne sois pas si certain de mon intercession mon frère tant que tu n'auras pas versé ton propre écot. J'ai des amis & des parents qui passent avant toi sois-en sûr & ils expriment des demandes autrement urgentes que les tiennes & à dire vrai il m'est difficile d'intercéder pour toi. Tu aurais mieux fait de réfléchir à tout cela ton besoin & le mien. N'hésite pas à te confier à moi s'il est avéré que Catherine dit du mal de moi. Autrement cela retomberait sur toi & tes enfants. Je pense qu'en effet elle me calomnie mais tu pourrais m'apprendre la nature de ces racontars & ainsi ma bénédiction te placera hors d'atteinte & je sais aussi que tu es mon meilleur ami & mon frère. Tu sais que je peux te sauver. J'étudie ces choses depuis longtemps & bien que ce soit un domaine des plus délicats après tout ce n'est rien pour moi.

Certains jours Il vient à moi paré d'une lumière qui n'a pas de source qui apparaît sur Son image à mon chevet & alors je suis pris dedans & brille aussi comme si la lumière était sur moi. Je pense qu'Il me console mais je ne suis pas consolé & pourtant je le voudrais si fort – plus que tout au monde. Il m'enjoint d'exprimer tout mon amour mais cela m'est impossible car je ne suis pas à la hauteur tout le poids repose sur moi & je reste muet comme si une petite montagne pesait sur moi & quand cela m'arrive je ne peux même pas appeler à l'aide. Pourtant je distingue toujours cette plainte qui m'oppresse & qui s'arrête en moi & quand Il est parti je me demande s'Il est jamais venu. Alors Il m'adresse des reproches & sans doute il m'arrive de m'emporter car sinon je ne serais pas aussi égaré & réprimandé. Tu peux constater qu'il en est ainsi. Tu peux constater que cela ne fait aucun doute. Me feras-tu la faveur d'en témoigner? Evidemment cela n'est pas un problème pour moi pourquoi le serait-ce mais je voudrais que tu le dises pour être sûr que tu penses avec rectitude & ne t'en laisses pas conter. Que tu considères bien cela & d'autres sujets qui concernent ton âme.

Oh je suis si content d'avoir de tes nouvelles quelles qu'elles soient & surtout n'oublie pas de me raconter les moindres petites choses te concernant toi & ta gentille famille. J'aimerais méditer tout cela & ensuite t'adresser mes bénédictions avec ma meilleure volonté. Reçois mon salut & partage avec les tiens les vœux les plus tendres et les plus sincères de

Ton humble frère,
N. V.

Le père Olguin se trouvait à présent rasséréné d'avoir pu sonder le cœur du saint homme. C'était exactement ce qu'il avait souhaité obtenir : un aperçu de son propre fantôme, une petite extase inoffensive.

Bien sûr, il ne pouvait s'empêcher d'être un peu troublé ; il s'y sentait même obligé. N'empêche qu'il venait de recevoir en cadeau, car c'en était un, la sainteté d'un autre homme, et cela lui convenait parfaitement. Il remit la lettre à sa place et referma le livre. Maintenant, il pouvait aller dormir et, dès le lendemain, il deviendrait une figure exemplaire du village. Il irait parmi les habitants et leur recommanderait de se mettre sereinement à l'œuvre. Il ferma son œil valide ; l'autre resta entrouvert et inerte malgré la lumière électrique ; la pupille était dure et opaque comme de la moelle glacée dans un os.

Lorsque Angela revint à la maison Benevides cette nuit-là, elle fut très sensible au monde noir et silencieux du canyon. De chaque côté de la route, elle vit un flot de formes grises et blanches comme des grêlons qui ne cessaient de surgir, trop rapidement pour être captées par le faisceau lumineux des phares, avant de retourner au néant dans le noir sillage de la voiture. Tout en conduisant, elle eut l'idée de produire un courant d'air en baissant la vitre afin de mieux profiter de la quiétude fraîche et obscure créée par les parois du canyon. Elle fonça sur quelque chose, un lynx ou un renard qui, avant de s'éloigner d'un bond, la fixa d'un regard bizarre et furtif ; la vision de ces yeux ronds réfléchissant la lueur des phares la poursuivit un long moment, s'embrasa en elle, plus brillante que les yeux d'un animal, plus brillante enfin que les fenêtres de la maison Benevides, lesquelles reflétaient à présent la lente approche et l'arrêt de la voiture. La brise qu'elle avait provoquée vint mourir, le moteur se tut, les phares s'éteignirent, et quand elle sortit de la voiture en s'efforçant de distinguer quelque chose, ce n'était plus la hautaine bâtisse blanche de stuc et de pierre surplombant le verger qui se dressait devant elle, mais bien plutôt une masse noire et organique suscitée par la nuit, tout comme jadis le canyon s'était arraché au temps avec ses roches rouges, blanches et violettes, ce canyon qui s'était un peu plus décoloré et déformé chaque jour pour devenir cette horrible présence monumentale et silencieuse. Cette impression ne présentait plus aucun rapport avec la destination hasardeuse de son voyage, ni avec le cap du dixième jour, mais indiquait plutôt qu'à présent elle vivait sous le joug du lendemain, du surlendemain et même audelà, si elle voulait bien l'envisager. Dès le matin, elle irait se promener sur la route le long de la rivière, elle observerait la maison Benevides tout en mangeant une orange ou en imaginant qu'elle pourrait ressentir en elle, si ténu fût-il, le premier mouvement de la vie. Elle examinerait les fenêtres et les portes, elle connaîtrait d'avance le déroulement de ses journées et de ses heures passées à l'étage et au rez-de-chaussée, et ces moments constitueraient la preuve qu'on pouvait être et avoir été. Elle verrait si les rosiers ploient sous le poids des abeilles, si les frondaisons penchent sous le poids des oiseaux. Elle considérerait la maison à la lumière du jour. En fait, tout comme elle, cette maison Benevides recelait un secret. C'était une maison dont la principale particularité consistait à tenir le monde en échec, comme une tombe. Elle pourrait s'y éclaircir la gorge, crier ou bien garder le silence. Ainsi, cette maison Benevides, qu'elle avait vue depuis la rivière et la route, qu'elle avait faite sienne par la seule force de son regard, eh bien cette maison serait les coulisses et la scène d'un règlement de comptes. Des grillons chantaient dans les ténèbres.

Le 28 juillet

Le canyon est une échelle qui mène à la plaine. La vallée pâlit à la fin du mois de juillet, quand le maïs et les melons arrivent à maturité, quand les champs sont lentement apprêtés pour la récolte, quand un faux air d'automne – illusion propre à cette contrée – s'élève quelque part dans les hautes régions du nord et applique un vague soupçon de rouge et de jaune sur les sommets les plus éloignés. En bas, dans la vallée, le village s'étire comme un squelette écartelé en plein cœur du pays, là où la terre n'est qu'une étuve, là où la glèbe est emportée par le vent, là où toute récolte n'est que mince survivance des semailles. C'est un lieu reculé, séparé du reste du monde par une grande fourche montagneuse au nord et à l'ouest, par des terres en friche au sud et à l'est, une région de dunes, d'arbrisseaux épineux et de tourbillons d'air brûlant. En vérité, c'est surtout le temps et le silence qui isolent ce lieu.

Il existe une forme de vie particulière à ce pays, en

été surtout – une attitude de circonspection –, une sorte d'équation saisonnière régit l'atmosphère, dont les termes sont le bien-être et la vigilance. Les coucous se font pur mouvement; un sentiment d'urgence leur fait adopter un mouvement oblique, ou bien ils prennent l'apparence des racines dénudées et noueuses des arbustes rabougris, recourant ainsi à quelque stratagème propre au pays, immuable et éternel. Le soir venu, le dandinement des cailles ne parvient même plus à suggérer cet excès de pesanteur; elles vont se remiser, toutes ailes déployées sur le sol, sans grand talent pour déceler une menace éventuelle. Et si jamais elles doivent s'envoler à nouveau, l'imminence d'un danger terrestre ne saurait être plus palpable : elles prennent la poudre d'escampette, et l'on ne perçoit alors qu'un sifflement mourant et la zébrure de leur trajectoire dans le ciel. Souvent, on voit dans le soleil des couples de faucons blancs et roux en maraude, et, quand l'un d'eux descend en vol plané pour se poser, cela signifie que la mort va s'abattre sur le pays, car il atterrit ainsi pour se placer tel un signe fatal entre sa proie et le terrier d'où elle vient; alors, l'autre faucon, le tueur, interrompt son tournoiement dans le ciel et plonge en piqué. On raconte qu'ensuite, s'ils n'ont rien à craindre à l'horizon, les faucons entament une danse sur le lieu de leur carnage, autour des dépouilles encore chaudes. Au plus fort de la canicule, les serpents à sonnettes gisent dans les dunes de sable, comme si le soleil les avait blessés et terrassés d'un trait de feu, ou bien alors, percevant dans les airs une présence vibratile, ils s'éloignent en se contorsionnant sous le supplice du temps. Au coucher du soleil, ils rentrent d'eux-mêmes sous terre, sans grand espoir, comme si quelque inimaginable règlement de comptes devait se tenir dans les bas-fonds de l'univers. Les coyotes, eux, possèdent presque le don d'invisibilité et s'arrangent toujours pour rester dans l'angle mort de la vision même quand ils courent d'une cache à l'autre dans les plaines ou sur les hauteurs. La nuit venue, quand le monde entier leur appartient, ils vont à la rivière afin de parlementer avec les chiens, et l'on perçoit surtout les intonations réprobatrices et autoritaires de leurs voix aiguës et stridentes. Ainsi forment-ils un concile de vieux bouffons, très écoutés au demeurant.

Plus haut, parmi les collines, les mesas et les parois de grès, foisonnent renards, lynx et cougars. Parfois, quand le temps change et que la nourriture se fait rare dans les montagnes, l'ours et le cerf s'aventurent dans les canyons. Une fois, les vieux chasseurs du village s'en souviennent, on vit des loups dans les montagnes. On raconte qu'ils étaient venus en nombre, attirés par les feux de camp des chasseurs, et qu'ils s'étaient assis en cercle dans la pénombre du sous-bois, tels des Anciens qui auraient voulu fumer le calumet. Ils furent tués pour la prime, et très bientôt nul ne s'en souviendra plus. De grands aigles royaux nichent dans les pitons rocheux les plus élevés des pics. Ils sont sacrés, et l'un d'eux, une gigantesque femelle vieille et brunie, est gardée dans une cage au village. Ainsi, même dépossédé des cieux, l'aigle rôde dans l'imagination des hommes. Une rancune divine habite son regard farouche, une détermination implacable. L'aigle domine le pays, son regard porte loin, plus loin que celui de toute autre créature ; toutes choses ici-bas ne se trouvent réunies que dans la vision parfaite d'un oiseau.

Ainsi ces créatures – et les innombrables qui leur sont inférieures, le lézard, la grenouille, l'insecte et le ver de terre – exercent en toute légitimité leur droit de jouissance sur le pays. Les autres, d'apparition plus tardive – les bêtes de somme et de trait, le cheval et le mouton, le chien et le chat –, celles-là semblent être autant d'intrus négligeables. Leur capacité de vision est limitée, leur instinct appauvri, ce qui les rend déplacées dans cette contrée sauvage, où elles paraissent de simples ébauches. Certes, ces animaux naissent et meurent au pays, mais ensuite ils disparaissent, et c'est comme s'ils n'avaient jamais existé. Leurs poussières s'éparpillent au vent, leurs plaintes n'éveillent nul écho dans la pluie et la rivière, dans le froissement des ailes, ou le retour des branches brusquement courbées par le passage des sombres silhouettes qui hantent l'aube et le crépuscule.

Jadis, l'homme descendit l'échelle menant à la plaine. Bien qu'il vînt seulement des cavernes des canyons et des sommets des proches mesas, ce fut une lente migration. Il existe encore des murets écroulés sur les plateaux, des cavernes noircies par la fumée, cachées dans les parois, où l'on peut trouver des *metates* [1], des écuelles ébréchées et d'anciens épis de maïs, comme si la civilisation préhistorique, partie pour une petite promenade dans les collines, n'allait pas tarder à revenir; alors, tout redeviendrait comme à l'ère précédente, le temps se replierait sur lui-même, et les mauvais rêves d'invasion ainsi que les rumeurs de changement ne tarderaient pas à se dissiper dans l'obscurité précédant l'aube. Car l'homme lui aussi exerce

1. Roches volcaniques de porphyre noir. *(N.d.T.)*

son droit de jouissance sur le pays en toute légitimité : après tout, n'y demeure-t-il pas depuis vingt-cinq mille ans, et ses dieux avant lui?

Les habitants du village se contentent de peu. Ils ne soupirent pas après le progrès et n'ont jamais fondamentalement changé leur mode de vie. Leurs envahisseurs furent longtemps avant de les soumettre, mais à présent, après quatre siècles de christianisme, ils prient toujours à Tanoan les vénérables divinités de la terre et du ciel et vivent de choses qui sont et ont toujours été à leur portée, car leur fierté clairvoyante leur a permis de discerner la frivolité de leurs conquérants. Certes, ils ont adopté les noms et les attitudes de leurs ennemis, mais ils ont su préserver leur âme, la garder secrète, et, en cela, font preuve d'un esprit de résistance, de victoire et de patience.

Abel marchait dans le canyon. Contrairement à son attente, son retour au village s'était révélé un ratage complet. Au cours des jours suivant son arrivée, il avait bien essayé de parler à son grand-père mais n'avait pas su trouver les mots appropriés; il avait essayé de prier, de chanter, de se fondre dans le vieux rythme de la langue mais il n'y était plus accordé. Et pourtant, c'était encore là, comme un souvenir qui lui aurait parlé à l'oreille, comme si Francisco, sa mère ou Vidal s'étaient adressés à lui par-delà le passé et que leurs paroles allaient s'emparer du moment présent afin de le rendre à l'éternité. Si seulement il avait pu dire quelque chose avec ses propres mots – ne fût-ce que la banale formule de bienvenue : « Comment allez-vous ? », laquelle n'était qu'un simple son dénué de toute substance – eh bien il se serait senti redevenir lui-même ; mais voilà, il restait muet, non pas tant muet en vérité – puisque après tout le silence représentait la meilleure part de la coutume ainsi que la plus ancienne – mais bien plutôt *inarticulé*. Il quitta les dalles de pierre qui signalaient le début de la montée et coupa à travers la colline, soudain amplement soulagé de se trouver ainsi seul dans le canyon baigné de soleil, de marcher d'un pas leste le long de la rivière lente, étincelante, de l'eau fraîche et peu profonde, si claire qu'elle laissait transparaître son lit de sable. Il suivit des yeux les deux parois du canyon qui convergeaient et s'approfondissaient dans les couleurs du lointain avant de laisser place aux montagnes boisées qui surgissaient dans le ciel. D'énormes nuages flamboyants et gorgés de pluie flottaient juste au-dessus du Valle Grande. Il fit une halte à la rivière pour se désaltérer, et en se tournant, il vit la vallée loin au-dessous de lui, le grand étang du ciel ensoleillé, les collines rouges et mauves. A partir de là et plus haut, depuis cette hauteur jusqu'au sommet du continent, l'air distillait la quintessence de l'été et du midi, et rien ne venait s'interposer entre l'œil et l'objet.

Il commençait à se sentir presque en paix, comme s'il venait de boire quelque vin doux et réconfortant, et pendant un instant, il parvint à ne plus être obnubilé par lui-même. Comme il était seul, il eut envie de fredonner une chanson inspirée par les chatoiements du canyon, à la façon des femmes de Torreon qui, penchées sur leur métier à tisser, composaient des chansons en s'inspirant des motifs formés par la réunion des fils colorés, mais voilà, lui n'avait pas réussi à assembler les mots. Cela aurait été un chant célébrant la création ; lentement, il aurait chanté le premier monde, celui du feu et du déluge, ainsi que l'émergence de l'aube depuis les collines. Et s'il avait emporté une collation pour la route, il aurait aimé que cela fût un pain cuit au four, avec une bonne croûte craquante, lourde, humide et piquetée de cendres, ou mieux, un gâteau de maïs bleu bien fumé et regorgeant de gruaux.

Midi était passé et une partie de l'heure suivante, il se trouvait sous la route venant de la vieille mine de cuivre désaffectée, un fantôme elle aussi, tout comme les villes antiques englouties sous les crêtes au-dessus et derrière lui, ces villes livrées à l'emprise de la terre dévorante, aux rues jonchées de vestiges abandonnés lors de quelque retraite aussi mystérieuse qu'ancienne : des armes brisées et rongées par la rouille, du bois calciné et pourri, des milliers de bouts de verre transparent de couleur verte et ambrée éparpillés sur le sol renflé, comme si d'immenses légions de fourmis étaient venues y rejouer le siège d'Alésia. En contemplant la gueule noire de la mine située plus haut sur la pente, juste avant la base de la paroi ensoleillée, et son encadrement de bois grisâtre, Abel se souvint de quelque chose. Elle était plus profonde que l'ombre, et il n'eut pas besoin de prolonger son examen pour savoir que nulle autre caverne ou crevasse de la paroi opposée du canyon n'était aussi nettement dessinée. Il se détourna et vit de nouveau la lumière qui jouait sur l'eau claire et les alluvions qui sautillaient de pierre en pierre. Plus loin, il monta sur une butte d'où il put voir les baraquements près des sources, les toits de tôle ondulée qui étincelaient, les vergers lumineux et les hauts murs blancs de la maison Benevides. Il pressa le pas.

Assise au rez-de-chaussée, Angela Grace Saint John l'attendait. Elle avait attendu des jours et des jours, sans prendre la peine de les compter, parmi les rais de lumière qui inondaient les pièces de la maison. Au fil de l'après-midi, un labyrinthe de couleurs s'était formé : des reflets sur le bec des cruches et des jarres et un sombre éclat sur le poli de la porcelaine et du bois. Elle écoutait. Il est certains bruits qui ne désignent rien en particulier et qui, pour cette raison, demeurent ignorés : l'eau qui fuit d'un robinet, le bourdonnement des abeilles, la rumeur persistante d'un chantier éloigné. Dans le champ, de l'autre côté de la route, un tracteur allait et venait lentement entre les meules de foin. Ce bruit l'avait tirée de son sommeil, mais il préexistait à son réveil et continuerait longtemps après qu'elle eut cessé de prêter attention à ces milliers de trépidations sourdes dont l'écho résonnait à travers tout le pays. Soudain, elle entendit le portail se refermer et aussitôt elle sut que c'était lui. Pour l'instant, elle n'éprouvait pas le besoin de le voir et préféra rester assise, l'oreille aux aguets. Il travaillait à un rythme plus rapide encore que la dernière fois, mais son effort était légèrement disproportionné à sa tâche : il portait quatre coups de hache d'affilée, parfois même cinq ou six, d'une façon précipitée et irrégulière, ensuite il observait une pause, puis les copeaux tournoyaient à nouveau, le rondin allait heurter et dégringoler le tas de bois fraîchement débité, pendant que se faisait entendre le frottement d'une autre bûche sur le billot.

Plus tard, quand l'ombre s'éleva lentement dans le

canyon, annonçant le long crépuscule fallacieux, elle ressentit le besoin de sortir. Elle verrouilla les portes et marcha le long de la route jusqu'à l'établissement thermal. Sans dire un mot, l'employée posa les serviettes dans l'une des cabines et remplit la baignoire d'eau minérale bouillante. Angela tira les rideaux, ôta ses vêtements et entra dans le bain. Elle se détendit et, au bout d'un moment, n'entendit plus que le rythme de sa respiration, lente et régulière, ainsi que le clapotis de l'eau. Elle émit un profond soupir et reposa sa tête sur le rebord de la baignoire. Son corps flottait et semblait dériver dans l'eau fumante. Ses pieds et ses genoux étaient rougis par la chaleur. Elle sentait les gouttelettes chaudes perler sur son front, couler le long de ses tempes et se perdre dans les replis de son turban. Elle était heureuse de perdre la notion du temps, heureuse de laisser vagabonder ses pensées et de neutraliser pour une heure encore ce vague pressentiment de honte tapi dans un recoin de son esprit. Plus tard, elle s'étendit sur la table de massage, et l'employée l'enveloppa d'une fine couverture de coton avant de la laisser somnoler.

Quand elle revint à la maison Benevides, Abel était assis sur la terrasse principale dans une attitude tranquille et flegmatique – il ne l'attendait pas, semblait-il. Le dernier rayon de lumière avait atteint le sommet de la paroi et pourtant sa lueur se mourait toujours sur le rocher rouge sang au-dessus des arbres. L'immense obscurité qui emplissait le canyon était étrangement froide, bien plus froide que la nuit ne le serait. Une demi-lune pâle apparut à l'horizon. Un oiseau-mouche voletait dans le voile nuptial. Les abeilles n'étaient pas encore parties.

Il la suivit en silence dans l'enfilade des pièces assombries. Elle alluma la lumière dans la cuisine et ne put s'empêcher de se contracter devant le soudain afflux de clarté. Elle lui servit du café et il l'écouta gentiment, sans rien attendre, sans paraître remarquer son embarras, lequel se dissipa bientôt. Elle en éprouva de la reconnaissance – ainsi qu'une immense vexation. Elle n'avait pas prévu cette tournure des événements, elle n'avait pas imaginé qu'il pourrait déjouer ses plans. Elle avait projeté de se divertir un peu à ses dépens, et voilà qu'elle était seulement reconnaissante et vexée ! Mais ce qui la frappa le plus, et l'aida à garder sa fierté intacte, fut cette terrible envie de rire, non pas d'un rire moqueur comme elle l'avait prévu ; ce fut plutôt une joie glaciale et malaisée, avec un soupçon d'effroi, qui l'envahirent soudain. Devant elle, illuminée par l'éclairage impitoyable, se tenait l'étrange et singulière concrétisation de sa honte. Elle n'était plus elle-même, elle n'était plus la personne qu'elle croyait être, dispersée, à l'aise en toutes circonstances. Elle n'avait plus la force ni la volonté de lui témoigner son indifférence. Il était là, tranquillement assis à la regarder, sans rien attendre, guidé par quelque instinct où se mêlaient le désir et l'envie de dominer. Elle papillonnait autour de la flamme.

Après avoir essuyé tasse et soucoupe et les avoir replacées dans le placard, Angela resta debout, le souffle court et irrégulier. « Très bien », fit-elle dans un soupir. Ce « très bien » n'exprimait ni le consentement ni la résignation, c'était juste pour dire quelque chose, dans l'espoir qu'il en fît autant. Tout aurait été alors tellement plus facile. Mais il ne disait rien.

– Abel, fit-elle après un long silence, est-ce que vous me trouvez belle ?

Elle s'était dirigée vers le mur avant de se retourner; elle se pencha un peu en arrière, les mains derrière le dos, et rejeta sa tête sur le côté afin d'écarter une mèche de cheveux qui était retombée sur son front. Elle se mordait la joue rêveusement.

– Belle, non, dit-il.

– Est-ce que cela vous plairait de faire l'amour avec moi?

– Oui.

Elle le regarda. Elle ne rêvait plus.

– C'est vrai? Bien vrai? Oh, mon Dieu! J'avais remarqué la façon dont vous me regardiez parfois!

Il ne manifesta aucune réaction.

– Et est-ce que vous pensez que cela *me* plairait aussi? poursuivit-elle.

– Je ne sais pas, répondit-il, mais j'imagine que oui.

Angela retint longuement son souffle et fit quelques pas en avant. Quand elle se pencha pour l'embrasser, il l'attira à lui. Elle sentit le contact de ses mains puissantes, la chaleur qui émanait de tout son corps. Ses paumes étaient calleuses et dégageaient une odeur boisée. Elle le prit par la main.

D'un pas rapide et sûr, elle le guida à travers la maison jusqu'à l'étage. Le couloir était sombre mais il y avait une veilleuse dans sa chambre. La pièce était chaude et peuplée de grandes ombres douces. Elle lâcha sa main et se détourna pour se déshabiller. Il pouvait voir sa silhouette se réfléchir dans le miroir ovale suspendu au mur. Quand elle lui fit face à nouveau, tous deux étaient nus. Pendant une minute, ils restèrent immobiles dans la douce lueur bleutée. Abel la détailla mais elle ne se déroba pas. Elle paraissait très svelte et pâle dans sa nudité, mais son corps était ferme, souple et doté de rondeurs avenantes ; son cou était long et ses épaules finement ciselées ; bien qu'ils fussent petits et implantés un peu bas, ses seins étaient fermes et pointaient fièrement ; son ventre s'épanouissait dans une belle courbe et ses cuisses s'évasaient généreusement à partir des hanches ; ses jambes étaient minces et fuselées. Vaste sujet que son entrejambe...

– Qu'est-ce que vous allez me faire ? demanda-t-elle. Sa poitrine se soulevait doucement, sa bouche était mollement entrouverte. La blancheur de son visage et de sa gorge formait un contraste délicat avec sa chevelure noire.

Quand ils s'approchèrent l'un de l'autre, Angela put sentir de tout son corps la maigreur, la dureté et la vitalité d'Abel ; sa peau sombre était chaude, trempée de sueur et tendue par l'excitation. Quand elle sentit tressaillir les muscles de son ventre et de ses cuisses, elle en eut le souffle coupé. Il la porta précautionneusement sur le lit et s'étendit sur elle. Il embrassa son front, ses yeux, sa bouche frémissante, et le poids de son torse et de ses épaules se mit à croître jusqu'à ce qu'elle redoutât d'être écrasée sous lui.

– *Très bien !* répéta-t-elle dans un souffle.

– Non, pas encore, dit-il.

Elle crut qu'elle allait s'évanouir, et son désir faillit s'éteindre. Oh non, *oh non !* pensa-t-elle, mais il savait ce qu'il faisait. Sa langue et ses doigts explorèrent son corps, et lentement il ranima sa volupté et embrasa sa chair d'un feu si soudain qu'elle faillit crier. Enfin, il entra en érection et elle s'apprêta à le recevoir. Elle gémissait doucement, ses yeux étaient révulsés. Il la dominait, sombre, massif et auréolé d'une lueur bleu pâle. Elle n'eut que le temps de repenser au blaireau dans l'eau, au souffle chaud du gros ours bleu-nuit.

Comme toujours en été, la tombée du soir sur le village était à la fois inéluctable et imperceptible. Audehors, parmi les collines et les champs, les ombres s'attroupaient et s'emparaient du crépuscule jusqu'à ce que la vallée elle-même ne fût plus qu'une ombre grise et douce. Maintenant, la vallée recelait une grande variété de couleurs, bien plus grande que le ciel qui commençait à rougeoyer. Les teintes des roches et des sables s'adoucirent, la luminosité déserta les feuillages.

Des chuchotements s'élevèrent parmi les rangées de maïs, et le vieil homme fit une pause, tout en restant courbé, les mains agrippées à sa houe. Depuis à peu près une heure, il ne distinguait plus très bien les sillons ; il estimait leur profondeur en se guidant grâce au contact de la lame sur la terre, au frôlement des feuilles et des aigrettes sur son cou et ses bras. La sueur séchait sur sa nuque, la boue séchait sur ses pieds, pourtant il ne bougeait pas, souhaitant retarder l'instant pénible de redresser l'échine et de détordre ses doigts. Enfin, il raidit son dos et ramena sa jambe infirme. Cet effort le fit expirer profondément, et au même instant il ouvrit les mains et laissa le manche de la houe glisser au creux de son bras. Il avait encore beaucoup à faire : se pencher sur les boulets des juments, défaire de ses doigts perclus les entraves des sabots, s'emparer des bras du chariot afin d'y fixer les boucles et les supports des harnais, tout cela par deux fois, sans oublier de remplir l'abreuvoir et de partager la balle de foin en portions égales. Cependant il n'y pensait guère ; il s'imaginait en train de prendre un bon café avec du pain dans une pièce bien ombragée de sa maison.

Cependant, *étaient-ce bien* des chuchotements ? En tout cas, c'était quelque chose qui le frappait en deçà de son seuil de fatigue, qui parvenait à son ouïe malgré sa lassitude, telle la plainte d'une menue créature – une souris des champs ou un lapereau. Tout ne cesse de se mouvoir dans la brise, les longues pampes de maïs ploient sous le vent et se froissent, et au crépuscule se fait toujours entendre ce bruissement des feuilles qui s'installe pour la nuit. Mais était-ce bien cela ? Tout le jour, comme à son habitude, son esprit avait vagabondé dans le passé de manière incontrôlée – la dérive de son esprit excluant d'ailleurs la notion même de contrôle – mais le cours de ses pensées se trouvait en général toujours relié à la tâche qu'il accomplissait, fût-ce par le lien le plus ténu. La progression à reculons, l'éclair de la houe, immédiatement suivi par l'avancée régulière de l'eau brune dans les sillons – tout cela constituait un petit noyau de réalité auquel son esprit devait revenir. Mais à présent, à la fin de cet effort soutenu, son esprit se trouvait trahi par son corps fourbu. Il ressentit soudain la proximité d'une présence étrangère. Et il sut immédiatement que cette présence était déjà là bien avant lui, qu'elle ne venait pas de surgir, mais qu'au contraire, depuis des minutes et même des heures, elle se tenait là, menaçante, imprégnant l'atmosphère, la végétation et le pays tout entier. Il retint son souffle et resta à l'écoute. Ses oreilles bourdonnaient de fatigue, mais il parvenait tout de même à entendre le bruit de l'eau, du vent, et dans les rangées de maïs les plus éloignées, la course fugitive d'une caille. Les ébrouements des juments du champ voisin lui rappelèrent l'heure qu'il était. Cependant, il y avait autre chose; quelque chose d'isolé, qui se distinguait de cette rumeur habituelle et ne se laissait pas absorber par le silence ordinaire : une respiration haletante, subite, irrégulière, instantanée, irrévocable quand bien même elle venait de cesser. Il scruta les sombres rangées de maïs d'où nul son n'était venu, où nulle présence n'était sensible. Seule existait la muraille obscure des tiges, des pieds et des feuilles de maïs qui vibraient lentement comme de l'eau dans sa vision exténuée. Il était trop vieux pour avoir peur. Son acquiescement devant l'inconnu n'était rien d'autre qu'une tristesse intrinsèque, une vague envie de sangloter, car il avait assez souvent côtoyé le Mal pour savoir à quoi s'en tenir. Il adressa une bénédiction au maïs, prit sa houe et suivit les rangées en direction de la lueur diffuse à l'extrémité du champ.

A l'endroit précis où il s'était tenu, l'eau reflua dans les sillons et déborda bientôt. Elle se répandit sur le sol, entraîna les mottes de boue noirâtres qu'il avait retirées de la lame de sa houe, et recouvrit la double rangée d'empreintes en forme de croissant qu'avaient imprimée dans la terre les talons de ses chaussures. Puis les halètements reprirent de manière précipitée. Au-dessus de la bouche béante, les yeux presque éteints suivirent le trajet du vieil homme hors du champ de maïs, et les paupières nues tremblèrent d'impuissance derrière les verres teintés.

Le 1er août

Trois jours passèrent au cours desquels le père Olguin vaqua à ses tâches ordinaires. Durant ces journées de plein été, il goûtait particulièrement l'atmosphère fraîche et musquée du presbytère, il avait l'habitude d'aller s'y recueillir dans la solitude le matin après la messe, particulièrement quand son sang lui paraissait se figer dans ses veines et qu'il avait du mal à suivre le cours des événements. Les menus problèmes de la paroisse furent réglés en l'espace de ces quelques jours bénis. Il était content. Enfin il commençait à ressentir le rythme vital du village ancien et la façon dont son propre pouls allait pouvoir s'y adapter. Ce qui ne constituait pas un mince motif de satisfaction. Il avait toujours éprouvé une prédilection pour tout ce qui regardait la piété, et voilà qu'il se trouvait maintenant en présence d'une sacralité plus intrinsèque encore qu'il ne l'eût cru possible – la procession lente et druidique des saisons dans les rues étroites.

En ce premier jour du mois d'août, une grande animation régnait au village. La plupart des hommes avaient délaissé leurs travaux agricoles, tandis que les femmes sautillaient comme des écureuils de porte en porte sans cesser de jaser. Il y avait un curieux mélange de calme et d'empressement dans l'air. Des braises et des cendres s'élevaient dans les colonnes vibrantes de chaleur au-dessus des fours de boue séchée, et tournoyaient avant de retomber dans les rues ; l'odeur entêtante de la fumée du cèdre et de la résine portait jusqu'à la limite du village et au-delà, vers la vallée, dans la quiétude du milieu de matinée. Et puis les premiers chariots bâchés apparurent au sud, sur l'ancienne route de San Ysidro. En tête du convoi, les aînés de la caravane, le *Diné*, d'une lignée plus ancienne que ceux qui allaient leur succéder tout au long de l'après-midi jusqu'au soir, et qui déjà convergeaient à la bifurcation dans le but d'y marchander du vin. Pendant tout l'après-midi, les chariots viendraient ainsi du sud, à une allure si lente et si régulière qu'ils sembleraient immobiles, mais en fait ils grossiraient imperceptiblement, et leurs grandes bâches grises se gonfleraient comme des voiles à l'horizon de la plaine. Dans le sillage des Anciens, de part et d'autre du convoi, les jeunes gens efflanqués, déguenillés, visiblement en état d'ébriété ; les belles jeunes filles vêtues d'argent et de velours ensoleillés, aux corps minces, fermes et droits – des cavalières nées – et puis enfin les chiens à la langue pendante. Plus tard, dès qu'ils auraient achevé leurs tâches quotidiennes, les enfants du village se rueraient au-dehors et se jucheraient sur les barrières en choisissant les meilleures places pour siffler et applaudir, puis ce serait le vieux refrain des rires et des exclamations de surprise. Le convoi serait fermé par une cohorte de demeurés, triste parodie de la fierté bafouée : les grosses squaws dégénérées, engourdies par l'alcool, et à leur suite, moroses, les mâles qui s'efforçeraient de tenir le coup. Mais ceux qu'on voyait à présent, c'étaient les hommes des clans au visage parcheminé, les gardiens de la vieille union sacrée, venus en ces lieux afin de reconduire pour une année encore les célébrations de la Reconnaissance et de la Retraite.

Plus tard, lorsque le père Olguin eut fini de recueillir le miel des ruches, et qu'une clameur de bienvenue eut couvert le bourdonnement des abeilles, il songea à Angela. Maintenant, il était en mesure de penser à elle sans ressentir ce léger pincement intérieur qu'elle avait si facilement suscité en lui lors de leur première rencontre. Non qu'il fût devenu indifférent à sa féminité, bien au contraire, mais celle-ci ne le dérangeait plus. Tacitement, elle avait accepté de se tenir à distance. Sinon, comment interpréter son silence ? Elle savait se montrer respectueuse. Très bien, il lui rendrait donc la pareille ! Désormais, il étendrait sa bienveillance sur elle à la faveur de cette journée empreinte d'une bonne volonté solennelle. Inaccoutumée à l'isolement comme elle devait l'être – c'était sans doute une personne plus esseulée que solitaire –, elle partagerait son sort enviable, simplement, implicitement. Elle *percevrait* qu'il était accaparé par une mission de confiance d'une importance cruciale, et elle l'envierait pour cela même – peut-être pas pour sa réussite, mais du moins pour ses potentialités. La perspective de provoquer son envie lui plut tant qu'il se mit à arpenter le presbytère en chantonnant jusqu'à ce qu'il fût midi, heure à laquelle il sonna l'angélus longtemps, avec force.

Passé midi – quand d'ordinaire un silence pesant

vient s'abattre sur le village – le brouhaha ne diminua pas d'intensité, il se poursuivit plutôt, prenant de l'ampleur. Le rythme quotidien était suspendu, et il ressentit l'imminence d'une révolution, comme si un nouvel ordre des choses, plus contraignant, allait être imposé au monde entier. Cependant, cette impression s'évanouit quand, presque à regret, il prit sa voiture et quitta le village en direction du canyon, laissant derrière lui le tapage des préparatifs de la fête. Une étrange exaltation s'était emparée de son esprit, une allégresse qui couvait en lui comme un feu rampant qu'il tenta d'entretenir en soufflant dessus à petites bouffées. Il livra sa paume à la force de l'air.

Une ligne basse de cumulus se formait à l'horizon, loin derrière les pics les plus au nord. Ils semblaient situés à une distance extrême, comme s'ils avaient toujours été là, à perte de vue sombres et inchangés, polaires et nocturnes. Il accéléra sans cesser de surveiller la masse nuageuse, comme s'il nourrissait quelque espoir de rejoindre la senteur de la pluie. Au mois d'août, le spectre de la pluie devient une distillation de lumière diffuse sur le paysage, une efflorescence plus précise sur les rochers et, sur la rivière et les feuilles, un reflet stérile, singulier. La simple présence d'une ombre dans le ciel du plein été, aussi indécise et esquissée soit-elle, applique un lustre fin et incolore sur le sable, les parois et sur les branches poussiéreuses des cèdres et des pins. Alors se décèle dans l'atmosphère l'indice d'une résistance vaine.

Le toit et les murs de la maison Benevides étincelaient au soleil. Il effleura la pédale du frein et tourna pour emprunter l'allée de gravier blanc où se distinguaient quelques mottes de terre durcie et les arêtes grises et saillantes de rochers trop profondément enterrés pour qu'on pût songer à les enlever. La pente menant à l'escalier du porche était inégale et le gravier chassait sous les sandales du père Olguin. Il y avait plus de mouches qu'à l'ordinaire autour du porche, et la treille de vigne vierge bourdonnait d'abeilles. Angela ouvrit la porte et hocha la tête sans dire un mot avant d'ébaucher un sourire, ce sourire si particulier, signifiant qu'elle était, ou venait d'être, perdue dans ses pensées. S'il avait été un tantinet soupçonneux, il aurait remarqué qu'elle avait très légèrement sursauté en le voyant, et il aurait deviné une certaine nervosité chez elle. Quoi qu'il en fût, il pénétra dans une pièce assombrie où tous les stores étaient baissés. Il s'assit confortablement et lui dit qu'au village les gens se préparaient pour la fête. Un peu comme les derviches, précisa-t-il. Il fallait vraiment qu'elle voie ça.

D'emblée, il prit le parti d'adopter avec elle un ton familier, choix dicté par ses préférences : à savoir une admiration teintée de jalousie pour Esope et le ton employé dans la Genèse, ainsi qu'une tendance aussi instinctive que prononcée à postuler le caractère nécessairement fabuleux de tout récit historique, ce qu'il développa pendant plusieurs minutes. Le village, expliqua-t-il – quoique de façon moins prolixe – le village donc vivait au rythme d'un vieux calendrier solaire où figuraient les apparitions de toutes les divinités, les périodes de jeûne, les derniers et les moindres oracles chuchotés, les jours et les années fixés pour toute damnation et délivrance. Elle écoutait. Elle entendait ses paroles, mais en fait elle écoutait les grondements du tonnerre et la pluie qui tombait sur la montagne à des kilomètres de là, qui fendait le ciel et déclenchait un horrible tremblement dans les arbres. Elle entendait la pluie sur les sapins, elle distinguait même la plainte des branches qui ployaient et les pans de pluie qui se déplaçaient à toute vitesse sur les pentes noires. Tandis qu'il parlait, la chaleur sèche progressait le long des fenêtres et des murs. Elle attendait avidement la pluie. Ses yeux brillèrent d'impatience, et les plis à la commissure de ses lèvres se creusèrent un peu plus. Soudain, il se tut et se rendit compte qu'elle était derrière lui. Il se tourna et la dévisagea pour la première fois depuis son arrivée. Elle semblait minuscule dans la pénombre de la pièce. Il attendait qu'elle dise quelque chose. « *Oh, mon Dieu !* fit-elle en riant. *Je suis sincèrement désolée... de T'avoir offensé.* » Puis elle éclata de rire. Un rire cinglant, cassant, sans la moindre nuance de désespoir, mais au contraire parfaitement volontaire et presque trop bien maîtrisé. Et ce rire l'horrifia, bien plus que la moquerie contenue dans la phrase elle-même. Il se raidit. Alors, il n'y eut plus rien dans la pièce, plus rien qu'une voix atone qui continua de résonner faiblement, même quand il eut cessé de l'entendre.

Plus tard, quand le père Olguin regagna le village, la foule emplissait les rues. Des enfants crièrent sur son passage, des animaux surgirent devant sa voiture, des poulets, des chiens et des brebis. Il fonça droit sur eux et tous se dispersèrent, mais bientôt il ne cessa plus de klaxonner et de zigzaguer. Du coin de son œil valide, il vit un enfant s'écarter de la route et tomber. L'enfant fit un roulé-boulé en riant. Soudain, les murs du village résonnèrent d'un immense éclat de rire et semblèrent se refermer sur lui. Il tournait sans cesse dans les rues, et ces rues ne menaient qu'à une succession infinie de murs de terre lisse, le long desquels étaient alignés d'innombrables personnages grotesques. Partout, il n'apercevait que des visages d'hommes et de femmes empâtés par l'alcool ou ratatinés par la vieillesse, des enfants qui couraient en gesticulant, emportés par le flot tumultueux de la liesse. Une même absence hantait les regards ; toutes ces faces ne formaient qu'un seul visage, énigmatique et intemporel, qui respirait l'idiotie et le ravissement. L'esprit du père Olguin fut partagé entre la peur et la révulsion. La voiture oscilla, fit une embardée, tourna brusquement au coin d'un mur aveugle, la roue avant gauche s'inclina dangereusement et la jante frôla le talus, faisant jaillir un jet de sable qui s'insinua jusque sous son siège ; et là, juste devant lui, apparut un chariot dont il n'eut que le temps d'apercevoir les hauts cerceaux bâchés, les roues ferrées et la petite caverne noire de l'entrée. Il pressa la pédale de frein et perçut le crissement des pneus qui s'enfoncèrent dans le sable avant de s'immobiliser devant un remblai. Il se sentit comme fouetté par l'élan de la voiture et presque écrasé par l'énorme poids du moteur uniquement retenu par les courroies de transmission. Alors, dans les cahots qui suivirent, entouré d'un nuage de poussière et d'éclats de rire, il vit le berceau fixé à l'arrière du chariot, puis, derrière les parures ornant la capote du berceau, juste à la hauteur de ses yeux, il distingua le visage du nourrisson. Ses petits yeux disparaissaient dans les replis grassouillets de son visage, ses joues et son menton débordaient sur son bavoir. Ses cheveux retombaient en boucles mouillées sur ses yeux, et toutes les chairs informes de sa face étaient luisantes de sueur et brillaient comme du cuivre au soleil. Des mouches couvraient son visage, s'agglutinant autour des yeux et de la bouche. Ses muscles se contractaient sous la graisse, et sa tête dodelinait tandis qu'il éclatait d'un rire faible et triste. Tout à coup, un mur de poussière déroba son visage, et les cris des enfants se muèrent en un refrain strident et lancinant : « *Padre ! Padre ! Padre !* »

Le tonnerre éclata dans le ciel et roula au-dessus des montagnes. Il s'intensifia jusqu'à emplir la cheminée du canyon et se répercuta indéfiniment sur les parois. Un éclair étincelant déchira le rideau sombre de la pluie et l'éclaira d'une lueur sinistre, et presque lentement, la pluie pénétra dans le canyon, déferla sur les bouffées de chaleur, et le liséré doré du jour déclinant pâlit dans la brume. Puis, jusqu'alors cachés derrière les bourrasques, des torrents encore invisibles s'approchèrent, avec le son d'une grosse turbine ; le vent et la pluie mugirent sur la rivière et les rochers, des alluvions tournoyèrent dans les trous d'eau avant d'aller se fracasser sur les rives, puis ce fut la terre elle-même qui s'évanouit, se rompit, fut entraînée par le poids de l'eau.

Quand le vent s'insinua sous la toiture, les pièces de la maison Benevides tremblèrent et s'assombrirent. Angela se redressa et attendit. La chute des gouttes de pluie sur le toit sembla presque s'interrompre ; puis les premières lames franchirent la rigole, escaladèrent le mur au nord ; elles frappèrent les volets et la toiture comme des grêlons et produisirent un vacarme assourdissant sur le toit de tôle. L'irruption de la tempête fut si soudaine et si violente qu'Angela enfonça ses ongles dans les paumes de ses mains et se blottit instinctivement. Elle tendit le cou et jeta un coup d'œil vers le plafond obscurci afin de déterminer l'origine d'un tel fracas. Happée par le sillage du flux sonore, elle ouvrit brusquement la porte et regarda au-dehors. Elle ne put entendre que le rugissement de la pluie et, au loin dans les ténèbres suspendues, les grondements assourdis du tonnerre. Elle ne put voir que les éclairs de la foudre et l'horrible grisaille du rideau de pluie, pâle, impénétrable, qui, s'entrouvrant soudain, suscita en elle une insoutenable vision d'écartèlement. La première trombe d'eau passa rapidement sans que le bruit diminuât pour autant. Des cordes d'eau débordaient des gouttières et retombaient sur les rosiers et les plants de menthe, dévorant la terre autour de leurs racines; les pierres blanches parurent soudain lustrées par l'eau, tandis que d'énormes pans de pluie franchissaient la route et rejoignaient les remous de la rivière. A nouveau le vent se leva, le tonnerre gronda, la pluie traversa le canyon, s'engouffra sous le porche à la vitesse d'un coup de feu et vint ricocher sur ses jambes nues. Là-bas, à la source de la pluie, la masse noire des nuages s'enflait démesurément et se déplaçait lentement vers le sud, juste au-dessous de la crête rocheuse du canyon. L'obscurité et le froid s'intensifièrent. Cernée par la fureur des éléments, Angela resta pétrifiée dans l'embrasure de la porte. Elle aspira à plein la senteur pure de l'air chargé d'électricité; elle entendait toujours la pluie et la ressentait si parfaitement qu'elle n'était plus capable de concevoir autre chose; elle ferma les yeux, mais la vision subsistait clairement, effaçant les myriades de petites craintes mesquines qui l'avaient emprisonnée dans le passé. De fins traits de lumière dansaient sur ses paupières quand elle fut emportée par un bruit torrentiel.

Les réjouissances avaient commencé et le village profitait d'une embellie. En fin d'après-midi, le vieil homme infirme arriva sur les lieux ; pour l'occasion, il avait revêtu ses jambières et ses pantalons blancs de cérémonie. Il s'essuya les yeux d'un revers de manche et étouffa un dernier sanglot. Décidément, je commence à me faire trop vieux, pensa-t-il. Il ne parvenait pas à comprendre ce qui s'était passé ; même sa peine s'estompait à présent ; tout comme sa jambe malade, elle s'était recroquevillée au cours des ans, et ne se ravivait qu'à l'occasion d'événements extraordinaires ; seulement alors il ressentait sa souffrance de manière aiguë. Tel était le cas ce jour-là tandis qu'il s'acheminait vers le Milieu parmi les odeurs de nourriture et les fumées de la fête ; il se demandait ce qui l'avait tant peiné mais ne pouvait s'en souvenir. Les chariots affluaient toujours et il entendait au loin les acclamations joyeuses de bienvenue qui se raréfiaient à présent. Les enfants guettaient fiévreusement l'apparition imminente du Taureau Pecos. Depuis les maisons lui parvenait l'écho de conversations étranges et saccadées, entrecoupées d'anglais et d'espagnol, si caractéristiques des vieilles communautés de langue tanoane et athapascane. Il huma l'odeur du café chaud et se sentit mieux. Il prêta moins d'attention à l'odeur douceâtre du *piki* [1] et des tranches humides de *sotobalau* [2], ainsi qu'au parfum épicé de la pâtisserie et de la *posole* [3] ; il faut dire que les vieillards n'ont guère d'appétit. Il appréciait mieux la nouveauté : les feux de camp entre les chariots, la graisse douce qui dégoulinait et grésillait sur les braises, le mouton rôti et le pain frit. Plus délicieux encore était l'air lourd, où de minces volutes de fumée s'élevaient au-dessus des toits et s'enflaient dans l'attente de la pluie. Au nord, l'immense contrefort de nuages avait noirci tout l'horizon. L'orage surgit soudain du canyon, se contorsionna tel un serpent noir puis s'étira à la chaleur retrouvée de la vallée avant de reprendre sa lente et sûre progression à travers les ravines, les collines et les champs, jusqu'au village. Comme tout cultivateur, le vieil homme nourrissait une passion atavique pour tout ce qui concernait la pluie et les récoltes. A cet instant précis, dans le ciel d'obsidienne et sur le versant est de la plaine, apparut un arc aux couleurs lumineuses, diaphane, parfait.

Il était heureux de se trouver au cœur de la célébration, au centre des réjouissances, de savourer à l'avance la venue prochaine de la pluie apaisante sur les rangées de haricots, de piments et de maïs ; il était content de constater qu'était revenu le temps des échanges et des retrouvailles dont le village allait être le théâtre. Il hocha la tête en direction des timides enfants Navajos qui, impressionnés par son grand âge et son infirmité,

1. *Piki :* galettes de maïs. *(N.d.T.)*
2. Sotobalau : plat à base de *sotole,* plante de la famille des liliacées, proche du yucca. *(N.d.T.)*
3. *Posole :* spécialité culinaire mexicaine à base de maïs blond et de porc cuit, sorte de soupe dans laquelle on ajoute des légumes, notamment des radis rouges et du choux. *(N.d.T.)*

allèrent aussitôt se cacher derrière les chariots afin de pouvoir l'épier en sûreté. N'étaient-ils pas eux aussi les fruits d'une récolte? Ne représentaient-ils pas, et de manière indéniable, la régénération de son sang et de ses os? De toutes les tribus présentes, le *Dinê* savait le mieux se parer et ainsi paraître à son avantage. Dans l'ultime lumière dorée qui ensanglantait les murs, il admira les couleurs vives des couvertures et l'argent ouvragé qui étincelait à profusion, témoignant de leur opulence. Et aussi les lourds ceinturons aux boucles reluisantes, les bracelets, les étuis des arcs, les graines de melon et les pierreries bleu pâle... Il aurait aimé porter au doigt une pierre semblable, véritable toile d'araignée pétrifiée, ovale comme un œuf de rouge-gorge; eût-il possédé quelque objet de valeur qu'il l'eût échangé sur-le-champ pour acquérir un tel bijou; nul doute qu'il se serait montré matois, faussement indifférent, et l'aurait certainement obtenu au meilleur prix. C'était une pierre médicinale, racontait-on. Elle protégeait les yeux. Elle pouvait même rendre la vision à un vieil homme. Leurs chants en font l'éloge, se dit-il, et ce n'est vraiment pas étonnant. Pas étonnant du tout.

Il se dirigea vers le Milieu et le lieu sacré. La chapelle en l'honneur de Porcingula, Notre-Dame des Anges, avait été élevée au centre de la face nord de la place, non loin de la *kiva*. C'était un petit enclos de verdure, une construction faite de bouts de bois ficelés et couverte de rameaux de cèdre et de sapin. Bien que l'autel fût nu et les bancs déserts, il s'inclina en passant devant. Dès demain, tout serait embelli et sanctifié par les cierges, la nappe et l'encens. D'ailleurs, il y veillerait : après tout, n'était-ce pas lui le sacristain? Deux jeunes garçons en armes se tiendraient de part et d'autre de l'entrée, et il leur rappellerait leur mission. Après la messe, la Dame adorée serait portée en procession hors de l'église, et le Petit Cheval viendrait à sa rencontre dans l'allée centrale, la précéderait sur le chemin du Campo Santo et l'accompagnerait dans les rues en dansant. Alors, le Taureau bondirait dans tous les sens, il tournerait sans cesse en déchirant l'air de ses cornes de bois, suivi par les enfants aux visages noircis – les Envahisseurs. Les Bouffons aussi seraient sur ses talons, qui riraient et lui lanceraient des malédictions. Tout le jour, la Dame demeurerait dans sa chapelle ; le gouverneur et les notables resteraient assis à ses pieds, puis, un par un, les danseurs des Clans du Melon et de la Turquoise apparaîtraient au sommet de la *kiva,* se détachant sur le ciel dans leurs riches habits de cérémonie, ils descendraient la haute échelle jusqu'à terre et viendraient s'agenouiller devant elle.

Il s'agrippa aux montants lisses de l'échelle et se hissa lentement sur les barreaux, en prenant soin de bien placer sa jambe malade, comme une canne, ainsi, même en cas de déséquilibre, tout son poids reposerait sur l'os. Il prenait cette précaution, d'ailleurs presque inutile, pas tant contre un éventuel accès de faiblesse qu'afin de neutraliser ce doute et cette appréhension qui, depuis peu, le suivaient partout telle l'ombre de sa vieillesse. Ses bras et ses mains étaient robustes ; il rentra sa tête dans ses épaules, s'arc-bouta et se rapprocha du mur de la *kiva,* en prenant le plus d'appui possible sur les montants et les barreaux de l'échelle, de façon à répartir au mieux le poids de son torse et de ses épaules. Quand il eut enfin reposé sa joue contre le dernier échelon, il remarqua que le bois grisâtre avait joué, s'était gauchi et presque fendu sous l'action du soleil, laissant apparaître une marque rouge causée par la corrosion du joint métallique qui rattachait le barreau aux montants de l'échelle. A présent, il pouvait monter et atteindre le mur sans même avoir besoin de lever la tête. Il se hissa au sommet et resta immobile un instant afin de reprendre son souffle. La pluie avait envahi les collines qui surplombaient le village et le ciel s'assombrissait. Il sentit les bourrasques de vent qui s'abattaient sur les toits et entendit au loin les bêlements et les beuglements du bétail qui tournait en rond à l'approche du mauvais temps. Sous ses pieds, les poutres maîtresses de la *kiva* vibrèrent aux sons mêlés du tonnerre et du tambour. Il se tourna vers le sud-ouest et contempla les champs ensoleillés ; ils formaient une mosaïque dans un étang de lumière. Au-delà, la ligne noire de la mesa était frangée de lumière. Il se laissa glisser dans les entrailles obscures de la terre.

Lorsqu'il sortit de la *kiva* en compagnie des autres officiants, c'était le crépuscule. La pluie avait commencé à tomber dans les rues, tout d'abord de façon sporadique, mouchetant le sol poussiéreux de petites taches rondes et noires, puis fine et drue, et la rude terre du Milieu se mit alors à luir. Les gens avaient quitté les perrons et attendaient sous la pluie. Il s'enroula dans sa couverture et, en compagnie des autres, se rendit dans la maison où l'on avait apprêté le Petit Cheval. Lorsqu'ils furent parvenus sur le seuil, il tira le rideau, et le Petit Cheval se mit à danser. Le collier de ferblanterie se mit à tintinnabuler, et, au même instant, le batteur saisit ses baguettes pour entamer un roulement de tambour qui n'allait pas cesser avant longtemps. Le Petit Cheval émergea dans la faible clarté et la pluie, suivi par le joueur de tambour et les Anciens. Sa silhouette vénérable ressemblait à celle du noir cheval arabe des Maures, la tête trop petite mais bien dessinée, et la courbe de l'encolure trop accentuée. Cependant il était beau, sensitif, et le danseur lui prêtait vie. Sa robe tachetée était tendue et lissée sur une armature pesante, placée un peu bas autour de la taille du danseur. C'était lui qui conférait à l'animal mouvement et mystère. Le danseur était tout de noir vêtu, et sous la jupe luisante qui recouvrait les épaules et la croupe du Petit Cheval, ses bottes noires pointaient et bougeaient à petits pas, trop menus et trop rapides pour soutenir le rythme souhaité. Son corps et celui du Petit Cheval tremblaient nerveusement, comme feuilles au vent, mais cette agitation étrange et violente épargnait sa tête. Ainsi, le visage masqué par un chapeau noir et un voile qui flottait au vent et sous la pluie, il semblait loin de tout, parfaitement impassible et insouciant – une silhouette sombre et inanimée se détachant sur le crépuscule, à laquelle seules quelques rares ébauches de mouvement donnaient un semblant de vie.

Les guérisseurs firent des prières pour le Petit Cheval, ils l'effleurèrent de leurs plumes et l'aspergèrent de pollen et de farine. Dans les rues environnantes se fit entendre la rumeur annonçant l'entrée du Taureau. Escorté par les Bouffons, celui-ci arriva au galop, opéra une volte-face, redressa la tête et s'arrêta net avant de reprendre son élan et de foncer sur eux. Les Bouffons au visage noirci le prirent en chasse en vociférant des sarcasmes obscènes, tandis que les petits Envahisseurs, parodiant l'affolement, s'efforçaient de retenir leurs entrailles sanguinolentes et tombaient comme des mouches sur le passage de la bête. Le Taureau n'était qu'une forme triste et improbable, une sorte de grossier totem uniquement destiné à des fins de divertissement et de réjouissance. Rien de sacré dans son allure, rien qui rappelait la sainte aisance du centaure. Au contraire, son apparence avait quelque chose de démoniaque. C'était un grand squelette de bois, recouvert d'une grossière toile noire sur laquelle étaient peints de nombreux cercles blancs censés évoquer les marques du fer rouge. Fixé à l'horizontale sur le masque de peau, un simple bout de bois lui tenait lieu de cornes. Ses yeux : deux boutons de métal noir. Sa langue, un vieux morceau de chiffon rouge. Rôle ardu et ingrat que celui du Taureau ! Objet de ridicule et de haine, victime promise à un supplice primitif. Un rôle d'autant plus pénible à interpréter que les villageois témoignaient depuis quelque temps une certaine négligence dans l'observance des anciennes coutumes. Ils semblaient s'être amollis et laissés gagner par le doute. Ou bien c'était juste qu'ils avaient vieilli. Le vieil homme entendit la clameur des Bouffons. Il n'eut pas besoin de se retourner pour savoir que le Taureau venait de pénétrer dans le Milieu juste derrière lui, son esprit lui représentait tout cela à la perfection. Il songea à Mariano, aux courses à pied. La pluie et le froid lui remémorèrent le temps jadis, quand les rafales de neige s'élevaient à l'aube, quand ses jambes agiles le portaient vers le village dans une course parfaite. Un jour, lui aussi avait incarné le Taureau, peut-être même deux ou trois fois, il ne s'en souvenait plus exactement, mais il se rappelait s'en être tiré plus qu'honorablement. Il s'était courbé, avait pris son élan, avec la silhouette taurine sur le dos comme il se devait, et malgré l'inconfort extrême de cette posture, il avait réussi à maintenir la distance requise entre les Bouffons et lui et il aurait pu continuer ainsi éternellement. Mais ce n'était pas le moment de songer à tout cela. A présent le Petit Cheval solennel s'animait devant lui; sans cesse le cavalier masqué lui maintenait la tête haute et gardait sa croupe au bon niveau, lui infligeant ainsi la vie par ces mouvements constants, presque furieux; la crinière et la queue noires étaient fouettées par la pluie. Le Petit Cheval trottait un peu partout parmi les Anciens du village afin de recevoir leur bénédiction. Le cacique lui adressa quelques mots et répandit de la farine sur lui, tandis que les habitants et les visiteurs se pressaient sous la pluie afin de mieux profiter du spectacle. Le Taureau partit en courant dans les rues, poursuivi par les Bouffons et les Antilopes.

La pluie diminua d'intensité, et, avec la tombée de la nuit, les ultimes échos de l'orage s'estompèrent au loin dans la plaine. Le dernier chariot avait quitté la bifurcation, et seuls trois ou quatre jeunes Navajos s'attardaient encore chez Paco. L'un d'eux gisait sur le plancher, ivre mort dans son vomi. Depuis peu, ses compagnons étaient silencieux et maussades. Ils s'agrippaient au comptoir et cherchaient à reprendre leur souffle, incapables même de se saisir du litre de vin doux placé devant eux. Le précieux liquide reposait au fond de la bouteille verdâtre, la sombre forme convexe luisait d'un étrange éclat et répandait ses feux comme une émeraude. La bouteille verte était à portée de main sur le comptoir, sous le halo jaune de la lampe. Ils la considéraient avec un mélange d'hébétude et d'incrédulité. Cependant, Abel et l'homme blanc ne leur prêtaient aucune attention. Ils s'entretenaient à voix basse, pesant leurs mots, comme si la teneur des propos échangés se trouvait frappée du sceau de l'étrange et de l'infaillible. Parfois, l'homme blanc éclatait de rire, mais d'un rire strident qui se terminait par une plainte inhumaine – un véritable cri de souffrance. C'était un rire de vieille femme, aigrelet et fuyant, comme un maigre filet d'eau. Un rire venu seulement de la langue et des dents, d'une grande bouche funeste, qui glissait des lèvres bleuâtres et se tarissait, laissant la bouche béante et muette, pendant que la grande carcasse frissonnait et que les mains blanches tremblaient, tressaillaient de manière incontrôlée. Les Navajos commençaient à remarquer sa présence. Durant tout ce temps, Abel n'avait cessé de sourire ; il hochait la tête en silence, un petit sourire machinal au coin des lèvres, tandis que sa bouche et ses yeux semblaient recouverts d'un masque dur et translucide. Il attendait. Le vin courait dans ses veines.

Et puis ils furent prêts, tous les deux. Ils sortirent dans l'obscurité et la pluie. Ils traversèrent l'autoroute et firent quelques pas dans les dunes. Telles des bougies, les lumières de la bifurcation vacillaient au loin dans les tournoiements de brume. Lorsqu'ils furent parvenus à mi-chemin entre la rivière et la route, ils s'arrêtèrent. Ils se trouvaient près d'un poteau télégraphique qui barrait le ciel noir et luisait comme du charbon. Alentour, le silence, à l'exception du bruit de la pluie et du gémissement du vent dans les fils. Abel attendait. L'homme blanc leva les bras et s'avança comme pour lui donner l'accolade. Mais Abel avait déjà dégainé son couteau. Il tomba dans les bras de l'homme blanc et enfonça la lame entre deux côtes. Il sentit les mains de l'homme blanc s'agripper à ses épaules. L'homme blanc demeura un instant immobile. Son visage était inexpressif, sans colère ni souffrance, juste cette même pâleur diaphane, ce pli de contrariété à la commissure des lèvres et cette lueur d'incrédulité, invisible derrière les lunettes noires. Il semblait ne pas regarder Abel, mais plutôt au-delà de lui, dans l'obscurité et la pluie, vers cette infinité noire où silence et bruit se confondaient. Puis il referma ses mains sur Abel et l'attira à lui. Abel perçut la précipitation insolite de la respiration de l'homme blanc, son souffle rapide et irrégulier, il sentit le contact des lèvres bleuâtres et frissonnantes sur son oreille, il sentit même la gerçure des lèvres et la pointe chaude, visqueuse et tremblotante de la langue qui se contorsionnait. Malade de terreur et de dégoût, il s'efforça de se dégager, mais l'homme blanc le tenait fermement. Une immensité de chair blanchâtre vint le recouvrir comme pour l'étouffer. Il retira le couteau et frappa plus bas, profondément, dans l'aine. De toute la force de son bras, il fit pénétrer la lame obliquement dans les entrailles, la chair s'ouvrit sur une masse fumante, sanguinolente, qui retomba sur sa main. Les mains blanches le tenaient toujours aux épaules comme dans un geste de bénédiction, tandis que l'horrible regard était toujours fixé sur quelque chose derrière lui, au-delà de lui. Puis la tête s'inclina un peu, comme pour chuchoter quelque chose se rapportant à l'obscurité et à la pluie, la chair pâle du visage se crispa et la grande bouche bleuâtre resta béante et muette. Les mains blanches se resserrèrent sur Abel, l'attirèrent, et la puissance de cette atroce empoignade fut telle que Abel dut employer toutes ses forces pour lui résister. Dans sa terreur, il ne savait faire plus qu'un seul geste, jouer du couteau. Il larda de coups les énormes avant-bras blanchâtres jusqu'à ce qu'enfin les mains de l'homme blanc relâchassent leur étreinte ; alors il s'empressa de reculer et s'éloigna en geignant, épuisé. Il jeta le couteau à terre, que la pluie se chargea de nettoyer. Quand il releva la tête, l'homme blanc était toujours debout, toujours perdu dans une vision proche, comme s'il attendait quelque chose. Soudain, il parut se dessécher de vieillesse. Dans l'instant qui précéda sa chute, le grand corps blanc se statufia et sembla se dépouiller de son âge et de son poids ; il se fit flasque et s'affaissa lentement sur le sol, comme si son squelette venait de se dissoudre. Alors Abel n'éprouva plus aucune frayeur, mais redoubla d'attention et de circonspection. Il ne pouvait plus penser ; il n'éprouvait qu'une détermination froide, teintée de respect et d'étonnement. Sous la pluie, il s'approcha et s'agenouilla afin de surprendre l'apparition de la mort sur le visage de l'homme blanc. Il ôta les petites lunettes noires du visage et les posa soigneusement à côté de lui. Enfin, les yeux de l'homme blanc se figèrent, insensibles au fouettement de la pluie. L'un des bras s'était écarté du corps, et ce fut là, dans l'angle pâle de la mort, que Abel choisit de s'agenouiller. La manche de la chemise était lacérée et découvrait toute la longueur du bras ainsi que la main grande ouverte. Le bras luisait comme le ventre d'un poisson, imberbe et blanc, et les ongles de la main semblaient un collier de grosses perles noires. Longtemps il resta ainsi sous la pluie, agenouillé au-dessus de l'homme blanc, les yeux baissés.

Le 2 août

On entendit le son de l'encensoir et du tambour. Une procession d'hommes et de femmes sortit de l'église et se répandit dans les rues du village. La statue dominait le cortège et brillait au soleil. Le Petit Cheval gambadait, le Taureau continuait de courir et de tourner en rond. Le soleil était haut, la vallée resplendissait et les champs reluisaient, lavés par la pluie.

Peu après, les danseurs sortirent en file indienne de la *kiva*. Ils formèrent deux longues colonnes et se mirent à danser ; dans leurs mains, crécelles et rameaux de sapin se balançaient au rythme des chants et des tambours. Leurs pieds martelaient le sol en cadence, tandis que leur regard restait solennel et fixé sur les lointains. Les voix graves des chanteurs régnaient sur la danse, elles régnaient même sur la vallée et la terre, entière et inscrutable, éternelle.

« *Abelito.* » Le vieux Francisco menait son chariot à travers champs. Les rênes pendaient sur les flancs des juments, mais elles connaissaient le chemin et se dirigeaient instinctivement vers le champ et la rivière. La rivière était haute, et elles y acheminèrent le chariot afin de s'y désaltérer. Sans y penser, guidé par sa seule prescience, le vieil homme chercha le roseau des yeux. Il était toujours là, mais la crue de la rivière avait détendu le piège; à présent, le roseau penchait sur l'eau et le petit collet y était suspendu comme une toile d'araignée.

Plus tard, après être descendu du chariot et avoir entravé les juments, il partit avec sa houe entre les rangées de maïs. Le maïs était haut et les longues feuilles coupantes scintillaient au soleil. Autour de lui, partout, la récolte : les aigrettes étaient sombres et humides de pluie, les gros épis verts étaient lourds et dégageaient de suaves odeurs. Il pouvait entendre la rumeur lointaine des tambours, les voix graves et caverneuses des chanteurs. De toutes ses forces, il essayait de ne pas penser à la danse, mais celle-ci se poursuivait dans sa tête. Une vision intérieure lui permettait de suivre parfaitement les danseurs, jusqu'à la révérence finale, leur position exacte par rapport aux murs, aux portes, aux inclinaisons du sol. Grâce à cette vieille intuition infaillible, il savait exactement ce qu'ils faisaient, ce qu'ils étaient censés faire. « *Abelito* », répéta-t-il avant de commencer à sarcler les sillons. L'après-midi se déroula lentement autour de lui. Il était seul dans les champs. Il savait seulement qu'il était seul, à nouveau.

2

Le Prêtre du Soleil

Los Angeles, 1952

Le 26 janvier

Il existe un petit poisson aux flancs argentés que l'on trouve le long des côtes de la Basse-Californie. C'est au printemps et en été qu'il dépose ses œufs sur la plage, plus précisément pendant les trois premières heures qui suivent chacune des trois marées montantes, elles-mêmes succédant à la grande marée. Ces poissons arrivent de la mer par centaines. Ils s'élancent sur le rivage et se contorsionnent au clair de lune, de lune, de lune... Ils se contorsionnent au clair de lune. Ils comptent parmi les créatures les plus démunies du monde entier. Pêcheurs, amoureux et promeneurs les attrapent à mains nues.

Le Prêtre du Soleil vivait avec son disciple Cruz à Los Angeles, au premier étage d'un petit immeuble de brique rouge. Le second étage servait de dépôt pour A. A. Kaul, une société de fournitures de bureau. Le sous-sol était occupé par une sorte d'église. Sur le mur, au-dessus de l'escalier menant au sous-sol, on remarquait un écriteau sous verre où des lettres amovibles, blanches sur fond noir, formaient distinctement les mots suivants :

LOS ANGELES
SECOURS INTER-INDIEN SAINTE MISSION
Révérend J. G. B. Tosamah,
Pasteur & Prêtre du Soleil
Samedi 20h 30
« L'Evangile Selon Saint Jean »
Dimanche 20h 30
« La Route de Rainy Mountain »
Aujourd'hui montrez-vous bon
pour un homme blanc

Le sous-sol était froid et lugubre, faiblement éclairé par deux ampoules de quarante watts fixées au mur de part et d'autre de l'estrade. Celle-ci était faite de planches grossières et dépareillées, maintenues par quelques clous manifestement plantés à la hâte. D'une hauteur de vingt centimètres, elle supportait un brasero, un autel en forme de croissant et une sorte de pupitre décoré des symboles rouges et jaunes du soleil et de la lune. Derrière l'estrade était tendue une draperie mauve, élimée et défraîchie. De chaque côté de l'allée menant à l'autel, des chaises et des caisses tenaient lieu de bancs d'église. Les murs étaient gris, nus et couverts de taches d'humidité. Pour seules ouvertures : de petits soupiraux rectangulaires situés près du plafond, au niveau de la rue ; une épaisse couche de suie et de poussière recouvrait les vitres ; aux châssis, des toiles d'araignée pendaient et flottaient à travers la pièce comme des volutes de fumée. L'atmosphère était lourde, fétide, imprégnée de relents de fumée et d'encens. L'assistance avait rejoint les bancs et attendait tranquillement.

Cruz monta sur l'estrade et leva les mains comme pour exiger un silence qui régnait déjà. C'était un homme trapu, au teint olivâtre, avec des cheveux noirs aux reflets bleutés qui se hérissaient sur sa tête comme des épines. Pendant un instant, il fut l'objet de l'attention générale ; dans la lumière blême, sa peau paraissait jaune, luisante de sueur. Il se tourna, tendit le bras et dit : « Le bon révérend Jean Gros Bluff Tosamah. »

La sombre draperie ondula, les rideaux s'écartèrent, et le Prêtre du Soleil apparut. Comme une ombre, il se dirigea vers le pupitre. Sous la lumière blanche, il était échevelé, horrible à voir : grand, félin, les yeux comme des fentes étroites, tout dans son allure et ses gestes respirait l'arrogance et l'angoisse. Il était vêtu de noir comme un clergyman ; sa voix évoquait l'aboiement d'un gros chien :

– *« In principio erat Verbum. »* Songez à la Genèse. Demandez-vous ce qu'il y avait avant la création du monde. Selon la Bible, il n'y avait rien, « la terre était informe et vide, et les ténèbres couvraient la face de l'abîme ». Il faisait noir et il n'y avait rien. Ni montagnes, ni arbres, ni rochers, ni rivières. Il n'y avait rien. Mais tout autour il y avait les ténèbres, et parmi les ténèbres, quelque chose arriva. *Quelque chose arriva !* Il y eut un son. Au loin dans les ténèbres, il y eut un simple son. Qui venait de nulle part mais qui était là ; et il n'y avait personne pour l'entendre mais il était là. Il était là et il n'y avait rien d'autre. Ce son provenait des ténèbres, quasi imperceptible ; en soi, ce n'était presque rien – à peine un souffle, une brise légère ; oui, comme le murmure du vent qui se lève et se propage lentement dans l'air du matin. Sauf qu'il n'y avait pas de vent. Il n'y avait qu'un son, doux, léger. En soi, ce n'était presque rien, un simple embryon sonore – mais ce son vainquit les ténèbres, et la lumière fut ; il vainquit l'immobilité, et il y eut du mouvement pour toujours ; il vainquit le silence, et il y eut du son. En soi, ce n'était presque rien, un simple son, un mot – un verbe ; un mot qui se détacha du cœur des ténèbres et se propagea dans l'horrible vide de l'univers, pour toujours. Et, en soi, ce n'était presque rien. C'était à peine. Mais cela *était*, et tout commença.

A cet instant précis, une chose remarquable se produisit. Le Prêtre du Soleil parut en proie au plus vif accablement ; il se détourna de l'assistance et sembla se retirer en lui-même, à la recherche de quelque étrange ressource. De grave et sonore qu'elle était, sa voix se fit soudain désagréable et atone ; ses épaules s'affaissèrent et il sortit son ventre, comme s'il avait retenu son souffle jusqu'à l'extrême limite de son endurance ; son visage fut alors empreint d'une expression de stupéfaction bientôt remplacée par une complète insouciance. Le reste de son sermon ne cessa désormais plus d'osciller entre la persuasion, l'outrance et la dureté.

– Merci *vraiment* beaucoup, frère Cruz. Bonsoir, mes chers frères et sœurs de sang, et soyez les bienvenus. Merci mon Dieu, j'aperçois de nombreux visages nouveaux parmi nous ce soir. *Merci mon Dieu !* Puisse l'Esprit Universel – pourriez-vous interrompre vos parlotes là-bas, tout au fond? –, puisse l'Esprit Universel vous accompagner toujours.

« Au commencement était le Verbe ». C'est le thème que j'ai choisi ce soir : le Verbe Tout-Puissant lui-même. Maintenant, écoutez ceci : « Il y eut un homme envoyé de Dieu, qui s'appelait Jean. Il vint pour servir de témoin, pour rendre témoignage à la lumière, afin que tous crussent par lui. » Ainsi soit-il, mes frères et sœurs, *ainsi soit-il*. Quant à ce Verbe énigmatique, « Au commencement était le Verbe... » Eh bien, que croyez-vous que ce sacré vieux Jean *entendait* par là? Rappelez-vous que le p'tit gars en question était prédicateur de son état, et, bon, vous savez bien comment ça se passe avec les prédicateurs : ils voient grand! Très grand! Eh bien, ce fut le cas, sauf que là, il avait vraiment vu grand! Et il avait vu quoi, au juste? La *Vérité*, rien que ça! Et c'était lourd en plus! Aussi s'est-il empressé de vous la livrer! Seulement, dans sa hâte, il en a trop dit : « Au commencement était le Verbe, et le Verbe se tenait auprès de Dieu, et le Verbe était Dieu. » Bon d'accord, c'était bien la Vérité, mais c'était aussi plus que la Vérité. C'était la Vérité, mais un petit peu enrobée de saindoux, et ce saindoux tout autour, c'était Dieu, mais *le Dieu de Jean*, et Dieu se tenait donc entre Jean et la Vérité. Faut comprendre qu'un matin, ce bon vieux Jean s'est levé et qu'est-ce qu'il a vu en premier? La Vérité! Ça a dû lui faire comme un éclair et ça l'a aveuglé. Et pendant un moment, cette vision l'a ébloui et lui a comme qui dirait brûlé les yeux, et alors il a *su* ce que c'était. A cet instant, il a vu quelque chose qu'il n'avait jamais vu avant et qu'il ne devait jamais revoir.

Pour lui, ça a été le moment de la révélation et de l'inspiration, bref, le moment de Vérité. Et alors là ce bon vieux Jean, sûr qu'il est tombé à genoux, sûr qu'il a tremblé, ri, pleuré, gueulé, prié – tout ça à la fois – et même qu'il a dû délirer, comme si la Vérité l'avait saoulé. Faut le comprendre aussi! Toute sa vie, il avait vécu dans l'attente de cet instant unique, et finalement l'instant arrive, mais par surprise! Et puis plus rien! Et c'est là qu'il a dit : « Au commencement était le Verbe... » et moi je vous dis qu'il aurait mieux fait de s'en tenir là. Parce qu'il n'y avait plus rien à dire après ça. Seulement voilà, il a continué. Il avait tout dit, vraiment tout, mais il a continué quand même. « Au commencement était le Verbe... » Mais, mes chers frères et sœurs, c'était *cela* la Vérité, toute la Vérité, la Vérité essentielle et éternelle, l'ossature, le sang, les muscles de la Vérité! Eh bien non, le bon vieux Jean il a continué quand même, et tout ça parce qu'il était prédicateur. La vision parfaite s'était estompée dans son esprit, et il a continué. L'instant était passé, il ne lui restait plus que le souvenir. Le voilà désespéré, en proie à la plus grande confusion, et c'est ça qui l'a fait trébucher en route et continuer sur son élan. « Au commencement était le Verbe, et le Verbe se tenait auprès de Dieu, et le Verbe était Dieu. » Donc, il a continué, il a parlé des Juifs et de Jérusalem, des Lévites et des Pharisiens, de Moïse et de Philippe, de Pierre et d'André. Vous pigez? Ce sacré vieux Jean *se devait* de poursuivre. Le p'tit gars jouait gros. Il ne pouvait pas laisser la Vérité tranquille. Il n'a pas vu qu'il était arrivé au bout de la Vérité et il a continué. Il a voulu l'agrandir, l'améliorer, mais au lieu de ça, il n'a fait que la rabaisser et la surcharger. Il l'a adoucie, il l'a édulcorée, il l'a enrobée, il l'a engraissée. Et comme il était prédicateur, il a voulu faire une phrase entortillée sur la Vérité, il a fait deux phrases, trois phrases, et finalement tout un paragraphe. Le paragraphe s'est transformé en sermon, et puis il en a fait tout un système théologique. En fait, il a surimposé son idée de Dieu à la Vérité éternelle. « Au commencement était le Verbe... » Et voilà, c'est tout ce qu'il y avait, et c'était déjà bien suffisant.

Bon maintenant, mes chers frères et sœurs, faut savoir que le vieux Jean, c'était un Blanc, et l'homme blanc, eh bien, il n'en fait qu'à son idée. Oh Dieu sait qu'il fait tout à son idée! Parler du Verbe, par exemple. Tous ses discours tournent autour du Verbe. Il bâtit toutes sortes de raisonnements, et pour cela, il se sert de syllabes, de préfixes, de suffixes, de traits d'union et d'accents. Il ajoute, il divise, et bientôt il multiplie le Verbe. Mais, au cours de toutes ces opérations, que fait-il sinon soustraire la Vérité? Et vous, mes frères et sœurs, vous qui êtes venus ici afin de vivre dans le monde de l'homme blanc! Sachez que l'homme blanc sait s'y prendre avec les verbes et les mots, il en fait presque commerce, c'est un orfèvre en la matière! Et vous qui vous trouvez sur son propre terrain, en sa présence, vous êtes comme des enfants, des petits bébés égarés dans la forêt. Bon, faut pas vous en faire non plus, parce que ça a du bon aussi. Un enfant peut apprendre et écouter. Pour un enfant, le Verbe est chose sacrée.

Ma grand-mère était une conteuse; elle savait s'y prendre avec les mots. Elle n'a jamais appris à lire et à écrire, mais elle savait fort bien ce qu'étaient la lecture et l'écriture. Elle avait appris à écouter et à charmer un auditoire. Elle avait appris cela uniquement par l'entremise des mots et du langage, et seulement là, elle pouvait donner toute sa mesure. En me racontant ces histoires, elle m'apprenait à écouter. J'étais enfant et j'écoutais. Elle avait beau ne savoir ni lire, ni écrire, vous voyez que cela ne l'a pas empêchée de m'enseigner à vivre parmi les mots, à écouter et à charmer un auditoire. « L'art de conter consiste à savoir s'exprimer et à savoir entendre... » Aussi, la simple écoute représente-t-elle une dimension cruciale du langage, plus capitale encore que la lecture ou l'écriture ; et d'ailleurs le langage lui-même ne constitue-t-il pas à son tour l'un des principaux pivots des sociétés humaines ? A mon avis, la preuve s'en retrouve dans toutes les histoires et préhistoires de l'expérience humaine. Quand cette vieille femme Kiowa me racontait des histoires, je n'écoutais que d'une oreille. J'étais enfant et je prenais les mots au pied de la lettre. Je ne savais pas exactement ce que tous ces mots signifiaient mais en tout cas je m'y accrochais. J'arrivais à m'en souvenir et d'ailleurs je m'en souviens aujourd'hui encore. Chères vieilles histoires ! Elles comptaient tant pour ma grand-mère... Jusqu'à sa mort, je n'ai pas su *combien* elles comptaient pour elle. Alors, je me suis mis à y penser sérieusement et j'ai tout compris. Quand elle me racontait ces vieilles histoires, quelque chose d'étrange, de bon et de puissant passait entre nous. J'étais enfant, et cette vieille femme me demandait d'entrer en communion avec son esprit et son âme ; elle captivait mon imagination et, en retour, me laissait puiser dans son trésor de merveilles et d'enchantements. Elle me demandait de l'accompagner afin que nous puissions nous confronter avec quelque chose de sacré, d'éternel, d'intemporel, oui c'est cela, *d'intemporel*; et jamais son grand âge ni mon extrême jeunesse ne sont venus entraver cet échange.

En général, les enfants sont plus sensibles à la beauté et au pouvoir des mots que nous autres. Et s'il en est ainsi, c'est parce que dans l'esprit de chaque enfant se produit – ou se reproduit – quelque chose qui serait comme le reflet de toutes les expériences humaines. J'ai entendu dire que le développement du fœtus correspond étape par étape à l'échelle de l'évolution. Il n'est donc sûrement pas déraisonnable de supposer que l'éveil de l'esprit d'un enfant correspond de même à l'évolution complète de la pensée et de la perception humaines.

Dans le monde de l'homme blanc, le langage – et la conception qu'il en a forgée –, le langage donc a suivi un processus impliquant de nombreuses variations. L'homme blanc considère les mots et la littérature comme des choses allant de soi, et c'est bien normal de sa part puisque, dans son univers, rien n'est plus banal. De tout côté, les mots l'environnent, des millions de mots en une succession infinie de brochures imprimées, de lettres, de livres, de notes, de bulletins, de commentaires et de conversations. A force de diluer le Verbe, il l'a multiplié, et les mots ont commencé à l'encercler de toutes parts. Il en est tellement repu que le voici devenu comme insensible; sa considération pour le langage – et donc pour le Verbe lui-même – en tant qu'instrument créatif s'est tant amenuisée que le voici presque parvenu au point de non-retour. Peut-être même périra-t-il par le Verbe...

Cependant, il n'en a pas toujours été ainsi, ni avec lui ni avec vous. Considérez un seul instant l'exemple de cette vieille femme Kiowa, ma grand-mère, dont l'usage du langage se trouvait réduit à l'oralité. Eh bien, soyez certains que l'attention qu'elle prêtait aux mots a toujours été proportionnelle à ses besoins. Pour elle, voyez-vous, les mots s'apparentaient à des remèdes ; ils étaient magiques et invisibles, ils surgissaient du néant et se transformaient en sonorités, en significations. Ils étaient inestimables : on ne pouvait ni les acheter, ni les vendre. Et croyez bien qu'elle a toujours pris garde de n'en pas gaspiller un seul !

Ma grand-mère me racontait souvent l'histoire de Tai-me, comment Tai-me était arrivé chez les Kiowas. Les Kiowas avait pour culte la danse du soleil, et Tai-me était la figurine emblématique de cette danse, leur fétiche sacré entre tous ; nul remède n'était plus puissant. Il existe une histoire qui raconte la venue de Tai-me. Voici ce que m'en disait ma grand-mère :

> Jadis, les temps étaient durs. Les Kiowas étaient affamés et il n'y avait rien à manger. Parmi eux, il y avait un homme qui entendit ses enfants se plaindre de la faim et partit en quête de nourriture. Il marcha pendant quatre jours et devint très faible. Le quatrième jour, il parvint devant un grand canyon. Soudain, il y eut du tonnerre et des éclairs. Une Voix lui parla et dit : « Pourquoi me suis-tu ? Que veux-tu ? » L'homme eut peur. La chose qui se tenait debout devant lui avait les sabots d'un cerf, et son corps était couvert de plumes. L'homme répondit que les Kiowas avaient faim. « Emmène-moi avec toi, dit la Voix, et je vous donnerai tout ce que vous voudrez. » Depuis ce jour, Tai-me a appartenu aux Kiowas.

Vous voyez ? Là-bas au loin dans les ténèbres, quelque chose arriva. Vous voyez ? Là-bas, loin, très loin dans le néant, quelque chose arriva. Il y eut une voix, un son, un mot, un verbe – et tout commença. L'histoire de la venue de Tai-me s'est transmise de bouche à oreille depuis des centaines d'années. C'est la plus ancienne idée, la meilleure, que l'homme ait jamais eue de lui-même, une littérature fort riche qui, n'ayant jamais été transcrite, frôla toujours l'extinction, à une génération près. Mais pour cette même raison, elle a été chérie et vénérée. Cette vénération, je pouvais l'apercevoir dans les yeux de ma grand-mère, je pouvais l'entendre dans sa voix. Ce devait être cela, je crois, que le vieux saint Jean avait en tête quand il a dit : « Au commencement était le Verbe... » Seulement, il a continué. Il a continué afin d'élaborer tout son programme autour du Verbe. Il n'a pas su se contenter du simple fait que le Verbe *fût* ; il a fallu qu'il s'y confronte, non pas sous l'éclairage de cette révélation aussi profonde que soudaine, révélation qui l'a sûrement laissé dans un état proche de l'anéantissement, mais plutôt sous l'éclairage de l'après-coup, ce qui était erroné et pour ainsi dire déplacé ; il s'y est confronté, non pas sous l'éclairage de l'imagination, mais uniquement guidé par ses préjugés.

Dites-vous bien cela : « Au commencement était le Verbe... » Il n'y avait rien. *Il n'y avait rien* ! Rien que les ténèbres. Il y avait les ténèbres, et celles-ci n'avaient pas de fin. Parfois, il vous arrive de lever les yeux vers la nuit, et il y a des étoiles ; vous pouvez voir jusqu'aux étoiles. Alors, vous commencez à comprendre l'univers dans toute son horreur et toute sa grandeur. Les étoiles peuplent le ciel mais ne l'occupent pas. Une seule étoile qui clignote dans l'univers suffit à occuper l'esprit, mais que représente-t-elle dans le ciel nocturne? Rien. Les ténèbres s'écoulent parmi les étoiles avant de poursuivre leur course éternelle. Voilà comment c'était au commencement. Sauf qu'il n'y avait pas d'étoiles. Il n'y avait qu'une sombre infinité où rien n'était. Et puis quelque chose arriva. Quelque part, aussi loin qu'une étoile, quelque chose arriva, et tout commença. Le Verbe n'advint pas, *il fut.* Il ne rompit pas le silence, car *il préexistait au silence et le silence participait du Verbe.*

Et voilà que ce bon vieux Jean aperçoit une chose terrible. Cette chose se tient debout devant lui et dit : « Pourquoi me suis-tu? Que veux-tu? » Et depuis ce jour, le Verbe nous a appartenu, nous qui l'avons entendu, nous qui l'avons pris pour ce qu'il était, qui avons vécu avec lui dans un respect mêlé de crainte. Dans le Verbe était le commencement : « Au commencement était le Verbe... »

Le Prêtre du Soleil semblait s'être entièrement donné. Il sourit et s'éloigna du pupitre en tenant sa tête dans ses mains. Dans son esprit, la terre tournait, les étoiles roulaient dans les cieux, le soleil brillait, la lune aussi. Tout en souriant d'extase, le Prêtre du Soleil demeura longtemps silencieux, tandis que les fidèles attendaient la permission de se retirer.

– Bonne nuit, dit-il enfin...

Pourquoi Abel aurait-il pensé aux poissons? La mer, il n'arrivait pas à la comprendre; elle ne faisait pas partie de son monde. C'était pourtant une chose enchantée elle aussi, placée sous la dominance de la lune. La mer s'inclinait devant la lune, et la lune dessinait sur la mer une trajectoire brillante, miroitante, une belle ligne, parfois brisée, mais toujours ininterrompue, infinie, ondulante, qui se fondait au loin en de fugaces îlots de lumière dans la grande mer grise, noire et argentée. « Beauchemin », « Sentier lumineux », « Sentier de pollen » – c'était ainsi que son ami Benally s'exprimait parfois. Mais, ce disant, Ben n'avait pu songer à la mer illuminée par le clair de lune. Non, pas la mer, pas ça. La mer... et les petits poissons aux flancs argentés qui venaient, en corrélation avec les phases de la lune, le flux et reflux des marées, distraitement déposer leurs œufs. De songer à tout cela l'attristait, l'emplissait d'un émerveillement et d'une nostalgie innommables.

Le froid. L'obscurité, le froid et l'humidité.Il n'arrivait pas à ouvrir les yeux. Il avait mal. Parce qu'il était tombé, oui c'était ça, face contre terre. Il faisait froid. Dans son cerveau il entendait le mugissement de la mer. Des bancs de brouillard venus de la mer s'approchaient. La douleur était si vive que son corps vibrait, que son esprit divaguait, roulait, tanguait, tournait comme une roue voilée, sans qu'il parvînt à localiser l'origine de la douleur. Et il ne pouvait rien voir. Il ne pouvait pas ouvrir les yeux et voir. Quelque chose n'allait pas ; pas du tout. Quand il reprit conscience, il essaya de bouger ; il était engourdi par le froid, mais cette tentative raviva sa douleur et l'aiguisa, jusqu'à ce qu'elle se propageât dans tout son corps. La douleur fut si cuisante qu'il retomba dans l'inconscience. La prochaine fois, il éviterait de bouger aussi brusquement. L'effet de l'alcool s'estompait. Plus tard, il eut des haut-le-cœur, et son corps ne fut plus qu'une immense contraction irrépressible; il trembla et la souffrance augmenta encore, au point qu'il en perdît l'esprit. Il voulut mourir. Une heure se passa ainsi, tandis qu'il restait immobile et insensible dans le froid. Au-delà de la rumeur distincte de la mer, il percevait les bruits nocturnes de la ville, et ces bruits progressaient comme les aiguilles d'une horloge à l'approche de l'aube. Au loin, il pouvait entendre des cornes de brume, et il n'avait pas la moindre idée de ce que cela pouvait bien être. Dans l'immense grisaille silencieuse de la mer, des bateaux s'en revenaient d'Orient.

Au bout d'un moment, il réussit à entrouvrir un œil, juste assez pour voir. Il était couché dans un creux, au milieu d'une sorte de terrain vague jonché de petits cailloux blancs et envahi par des touffes d'herbe grisâtres. Devant lui, sur le rivage, une clôture; derrière lui, une longue plage rocailleuse qui descendait vers la mer. La clôture était faite d'enroulements de fil de fer barbelé très épais; de l'autre côté, il y avait des tracteurs et des remorques et un toit très long. Il distinguait des marques et des inscriptions sur les remorques – et sur les cabines aussi – mais il ne parvenait pas à déchiffrer les mots. L'endroit était sombre, à l'exception d'une lumière sur la façade de l'entrepôt surplombant l'embarcadère, mais elle arrivait ténue et floue dans le brouillard. Des boîtes de conserve, de vieux papiers et des bouts de verre brisé s'amoncelaient le long de la clôture; il n'en était pas loin, il pouvait presque la toucher. Il se redressa pour l'atteindre, mais la douleur fondit à nouveau sur lui. Il retomba comme une masse, son corps se raidit et se replia comme pour étouffer le mal, mais il était trop intense, et ses contractions ne firent que l'accentuer. Il se détendit lentement, jusqu'à ce que la douleur refluât vers ses mains. C'était là qu'elle se concentrait. Ses mains étaient brisées et il ne pouvait pas les bouger. Ses doigts étaient collés par du sang noir et séché. Le spectacle de ses mains l'écœura. Son esprit rechigna un instant, capitula... puis retourna vagabonder parmi les poissons.

Son corps, il l'avait aimé. Ce corps robuste, efficace, vif et beau, qui réagissait de façon prompte et sûre aux commandements de sa volonté. Il était large d'épaules, peut-être pas aussi fort que son grand-père, mais il possédait plus d'allonge et manifestait une plus grande agilité. Ses mains étaient puissantes et déliées ; ses jambes, minces, fuselées, aux muscles longs, trop maigres pour être celles d'un homme blanc : de vraies jambes d'Indien. Naguère, il était capable de courir pendant une journée entière – courir vraiment et non simplement gambader – et de franchir de grandes distances sans se blesser aux pieds et sans s'épuiser. Jamais il n'avait été malade avant de toucher à l'alcool. La maladie qui avait emporté sa mère et Vidal ne l'avait jamais effleuré, pour autant qu'il le sût. Un jour cependant, il était tombé de cheval et avait éprouvé une douleur cuisante et lancinante dans les reins au cours des jours suivants. Francisco avait chanté des prières ; le vieil homme avait appliqué des plantes médicinales, des poudres, des potions et des baumes, le tout en vain. Finalement, Abel s'était résolu à rendre une visite à Josie-la-Grosse. A cette époque, elle commençait à ressentir le poids des ans – tandis que lui-même était presque adulte – mais elle l'avait attrapé par le col et soulevé comme un vulgaire ballot de paille, avant de l'asseoir sur son gros ventre ; de ses bras puissants, elle l'avait serré sous les côtes jusqu'à ce qu'il fût incapable de respirer, et puis elle l'avait secoué dans tous les sens – gentiment, tout de même – jusqu'à ce qu'il perdît le contrôle de ses membres. Ensuite, elle l'avait reposé sur le sol, lui avait adressé un clin d'œil suivi d'un grognement, et il s'était senti aussitôt guéri. Josie-la-Grosse...

Son corps était à la torture, dévoré par la souffrance. Son corps, tout comme son esprit, venait de se retourner contre lui. Son corps était devenu son ennemi.

Angela caressa son corps de ses blanches mains. Abel caressa son corps blanc de ses mains.

La mer, pour toujours. Au loin, dans le brouillard, le fracas de la mer. Il pensa à son procès qui s'était tenu six ans auparavant. Six ans plus tard, il se souvenait encore du corps de l'homme blanc qui gisait inerte et inanimé, presque phosphorescent sous la pluie nocturne ; il se rappelait l'angle bizarre que formaient les membres et le tronc, la main blanche, luisante, ouverte et obscène. En revanche, il se souvenait très peu du procès en lui-même. Il y avait eu des réquisitoires, des questions, des réponses. Tout s'était passé de façon si cérémonieuse, ordonnée et civilisée qu'il s'était à peine senti concerné.

– Ce que je veux dire, fit le père Olguin, c'est que dans sa tête, ce n'est pas tant un homme qu'il a tué, mais quelque chose d'autre.

– Un esprit malfaisant.

– Quelque chose comme ça, oui.

– Pourriez-vous être plus précis, mon père?

Le prêtre aurait voulu affecter une profonde humilité et dire : « Oh que non, mon fils », mais au lieu de cela, il dit : « Ici, nous entrons dans le domaine de la psychologie, domaine dont nous savons peu de choses. J'en vois la manifestation chaque jour et je n'en suis pas vraiment familier – du moins, je ne le suis plus. Depuis que je suis parti de chez moi pour embrasser la prêtrise, j'ai renoncé à *me* prévaloir de la psychologie de la sorcellerie. De toute façon, il est impossible d'être objectif ou précis à l'égard du problème qui nous occupe actuellement. Que dirai-je? Je crois que cet homme s'est senti poussé à commettre son acte par la seule force de son imagination, qu'il a été mû par une compulsion que nous avons peine à seulement concevoir. »

– Oui, oui, oui. Néanmoins, *voici* les faits : il a tué un homme – il a supprimé la vie d'un autre être humain. Il l'a fait volontairement – lui-même l'a reconnu – et l'arme qu'il portait sur lui n'était pas destinée à autre chose. Il a prémédité et commis un acte barbare, acte que nous devons bien nous résigner à appeler par son nom.

– L'homicide est un terme légal, mais je ne me place pas dans le contexte de la loi, et lui non plus certainement...

– Le mot *meurtre* est un terme moral. Le mot *mort* est un terme universel que tous les êtres humains comprennent.

Après avoir raconté sommairement son histoire, Abel refusa d'ajouter le moindre mot. Il restait pétrifié sur sa chaise, si bien qu'au bout d'un moment, personne n'espérait, ni même ne désirait qu'il s'exprimât plus avant. C'était d'ailleurs une bonne chose, car il n'aurait pas su quoi ajouter. Un mot après l'autre, ces hommes disposaient de lui au moyen du langage, de *leur* langage, et, à en juger par leurs manières contournées, leurs hésitations et leurs contradictions, ils ne s'en sortaient pas si bien et paraissaient même aller vite en besogne. Il aurait voulu les aider. Il était en mesure de comprendre, quoique très confusément, ce qu'ils lui faisaient, mais il ne parvenait pas à comprendre ce qu'ils se faisaient les uns aux autres. Quand tout fut fini, il serra la main qui lui fut tendue. Les yeux du prêtre exprimaient une telle affliction qu'il fut incapable de soutenir son regard. Il était embarrassé, humilié ; il haïssait le prêtre d'autant souffrir.

Il avait tué l'homme blanc. Ce n'était pas compliqué, après tout. C'était même très simple. C'était la chose la plus naturelle du monde. Ils allaient sûrement s'en apercevoir, ces hommes qui prétendaient disposer de lui au moyen de mots. Ils devaient bien se douter que, si c'était à refaire, il tuerait encore l'homme blanc sans la moindre hésitation. Car il saurait qui est l'homme blanc et, dans la mesure du possible, il le tuerait à nouveau. Un homme tue un tel ennemi s'il le peut.

Une quinte de toux le réveilla; il y avait du sang dans sa bouche et dans sa gorge. Il frissonnait de froid et de douleur. Il avait gémi doucement jusqu'à l'étouffement, et à présent il tentait de reprendre son souffle. Il sentait une légère vibration sous lui. *Tiens-toi tranquille!* Il fallait absolument qu'il se tînt tranquille. Quelque chose était en train de se passer. Il scruta la nuit : alentour, le pays noir contre le ciel étoilé et lunaire. Sa vision l'emporta très loin, jusqu'au hibou qui lui parut se précipiter sur son visage avant de s'écarter au dernier moment, torrentiel, fantomatique et silencieux, comme un rêve. Le délire s'était emparé de lui. Il tenta de reprendre son souffle. Il chercha refuge en son esprit, tout en surveillant le hibou du coin de l'œil. Le hibou le fixait d'un regard inexpressif, quelque chose se passait. Il y avait toujours ce faible tremblement sous ses pieds. La nuit était infinie et sereine, il y avait un hibou dans les ténèbres et un tremblement sous la terre. Il s'agenouilla et appliqua son oreille sur le sol. Des hommes couraient dans sa direction. Il quitta la route et se cacha dans les broussailles. Bientôt il put les voir qui arrivaient au loin, ces Anciens qui couraient après le Mal, avec leurs jambières blanches qui se déplaçaient comme de petits nuages de fumée au-dessus du sol. Ils passaient dans la nuit, emplis d'une certitude tranquille. Ils semblaient courir sans effort, sans respirer. Ils couraient comme l'eau.

Ses yeux le brûlaient.

Ils couraient après le Mal comme l'eau s'engouffre

dans le goulet, là où la résistance est moindre, où il n'y a plus de résistance. Il eut la chair de poule. Soudain il fut submergé par un flot de nostalgie et de solitude car il entrevit le sens crucial de cette course après le Mal dans la nuit – la course des Anciens en jambières blanches. Ils se projetaient entièrement dans ce qu'ils faisaient. Ils étaient indispensables à l'acte accompli. Toute chose dans la création trouvait résonance en eux. La perspective, la proportion, le tracé de l'univers. Le dessein de l'univers. Ils couraient avec calme et dignité, mus non par quelque espoir, mais par le désespoir; non par crainte du Mal, par haine ou par désespérance, mais plutôt par la reconnaissance et le respect. Le Mal *était*. Le Mal était de sortie cette nuit-là; ils devaient s'aventurer dehors pour la confrontation; ils devaient reconnaître les dettes, les répartir, et diviser le monde.

Pour l'heure, le monde était béant derrière lui. Il avait perdu sa place. Longtemps, il avait été au centre, il avait su qui il était, puis il avait perdu son chemin, il avait erré jusqu'au bout du monde et roulé jusqu'au bord de l'abîme. Les vagues s'élevaient et se creusaient, elles venaient l'effleurer puis se retiraient pour retomber toujours dans les abysses. Et les poissons...

Age et date de naissance :
Sexe :
Taille :
Poids :
Couleur des cheveux :
Couleur des yeux :
Marié :
Enfants (âges) :

Appartenance religieuse (facultatif) :
Scolarité (cocher uniquement les années complètes) :
Nom du père (âge et profession si encore en vie) :
Nom de la mère (âge et profession si encore en vie) :

Les murs de sa cellule étaient blancs, gris peut-être, ou bien verts : il ne s'en souvenait pas. Depuis le temps, il ne pouvait plus se représenter quelque chose au-delà des murs – à l'exception de la cour, des lavabos et du réfectoire – ou bien tout simplement les murs eux-mêmes. Bientôt, ces symboles de sa réclusion n'avaient plus constitué qu'une suite d'abstractions dépassant sa compréhension. La principale caractéristique des murs ne résidait pas tant dans leur substance que dans leur apparence, cette surface nue, unidimensionnelle, qui était blanche peut-être, ou grise, ou bien verte.

Préférez-vous la compagnie des hommes ou celle des femmes ?
Abusez-vous de boissons alcoolisées, souvent, parfois ou jamais ?
A quoi préféreriez-vous assister, match de tennis ou combat de taureaux ?
Du point de vue de l'intelligence, vous considérez-vous supérieur, au-dessus de la moyenne, comme faisant partie de la moyenne, ou bien au-dessous de la moyenne ?

Il tenta de se rappeler comment les problèmes avaient commencé, en quoi ils avaient consisté. Des problèmes il y en avait eu, cela, il pouvait aisément s'en persuader, mais il ne parvenait pas à estimer sa situation, et peut-être, certainement même, était-ce *cela* le problème. Mais il n'avait aucun moyen de s'en assurer. Il avait envie de boire un verre ; il avait envie de s'enivrer. L'autocar pencha et grinça ; il sentit les mouvements de roulis et les violentes trépidations de la machine sur la route cahoteuse. Tout ce mouvement et ce bruit le saisirent. Soudain, il fut envahi par le désespoir et la solitude, au point d'avoir envie de hurler. Il regarda en direction des champs mais une butte les dissimulait. Le village se fondit dans la terre.

L'autocar s'engagea dans une longue courbe et se mit à osciller de plus belle. Il éprouva une sensation de tournis et eut envie d'éclater de rire. Il portait une paire de chaussures bicolores, beiges et blanches, que Josie-la-Grosse lui avait données. Elles avaient appartenu à un homme de la ville chez qui la fille de Josie-la-Grosse avait travaillé comme femme de ménage. L'homme était mort, et sa veuve avait distribué ses habits. C'étaient de belles chaussures, presque neuves, à semelle fine, à bout pointu, avec des ajours pointillés en forme d'angles et de spirales. Elles étaient ferrées aux talons, et le cuir était encore grinçant. Elles étaient un peu trop larges pour Abel, mais cela ne l'aurait jamais empêché de les mettre ce jour-là, il avait attendu si longtemps l'occasion de les porter. Assis dans l'autocar, il leur jetait de fréquents coups d'œil ; parfois, il glissait la pointe d'une chaussure le long de son mollet pour la dépoussiérer et la faire briller, puis il pliait les semelles afin de les entendre couiner.

Mais les chaussures étaient beiges et blanches. Quasiment neuves, brillantes et belles ; et elles couinaient quand il marchait. D'après son expérience, il pensait qu'elles attiraient l'attention, mais en tout bien tout honneur, avec décence et simplicité. Elles étaient beiges et blanches ; de la belle ouvrage, vraiment, et donc dignes d'admiration, comme on peut le dire du travail d'un bon potier, d'un peintre ou d'un orfèvre : l'objet attire les éloges car il est beau en soi. Cependant, pour l'heure, si l'on sortait du cadre de son expérience personnelle, les chaussures attiraient l'attention sur Abel. Elles étaient beiges et blanches, elles étaient éminemment neuves et un peu trop larges. Elles brillaient. Elles cliquetaient et grinçaient. Et elles étaient clouées à ses pieds. Les ennemis étaient partout, et il savait qu'à leurs yeux il était ridicule.

Veuillez compléter les phrases suivantes à l'aide d'un ou deux mots. (Il est important que vous procédiez aussi rapidement que possible, que vous remplissiez chaque blanc par la première réponse qui vous vient à l'esprit.)

– J'aimerais ____.
– Je ne suis pas ____.
– Les gens riches sont ____.
– J'ai peur de ____.
– Il est important que je ____.
– Je crois fermement à ____.
– Ce dont je me souviens le plus clairement, c'est ____.
– Quand j'étais enfant, j'adorais ____.
– Un de ces jours, je ____.
– Les gens qui rient bruyamment sont ____.

Milly ?

– Aucun test n'est entièrement probant, dit-elle. Certains sont plus probants que d'autres.

N'empêche que Milly croyait aux tests, aux questions-réponses, aux mots imprimés. Sous cet aspect, elle ressemblait beaucoup à Ben. Elle croyait en l'Honneur, en l'Application, en la Seconde Chance, en la Fraternité des Hommes, au Rêve Américain, et en lui – Abel. Elle croyait en lui. Après un moment, il commença à soupçonner quelque chose et...

Cette nuit-là – il ne se rappelait pas comment c'était arrivé car il avait un peu bu – il lui avait fait l'amour. D'abord, il l'avait observée. Elle venait toujours faire un tour quand Ben et lui se trouvaient à la maison. Nulle trace de timidité chez elle. Immédiatement, elle l'avait regardé droit dans les yeux, elle avait parlé haut et fort, elle avait ri – elle était toujours en train de rire. Chez une femme, ce rire facile était déplacé – dangereux et déplacé. Belle, elle ne l'était pas ; ses yeux étaient trop petits, sa bouche trop grande. En revanche, elle avait de beaux cheveux blonds et son corps était ferme, appétissant. Il avait observé sa façon de marcher quand elle s'en allait. Ses pieds glissaient lentement l'un contre l'autre, ses genoux ne fléchissaient pas ; l'aisance de sa démarche provenait du balancement de ses hanches généreuses. Elle avait de gros seins.

Elle lui parlait en riant, d'un rire concret et sonore, sans parvenir à le dérider. Il n'écoutait pas ce qu'elle disait car il la désirait et pensait au moyen de la posséder. Comme elle savait à quoi il pensait, elle riait de plus belle, mais d'une voix un peu cassée, et commençait à badiner avec ses mains. Il y avait longtemps qu'elle ne s'était pas donnée à un homme. Elle avait presque oublié ce à quoi il fallait penser, de quoi il fallait se préoccuper, ce sur quoi il fallait s'attarder. Et c'était très bien comme ça ! Elle était grande, pas très belle, elle respirait fort, certes, mais, quand elle retrouvait son décor familier, elle s'y sentait menue, précieuse et jolie. Son appartement était dénué de tout cachet et arrangé avec mauvais goût, soit, mais elle s'était persuadée qu'il était charmant, pittoresque, et décoré à ravir. Sa chambre était terne, encombrée de bibelots vulgaires et dégageait une odeur de renfermé, mais non! disait-elle, une sorte de chaleur et de caractère émanait de l'opaline, du marbre et des photographies brunies enchâssées dans de vieux cadres ovales. Tout respirait la propreté, le linge frais et le lilas. Ils étaient assis au bord du lit.

Avec prévenance, il l'attira à lui et il effleura son poignet avec sa bouche. Sa main se promena sur le bras de Milly qui se raidit de façon imperceptible. Désormais silencieuse, réceptive, elle s'abandonna à son étreinte. Il l'embrassa, passa sa main dans sa chevelure, déboutonna sa robe et la fit glisser sur ses épaules rondes, satinées, parsemées de petites taches de rousseur. Il défit son soutien-gorge et caressa ses seins blancs et parfumés, aux aréoles foncées. La bouche de Milly était entrouverte et réagissait sous la pression de la sienne, comme un petit animal; elle se cambra afin de mieux lui offrir sa poitrine. Il l'embrassa sur la bouche, les yeux, les cheveux, les seins et les épaules. Elle eut la chair de poule, ferma les yeux et se pencha lentement en arrière, détendue en apparence, mais cette sérénité la déserta dès qu'il saisit l'un de ses mamelons du bout des doigts – avec autant de précaution et de délicatesse que si cela avait été une perle de pluie – et qu'il entreprit de longuement le suçoter. Elle émit un faible gémissement, berça la tête d'Abel et décroisa ses jambes. Quand elle se tourna pour ôter sa robe et faire glisser ses jupons, il délaissa son sein et fit lentement descendre sa main. Il découvrit ses hanches larges et généreuses et atteignit ses fesses. Elle reposa ses pieds sur le sol et se cambra de façon à serrer les fesses; il roula ses vêtements jusqu'à ses chevilles, la laissant s'en défaire d'une chiquenaude. Il l'embrassa de nouveau sur la bouche et revint à ces fesses, véritables mottes blanches et molles, détendues, lourdes, luisantes de sueur, jusqu'à atteindre la raie profonde, la longue touffe sombre de poils fins et humides qui crissèrent sous ses doigts; les mains de Milly se firent douces, et elle le caressa. Il attendit pour la taquiner mais la montée de la jouissance de Milly ne lui faisait pas perdre entièrement l'esprit. Quand elle ne fut plus en mesure de modérer son ardeur, il s'éloigna un instant pour mieux la contempler : ses yeux étaient révulsés sous les paupières mi-closes, sa bouche était grande ouverte, elle gémissait et tremblait continûment de tous ses membres. Sa chair blanche étincelait de désir. Les narines d'Abel frémirent à l'odeur qui émanait d'elle, et il fut brutal.

La mer mugissait et rugissait. Toujours cette lente et terrible brûlure aux yeux. Toujours cette inertie des mains. Son corps s'ouvrit au fracas de la mer.

Ainsi parla Tosamah, orateur, médecin, Prêtre du Soleil, fils d'Oiseau-Mouche :

– « Le peyotl est une petite plante dépourvue d'épines, en forme de carotte, appartenant à la famille des cactacées, qui pousse dans la vallée du Rio Grande et au sud de celle-ci. Elle contient neuf alcaloïdes narcotiques de la famille des isoquinoléines ; l'effet physiologique de certains s'apparente à la strychnine, les autres présentent les mêmes propriétés que la morphine. La principale caractéristique du peyotl consiste dans la production d'hallucinations visuelles (incluant des visions de couleurs) et de troubles olfactifs, auditifs et kinesthésiques. » Autrement dit, ce minuscule machin pâteux vous allume la tête comme une torche, les mecs ! Faut dire que Papa Peyotl est le symbole végétal du soleil...

Le Prêtre du Soleil allait présider une cérémonie et il s'était maquillé à cet effet : une ligne jaune vif divisait sa chevelure, des lignes rouges descendaient de chaque côté de son visage, et des demi-lunes jaunes soulignaient ses yeux. Tel quel, il paraissait aussi solennel que sinistre. Tout était prêt. Il gravit l'estrade, une crécelle et un bâton dans une main, sa sacoche d'apparat dans l'autre. Un par un, les célébrants le suivirent et s'assirent en cercle. Cristobal Cruz était le Gardien-du-Feu tandis que Napoléon Qui-Tue-au-Coin-du-Bois était le Joueur-de-Tambour.

Le feu flamboyait dans un poêlon au centre du cercle. Le Prêtre du Soleil prit place à gauche du feu, entre le Gardien-du-Feu et le Joueur-de-Tambour. Devant lui se trouvait l'autel de terre séchée en forme de croissant de lune dont les cornes dirigées vers l'est délimitaient un petit espace plan au centre, une sorte de berceau aménagé pour le Père Peyotl. Une petite rainure courait le long de l'autel, qui symbolisait la vie humaine depuis la naissance ; elle commençait au sud, s'élevait vers le centre, parvenait au faîte du pouvoir et de la sagesse, avant de redescendre vers le nord, la vieillesse et la mort. Quand chacun fut assis à sa place, le Prêtre du Soleil disposa une poignée d'armoise sur l'autel avant d'y déposer le fétiche.

Le tambour, une grosse marmite en fonte, ventrue et tripode, de taille numéro six, dont les poignées avaient été ôtées, était à moitié rempli d'eau; on y avait jeté des charbons ardents ainsi que quelques herbes. La peau de daim venait d'être tendue, le son du tambour était mat, moelleux et sourd comme de lointains roulements de tonnerre. Le Prêtre du Soleil déplia sur le sol un linge blanc et propre avant d'y placer les accessoires qu'il sortait de sa sacoche :

1. Un bel et luxueux éventail en plumes de faisan.
2. Une baguette de tambour effilée et emperlée.
3. Du papier brun à rouler.
4. Un bouquet d'armoise.
5. Un calumet portant le symbole sacré de l'oie sauvage.
6. Un sachet d'encens de cèdre en poudre.
7. Un sifflet en os d'aigle.
8. Un sac de papier contenant quarante-quatre boutons de peyotl.

La première phase de la cérémonie avait commencé. Le Prêtre du Soleil roula une cigarette avec du Bull Durham [1] et du papier brun puis il passa ces ustensiles à son voisin de gauche. Lorsque chacun l'eut imité, Cruz prit un brandon et le tendit à Tosamah. Le Prêtre du Soleil alluma sa cigarette et passa le brandon à son voisin de gauche. Lorsque tous furent en train de fumer, il récita une prière : « Sois parmi nous ce soir », puis il tendit sa cigarette vers le fétiche, de façon à ce

1. Tabac à rouler américain de consommation courante. *(N.d.T.)*

que celui-ci pût également fumer. Les autres prièrent à leur tour.

Suivit la cérémonie de bénédiction par l'encens. Après avoir saupoudré le feu de petits morceaux de cèdre séché et râpé, le Prêtre du Soleil effectua quatre passes circulaires en direction des flammes tout en gardant le sac de peyotl dans sa main. Ensuite, il choisit quatre boutons et donna le restant à son voisin de gauche. Il s'agenouilla, broya une touffe d'armoise entre ses paumes, inhala profondément les effluves puis se frictionna le visage, le torse, les épaules, les bras et les cuisses. Les autres l'imitèrent ; ils tendirent leurs mains afin de recevoir la bénédiction de l'encens et se frictionnèrent.

Puis tous les célébrants ingurgitèrent les boutons de peyotl, prenant soin de recracher la pâte centrale. Dès lors et jusqu'à l'aube, il y eut des prières et des chants accompagnés par la crécelle et le tambour. Le feu jaillissait du poêlon en une flamme unique qui dansait et vacillait. Chacun gardait les yeux fixés sur elle et, tout à coup, une terrible agitation régna, un flot de joie déferla dans la pièce. Cette vague d'allégresse n'avait pas de centre, elle était partout à la fois. Chacun se sentait rajeuni, ragaillardi et rempli d'énergie. Plus personne n'était malade, faible ou fatigué. Chacun avait envie de courir, de sauter, de rire, de respirer à pleins poumons. Chacun voulait crier qu'il était vigoureux, enjoué et vivant pour toujours, mais personne ne disait rien. Ils attendaient. Soudain, le feu s'immobilisa, et tous en furent contrits. L'atmosphère de liesse se délita, et chacun dodelina de misère et de désespoir. Les flammes émirent des traînées de fumée noire, tandis qu'une horrible sensation de douleur envahissait les lieux. Chacun songeait à la mort, et cette seule pensée était assez accablante en elle-même. Chacun se sentait pris dans les rets d'une dépression mortelle. Un sentiment de nausée gagna tous les esprits, dès lors en proie à une extrême douleur morale. Puis, peu à peu, la flamme se durcit, se ranima; elle régressa à perte de vue; un halo blafard apparut, émettant des éclats de lumière blancs, rouges et jaunes; ce processus d'illumination s'accéléra, s'amplifia, et enfin, il n'y eut plus au monde qu'un seul et unique point de lumière, brillant, irradiant à l'infini, et de ce point rayonnant surgirent par vagues successives les couleurs les plus pures, rose, rouge, écarlate, carmin, pourpre, suivies d'une soudaine explosion de jaune : beurre, rouille, or, safran. Et le feu final – quintessence de tous les feux depuis le commencement des temps – culmina en une magnifique perle de lumière; et de cette perle jaillirent des flamboiements bleus et verts, non pas le bleu et le vert des turquoises et des émeraudes, ou le bleu de l'eau et le vert de l'herbe, non, bien plus intenses et plus beaux, les couleurs cristallines et infuses de l'éblouissante clarté solaire. Et il y eut aussi de bien étranges sons, avec la crécelle qui dansait dans la main de Tosamah, les tambourinements et les rafales de la pluie sur le toit, le grondement et le fracas d'une avalanche, et en deçà, et au-delà, le roulement transcendantal du tambour. Ses battements emplirent la pièce, la flamme trembla en rythme et l'orage tonna dans les collines. Le son s'insinuait, s'affermissait. Les premiers et les derniers roulements du tambour résonnèrent à l'unisson, l'abîme entre eux s'était resserré, comblé, et le son, terrible et grave, frissonnait comme la flamme pâle et primordiale. Le son ne diminua pas, non, il recula pour mieux rebondir sur les murs, tandis que chacun attendait. L'une après l'autre, des voix s'élevèrent au centre du cercle et demeurèrent suspendues au fétiche et à la flamme :

Henry Taureaujaune :

– Sois parmi nous ce soir. Viens à nous paré de couleurs vives et enveloppé de fumées suaves. Aide-nous à frayer notre route. Emplis-nous pour toujours de rires et de bons sentiments. Ecoute-moi, je désire t'honorer par ma prière. Je désire te consacrer quelque chose, ces paroles. Ecoute-moi.

Cristobal Cruz :

– Ouais, ben, j'voulais juste dire merci à tous mes bons amis réunis ici ce soir pour m'avoir fait l'honneur que voici d'être Gardien-du-Feu et tout et tout. En tout cas, c'est une sacrée bonne escale qu'on fait là, pas vrai? J'sais qu'on a tous vu d'bonnes visions, et tout et tout, et puis aussi qu'y a vraiment beaucoup d'camaraderie et d'bonne volonté dans l'air, pas vrai? Bon ben, j'voulais juste prier bien fort pour la prospér'té, la paix dans l'monde et la fraternité. Tout ça au nom d'Jésus. Amen.

Napoléon Qui-Tue-au-Coin-du-Bois :

– Esprit Universel, sois avec nous! On est tous dingues de toi et on veut que tu sois avec nous autres pauvres Indiens. Y a longtemps de ça, on s'est conduits très mal, on a foutu le bordel et on n'a pas arrêté de s'entre-tuer. C'est pour ça que tu nous as abandonnés et que tu nous as tourné le dos. Maintenant, on te supplie de venir nous aider. Aide-nous! Ça fait un sacré bail qu'on souffre atrocement, et ça fait très très longtemps qu'on a jeté l'éponge. Eh Jésus écoute, on veut être potes avec les Blancs. Bon maintenant je te parle, Esprit Universel. Reviens-nous! Entends c'que j'dis ce soir. Je suis triste parce qu'on est en train de crever. Tous les Anciens, ils ont disparu déjà... Oh la la! Ils nous ont dit de faire comme eux, de chanter, de fumer, de prier... (A cet instant, Celui-Qui-Tue-au-Coin-du-Bois se mit à geindre et son corps fut saisi de soubresauts. Personne n'eut honte pour lui, et au bout d'un moment, il parvint à se remettre et à poursuivre.)

Nos enfants, ils sont vraiment dans le besoin de ton aide, Esprit Universel. Ils respectent plus rien, tu comprends? Ils sont devenus feignants, de vrais soiffards, pas bons à rien mais mauvais à tout. Je te remercie.

Ben Benally :

– Eh regardez! Regardez! On voit des chevaux bleus et mauves... Et une maison faite d'aube...

A minuit, il y eut une pause dans les bruits et les mouvements du monde. Le feu se mourait et le cercle des hommes oscillait à la lueur intermittente de la petite flamme agonisante. Quel que fût l'angle de vision, le fétiche paraissait toujours être à la pointe de la flamme; il semblait s'enfler et se recroqueviller dans le silence, tandis que l'odeur de l'armoise envahissait la pièce au point d'irriter et de brûler les narines des célébrants. Le Prêtre du Soleil se leva et sortit. Au loin, dans un recoin de la nuit, un juke-box diffusait une musique claironnante qui se mêlait aux bruits des klaxons de la rue. Puis, au paroxysme de l'extase, ils entendirent une note aiguë, stridente et perçante, suivie d'une autre, d'une autre, puis d'une autre encore : quatre coups en tout, qui provenaient du sifflet en os d'aigle. C'était le Prêtre du Soleil : debout au milieu de la rue dans sa tenue cérémonielle, il avait sifflé en direction des quatre points cardinaux afin de signaler qu'il se passait quelque chose de sacré dans l'univers.

Le visage d'Abel était lacéré et tuméfié ; les coins de ses yeux le brûlaient si terriblement qu'il voulut les frotter avec ses mains. La douleur lancinante acheva de le réveiller. Il parvint enfin à entrouvrir un œil et put voir ses mains à travers la fente étroite : elles étaient complètement déformées, comme écrasées, ses pouces étaient retournés et cassés à l'articulation. Il se rappela que chacun de ses pouces avait été lentement, presque gentiment, tordu et replié vers la paume, que l'os de la première phalange s'était enfoncé dans l'articulation et que finalement la boule osseuse s'était déboîtée de la glène avec un bruit sec. Ses mains étaient noires de sang séché, enflées au point que, de loin, on aurait pu croire qu'il portait des gants en caoutchouc. Le brouillard s'épaississait autour de lui et dérobait ses mains à sa vue. Il avait l'impression que son corps tremblait avec violence, tressaillait et tressautait avant de retomber, flasque comme un poisson. Il se rendit compte que le froid gagnait sur la douleur de son corps rompu, un froid intense, tel qu'il n'en avait jamais ressenti auparavant. Il essaya de pleurer mais seul un râle sibilant s'échappa de ses lèvres.

Après la mort de sa mère, il allait de temps à autre rendre visite à Josie-la-Grosse, et celle-ci lui parlait gentiment et lui donnait de bonnes choses à manger. Quand ils étaient seuls, elle mimait l'idiote de village et grimaçait pour le faire rire. Abel n'était pas un garçon au rire facile, et Josie-la-Grosse n'avait pas d'enfant pour lui tenir compagnie, sa fille unique étant partie vivre dans la grande ville. Francisco clappait de la langue et disait qu'on devait laisser ses petits-fils tranquilles, mais, pour toute réponse, Josie-la-Grosse levait la jambe, lâchait un vent et achevait de rebuter le vieillard à force de sarcasmes. Les enfants se pressaient contre elle et posaient leur tête sur ses gros bras brunis. Une semaine après l'enterrement de Vidal, Abel lui rendit une dernière visite d'enfant, ce que Francisco ne sut jamais. Elle fit loucher ses yeux, tira la langue et dansa dans la cuisine avec ses énormes pieds nus, en reniflant et en lâchant des vents comme une jument. Elle malaxa sa poitrine gigantesque au point que celle-ci déborda de la coupe de ses mains et pendit comme une outre, puis elle la secoua dans tous les sens possibles ; ses grosses hanches tremblotèrent, ballottèrent, tendirent sa vieille robe graisseuse ; sa face camuse et luisante se fendit en un sourire merveilleusement niais – quatre dents en moins – tandis que des larmes coulèrent de ses yeux.

Milly ?

Il avait peur. Il entendait le fracas de la mer, il voyait des formes ombreuses dans les tourbillons de brume et il avait peur. Il avait toujours eu peur. Tapie depuis toujours au fin fond de son esprit, il y avait cette chose effrayante, cette chose redoutable. Il ne savait pas ce que c'était, mais c'était toujours là, réel, imminent, inimaginable.

– Ah ça non, il avait pas peur, m'sieur, dit Bowker.

Abel écoutait, de plus en plus embarrassé et énervé devant le spectacle de cet homme blanc qui se permettait de parler de lui, de parler pour lui, exactement comme s'il n'avait pas été là.

– Bien, reprit Bowker, y avait Mitch – enfin, je veux dire le caporal Rate – et moi-même. On était planqués sur le versant de la colline treize et on voyait la crête au sud. Le bombardement venait juste de s'arrêter, et le caporal Rate, le deuxième classe Marshall et moi-même étions les seuls à nous en être sortis – enfin les seuls sauf *lui*, je veux dire – et d'ailleurs, on savait même pas qu'il était encore vivant. Sûrement qu'il avait perdu connaissance. Bon, Marshall, il est parti en tête, et Mitch et moi l'avons suivi de loin. Il s'est avancé jusqu'au sommet de la colline treize, et là Mitch – enfin, le caporal Rate – et moi on s'est planqués quand on a entendu le tank qui arrivait. On pouvait voir des deux côtés de la crête, m'sieur. Le tank, il faisait que zigzaguer sur la crête, on aurait dit qu'il venait pour nettoyer. Reconnaissance. J'avais mes jumelles braquées sur lui. Ça, on peut dire que je l'ai bien étudié, ce fils de pute ! Et juste à ce moment, Mitch m'a filé un coup de coude et m'a fait signe de regarder en bas de la colline. Et c'était lui, m'sieur, qui s'baladait tranquille, un vrai chef ! Il s'était relevé et il regardait la crête comme s'il cherchait le tank, m'sieur. Bon Dieu, c'est là qu'on a vu qu'il était vivant. Tous les autres, ils étaient morts, n'est-ce pas, et le tank, il venait finir le boulot, histoire de vérifier par acquit de conscience. Bon, en tout cas lui il arrivait juste, je crois, et le tank était sur la crête. Bon Dieu, m'sieur ! Alors, il a plongé à terre à la dernière minute et il a fait le mort. On savait pas si dedans ils l'avaient vu ou non, et puis, bon Dieu, v'là le tank qui accélère et qui s'met à débouler droit sur lui, on aurait dit. Mais en fait ils l'avaient *pas* vu, et le tank a continué, il est passé près, mais il a pas roulé dessus. *Bon Dieu !* Mitch – le caporal Rate – il a poussé un juron, tandis que moi, je retenais mon souffle. Et c'est là qu'le chef qu'est assis là, il s'est encore relevé ! Oui, nom de Dieu ! Il s'est levé comme un ressort et il a commencé à sauter partout en *engueulant* le putain de tank ! Le tank qu'était d'jà à trente, quarante mètres plus bas ! Ah, bon Dieu, m'sieur ! Il lui faisait le doigt, m'sieur ! Et puis là il s'est mis à déconner complètement, et il a fait une putain de *danse de guerre*, m'sieur ! Mitch et moi, on était sciés. On pouvait pas *croire* ce qui se passait. Et *lui*, il était là, à sauter comme un cabri, avec son doigt pointé, en train de dire au tank des trucs en sioux, en algonquin ou j'sais pas quoi ! En tout cas, il disait au tank d'aller s'faire mettre, ça c'est sûr, nom de Dieu ! Et il avait même pas d'arme, pas d'protection, rien ! Et là, m'sieur, le putain de tank, il a freiné à mort, il s'est arrêté comme s'il y avait un stop, et il s'est retourné, oui, *retourné*, et ils ont commencé à l'allumer sévère, *ping, pang, ping, pang!* Bon Dieu! On voyait les feuilles mortes qui volaient autour de lui, et lui, toujours en train de hurler comme un... comme un... j'sais pas, moi! Oui, m'sieur, il faisait des bruits avec sa main devant la bouche comme dans les films – et toujours en train d'leur faire le doigt, m'sieur! Et puis, il a fini par se casser sous les arbres mais on le voyait toujours faire sa danse de pauvre cinglé! Il faisait des sortes de feintes, il poussait un cri, il faisait un pas de deux ou j'sais pas quoi, puis il se carapatait à nouveau en leur faisant quand même un dernier doigt, mine de rien, et pendant c'temps, les putains de balles qu'arrêtaient pas d'siffler d'partout, *ping, pang, ping, pang!* Ah bon Dieu, oui! *Nom de Dieu!*

Milly?

Oh mon Dieu! Comme elle lui faisait mal, cette main!

Il y eut un trou noir dans le brouillard, et pendant un instant, la lueur au-dessus de l'embarcadère parut décliner et s'éloigner jusqu'à devenir un simple point aigu, puis minuscule, puis infime avant de disparaître; puis les tourbillons de brouillard se resserèrent sur le trou noir qui parut alors aussi proche que la lune et commença à palpiter.

Ils s'acheminaient vers la rivière quand le visage de la lune fut offusqué par un nuage plombé, comme couvert de lambeaux de fumée. En passant devant la lune palpitante de novembre, la bordure du nuage se transforma en une dentelure ondoyante et argentée. D'autres formes nuageuses allongées se profilaient suspendues dans les cieux, les plus proches paraissant dériver au fil de l'eau ; elles reluisaient à peine et semblaient vibrer sous la clarté incertaine. Courbé, il se faufilait à la suite de son frère qui ouvrait le chemin dans les dunes broussailleuses, et tous deux progressaient en silence sur les rides froides et sableuses. Comme ils s'approchaient de l'eau, Vidal ralentit l'allure et se mit à marcher sur la pointe des pieds tout en prenant soin de garder son fusil au canon miroitant dans un équilibre parfait. Abel voyait le clair de lune se refléter sur la grande boucle de la rivière en aval, dans un recoin obscur du paysage ; il entendait le clapotis de l'eau par-delà les dunes. Soudain, sans même tourner la tête, Vidal lui fit signe de s'arrêter, de s'accroupir et d'attendre. Ils se trouvaient au début d'un long banc d'alluvions qui menait en pente douce à la rive opposée. Vidal se mit à plat ventre et rampa sur les coudes et les genoux vers le sommet. Il adressa un nouveau signe à Abel qui le suivit. Une fois parvenus au sommet, ils purent contempler presque toute la rivière : au loin, elle miroitait comme du papier d'argent froissé, mais là, juste devant eux, elle était noire et invisible, car, sur l'autre rive, de grands massifs de saules et de mélèzes empêchaient tout reflet. En amont, il y avait des goulets d'étranglement, là où la rivière serpentait autour d'un barrage de rochers et de roseaux. Un peu au-delà, à la convergence des courants, se distinguait un infime tremblement sur l'eau éclairée par la lune, un ballet de lumières qui contrastait avec les collines noires à l'horizon. Abel retint son souffle. Du coin de l'œil, il surprit l'éclat du canon et comprit aussitôt que Vidal avait mis en joue dans l'obscurité. Il grimaça dans l'attente du coup de feu et inspecta du regard la rivière en amont. Tout d'abord, il ne vit rien, mais, juste avant que la détonation ne retentît, il y eut des remous dans l'eau noire. Les oies cendrées – vingt-quatre en tout – quittèrent d'un coup la rivière; elles tentaient de rejoindre les airs dans un si bel effort que, l'espace d'un instant, elles parurent suspendues dans les saules, les ailes déployées dans un battement frénétique et impuissant. Puis, dans un grand bruissement, elles s'envolèrent enfin l'une après l'autre vers le sud, entraînant dans leur sillage des perles d'eau. Finalement, elles s'éloignèrent pour de bon, mais du moins avait-il pu les voir tendre leur cou effilé vers la lune au cours de leur lente ascension vers les confins de la nuit hivernale. Dans le ciel, elles tracèrent un angle sombre, aigu, parfait, et dessinèrent pendant un instant comme un présage à la lisière lumineuse des nuées.

As-tu vu? Oh, comme elles étaient belles! Oh Vidal, oh mon frère, as-tu vu?

L'eau avait déjà retrouvé son atroce immobilité quand, sans même prendre la peine de tourner la tête, Vidal lui montra quelque chose. Abel discerna vaguement une forme sombre qui flottait dans les ténèbres. Quand il pataugea afin de la rejoindre, le courant était lent, régulier, les remous s'étaient calmés. L'oiseau demeurait immobile dans l'eau froide et noire et fixait Abel. Il eut peur, mais l'oiseau n'esquissa pas le moindre mouvement et n'émit aucun son. Il le prit dans ses mains, l'oiseau était lourd et chaud ; les plumes de ses ailes étaient brûlantes et collées par le sang. Il le porta sous le clair de lune ; ses grands yeux noirs – où nulle terreur ne se décelait – étaient loin de lui, loin de la rivière et du paysage, obstinément fixés sur le nimbe lunaire qui occupait le ciel austral.

Milly ?

La lune et l'oie sauvage.

Milly ?

Quoi chéri ? Qu'y a-t-il ?

Oh Milly oh mon Dieu la douleur mes mains mes mains sont cassées.

Il essaya d'ouvrir l'autre œil, d'ouvrir les deux yeux à la fois, mais en vain. Il scruta les ténèbres oppressantes. Ses paupières étaient obombrées comme le brouillard ; des formes microscopiques – atomes et fragments de substance vivante – flottaient obliquement, sombraient et remontaient une dernière fois à la surface de sa vision avant de disparaître dans le gouffre tourbillonnant de sa cécité. Il n'aurait pas su définir sa souffrance, ni même la dire ; cela outrepassait son pouvoir de nomination et d'assimilation.

Oh Milly les oies sauvages étaient belles j'aurais aimé que tu les voies je voulais que mon frère les voie elles volaient haut et loin dans le ciel nocturne et c'était la pleine lune toute blanche et il y avait un anneau autour de la lune et les nuages étaient allongés et brillants et rapides et mon frère était vivant et les oies volaient si loin vers le sud et je voulais qu'il voie comme elles étaient belles et s'il te plaît j'ai dit s'il te plaît les as-tu vues as-tu vu comme elles tendaient leur cou vers la lune as-tu vu comme elles traversaient le nimbe de la lune...

– Milly?
– Oui, chéri.
– Ça t'a plu, Milly? C'était bon, n'est-ce pas, Milly?
– Oh oui chéri, ça m'a plu.
– Demain, je sortirai, Milly. J'irai chercher du boulot.
– T'as raison. Si tu cherches, tu trouveras un bon travail. C'est pas toujours facile.
– Demain, j'en trouverai un, Milly. Tu verras.
– Je le sais, chéri.
– Ecoute, je vais trouver un bon boulot, et comme ça, samedi ou dimanche, toi, moi et Ben, on ira à la plage, d'accord?
– Oh oui, j'aimerais bien.
– C'était vraiment bon, Milly.
– C'était délicieux. Je t'aime.

Ils faisaient l'amour l'après-midi lorsqu'elle revenait tôt de son travail. Parfois, il n'était pas là quand elle rentrait, et elle savait qu'il s'était encore saoulé quelque part, qu'il allait être malade, qu'il s'était peut-être même attiré des ennuis. Alors, elle gardait son calme et attendait le crépuscule, et, quand la nuit était venue, elle écoutait de la musique, faisait du repassage, ou bien elle allait au cinéma. Plus tard dans la soirée, elle se déshabillait, se mettait au lit et restait étendue dans le noir à guetter son retour. Dans ces moments-là, elle se sentait très seule et effrayée; elle avait envie de pleurer mais elle ne pleurait pas.

Et quelque part au-delà de la froidure, de la brume et de la douleur, il y avait la mer infinie et noire qui faisait révérence à la lune, et la piste froide et blanche que traçait le reflet de l'astre sur l'eau. Et là-bas, loin dans la nuit, là où rien d'autre n'existait, les poissons restaient immobiles dans les eaux noires en dépit des remous de la mer; ou bien, effleurant la surface des eaux, ils s'élançaient, sautaient, tournoyaient comme des leurres et s'ébattaient dans les traces de la lune. Et loin à l'intérieur des terres, il y avait les silhouettes cendrées des grandes oies migratrices qui volaient sous la lune.

Elle avait vécu quatre ans à Los Angeles, et pendant tout ce temps n'avait adressé la parole à personne. Il y avait pourtant beaucoup de gens autour d'elle ; elle les connaissait, elle travaillait avec eux – il y avait même des périodes où ils ne la laissaient pas en paix – mais elle ne leur parlait pas. Du moins ne leur disait-elle jamais rien d'important. Elle les saluait, échangeait quelques plaisanteries avec eux, leur disait au revoir, puis se retirait afin de vivre sa vie. Personne n'avait la moindre idée de ce qu'elle pouvait penser, ressentir, ou être.

Un jour, il fut là, qui l'attendait devant sa porte. C'était un après-midi, le temps était lourd, et elle avait croisé une foule de gens dans les rues sur le chemin du retour. Et il était là à l'attendre. Ils ne se connaissaient pas depuis longtemps et il était encore très timide. Il l'attendait, et elle s'aperçut qu'il était content de la voir arriver. Il disait quelque chose, il essayait de lui expliquer pourquoi il était venu, quand tout à coup, elle comprit à quel point ils étaient seuls au monde, si indiciblement seuls. Elle commença à hocher la tête, à se mordre les lèvres, des larmes coulèrent sur ses joues, et elle pleura en silence, comme pleurent les personnes âgées, ne s'arrêtant qu'afin de reprendre son souffle. A travers ses larmes, elle perçut la gêne de l'homme, son anxiété, et combien il était pitoyablement comique.

Alors elle dut expulser d'un seul coup tous les rires douloureux qui s'étaient accumulés en elle, et plus tard – lorsque leur désir fut assouvi – un dernier soupir.

J'étais une sale gosse aux cheveux couleur paille, avec de petits bras et de petites jambes maigres aux attaches grossières. Je ne portais pas de chaussures, et la plante de mes pieds était dure, crevassée et noire de poussière. Je pouvais courir comme un lièvre. Un jour que Papa clôturait un lopin de terre derrière la grange, je suis tombée sur un toron de fil de fer barbelé, et je me suis profondément entaillé la poitrine. Tiens, donne-moi ta main. Ce sont les cicatrices, elles sont presque invisibles maintenant – sauf que la peau est un peu plus brillante, un peu plus pâle – et si tu me pinces ici, quand la peau se détend, tu vois de petites stries qui se forment dans les cicatrices. Il y a des veinules bleues et violettes sous les cicatrices, bleues surtout. C'est drôle, ces veines qui partent dans tous les sens, tu ne trouves pas?

Nous vivions sur une terre sèche et dure, couleur de brique, et Papa avait beau labourer, semer et irriguer, à la fin, cela ne donnait jamais grand-chose. Et c'était pareil tous les ans, toujours pareil, et Papa a fini par haïr la terre, à la ressentir comme une sorte d'ennemie, une ennemie intime, une ennemie mortelle. Je le revois encore quand il rentrait des champs le soir, vaincu, brisé par la terre, et qu'il ne disait rien. Il ne disait jamais rien. Il s'asseyait et pensait à son ennemie. Parfois, il restait bouche bée, son regard se perdait, comme s'il prenait soudain conscience d'avoir tout tenté et d'avoir pourtant échoué; alors, il ne lui restait plus qu'à demeurer assis, encore stupéfié par la résistance de son ennemie. Et chaque jour avant l'aube, je le regardais se rendre aux champs sans aucun espoir. Parfois, au lever du soleil, je l'apercevais au loin dans le paysage désert, tout petit à l'horizon, et même quand il arpentait ses sillons, il semblait pétrifié.

Papa m'aimait ; ce n'était pas un amour qu'il pouvait mettre en mots ou en actes, comme le simple fait de s'en prendre chaque jour à la terre, mais je savais qu'il m'aimait. C'était un amour profond, désespéré, sans joie, où il n'y avait pas de place pour le rire. « Ecoute, me dit-il un jour, il faut que tu t'en ailles d'ici », et son regard parut se troubler à cette seule pensée. Il m'a donné l'argent qu'il économisait depuis dix-sept ans en prévision de mon départ, et puis nous avons marché ensemble jusqu'à la ferme de Fletcher. De là, Daley Fletcher nous a conduits à la gare dans la camionnette de son père. Le train est arrivé, Papa m'a tendu ma valise, et, en la prenant, j'ai touché sa grande main couturée, brûlée par le soleil ; elle était calleuse, noueuse comme une racine, et sentait bon la terre noire fraîchement retournée, puis j'ai dit : « Bon, salut Papa – au revoir, Papa. »

Et je ne l'ai jamais revu, mais je me souviens encore comment il était sur le quai de la gare, avec son manteau râpé, sa salopette et ses chaussures vernies que je l'avais vu porter deux ou trois fois seulement pendant toutes ces années. Plus tard, le pécule qu'il m'avait donné s'est épuisé, mais, comme j'étais grande et robuste et que je savais travailler, je suis devenue serveuse après l'école et je me levais avant le jour pour lire et faire mes devoirs. Au cours de ma dernière année d'école, je suis tombée amoureuse de Matt, et je l'ai épousé. Nous avons été heureux et, pendant un temps, rien de mauvais ne nous est arrivé. Nous avons eu un bébé ; elle était belle et douce, et nous l'avons appelée Carrie. Quand Matt est parti pour ne plus revenir, j'ai donné tout mon amour à

Carrie ; c'était très bien comme ça, parce que c'était elle, parce que c'était Carrie. J'ai trouvé un travail, et quelqu'un pour garder Carrie. En fin de semaine, je jouais avec Carrie, je lui chantais des berceuses, et s'il faisait beau, je l'emmenais l'après-midi au jardin d'enfants, je la poussais sur la balançoire, et Carrie se tenait bien avec ses petites mains, elle riait, riait sans arrêt. Comme elle riait, ma petite Carrie !

Puis Carrie a eu quatre ans. Un jour, elle s'est mise à pleurer, je suis allée dans sa chambre, elle brûlait de fièvre, et pendant la nuit elle est devenue jaunâtre, toute pâlotte et fatiguée. Sa voix était bizarrement faible, et elle avait des cernes sombres sous les yeux. Elle paraissait si menue, si délicate, si fragile et si belle. Je suis sortie et je suis allée au drugstore du coin afin de téléphoner au docteur. Et comme j'allais quitter le drugstore, M. Hitchcock m'a parlé – il m'a dit « bonjour » ou bien « puis-je faire quelque chose pour vous », je ne sais plus – et je me suis tournée vers lui, il est resté bouche bée, et j'ai vu toute ma crainte et ma détresse se refléter sur son visage, et tout à coup, il a éclaté de rire, sans raison ; on aurait dit que son propre rire l'horrifiait.

Le docteur est venu, il a aussitôt emmené Carrie en ambulance. Elle semblait se rendre compte de ce qui lui arrivait, et à l'hôpital, elle est restée très sage à regarder le plafond. Elle n'avait pas peur mais paraissait plutôt curieuse de tout, étrangement sage et pensive. Pour moi, ce fut cela le plus incompréhensible et le plus terrifiant : voir mon enfant si calme devant la mort. Il m'a semblé qu'elle vieillissait à toute allure, qu'elle vivait une vie entière au cours de ces quelques heures, et finalement il y eut sur son visage une expression d'infinie sagesse. A un moment de la nuit, elle m'a demandé si elle allait mou-

rir. Tu t'imagines! Le temps n'était pas aux tromperies et je n'avais même pas le droit de détourner le regard. « Oui », ai-je dit, et elle m'a demandé comment c'était de mourir, et j'ai répondu : « Je ne sais pas. » « Je t'aime, Milly », a-t-elle dit; jamais elle ne m'avait appelée ainsi auparavant. Peu après, elle a regardé le plafond intensément, et son regard s'est enflammé l'espace d'un instant. Ensuite, elle a un peu tourné la tête et fermé les yeux. Elle paraissait épuisée. « Je t'aime tant », a-t-elle murmuré, puis elle ne s'est plus jamais réveillée.

Il fallait qu'il se lève. Il allait mourir de froid s'il ne se levait pas. Les jambes, ça allait; du moins n'étaient-elles pas cassées. Il avança un genou, puis l'autre, et parvint ainsi à s'approcher de la clôture. Après avoir lutté un certain temps, il réussit à reposer son dos contre la clôture. Ainsi, il reprit peu à peu ses esprits, tout risque de syncope se trouvant désormais écarté. Il ramena ses pieds sous lui et s'agrippa de nouveau à la clôture. Prenant appui contre elle avec sa tête et ses épaules et poussant sur ses jambes, il finit par se mettre debout. Alors, il entreprit un long et tortueux voyage dans les ruelles obscures. Quand de rares voitures passaient, il se réfugiait dans l'ombre et s'aplatissait contre les murs des immeubles en attendant qu'elles aient disparu. Il parvint devant un camion, un trois quarts de tonne bâché dont l'arrière était entrouvert. Les phares étaient allumés. Il escalada le rabat et se glissa à l'intérieur. Un instant plus tard, quelqu'un arriva, monta dans la cabine, le véhicule démarra, et Abel put s'abandonner à la douleur et à l'épuisement. Quand le camion stoppa, il sortit et reprit son trajet le long des murs, à travers les ombres. Au coin d'une rue, il croisa quelqu'un ; l'homme s'arrêta un instant, il ouvrit la bouche comme pour dire quelque chose, puis s'éloigna en hâte.

Abel s'arrêta souvent pour se reposer, mais le vertige le saisissait et l'obligeait à reprendre sa route. Son esprit cédait à la fatigue et s'embrumait à mesure qu'il avançait dans le brouillard, trébuchant, éraflant ses épaules contre les murs de briques humides, quand tout à coup, victime de sa douleur et de sa lassitude, il vit Milly et Ben courir sur la plage. Il était sur la plage avec Milly et Ben, la lune était haute, elle brillait, les poissons étaient loin dans les profondeurs, et au-delà de la plage, il n'y avait rien d'autre que le clair de lune et le long liséré blanc de la mer sur la plage.

Le 27 janvier

Ainsi parla Tosamah, orateur, médecin, Prêtre du Soleil, fils d'Oiseau-Mouche :

– Une butte isolée s'élève dans la plaine de l'Oklahoma, au nord-ouest de la chaîne des montagnes Wichita. Pour mon peuple, cette butte constitue un vieux point de repère auquel ils ont donné le nom de Rainy Mountain. Là-bas, au sud de la cuvette continentale, sévit le pire climat qui soit au monde. En hiver, le blizzard souffle dans le couloir Williston, apportant grêle et pluie de neige fondue. Des ouragans de chaleur s'y forment au printemps, tandis qu'en été la prairie est brûlante comme une enclume chauffée à blanc. Les herbes brunissent et deviennent cassantes au point de craquer sous vos pieds. Il y a des oasis de verdure le long des rivières et des ruisseaux, et les plantations d'arbres s'alignent, noyers, pacaniers, saules et noisetiers de sorcière. En juillet et août, à une certaine distance, les frondaisons des arbres semblent se recroqueviller dans le feu. De grandes sauterelles vertes et jaunes envahissent les herbes hautes, elles sautent comme du pop-corn et piquent votre chair ; les tortues rampent sur la terre rouge pour n'aller nulle part puisqu'elles vivent dans la plénitude du temps. La solitude est un élément constitutif du paysage. Dans la plaine, toutes les choses sont isolées les unes des autres ; le regard ne peut confondre les objets, et c'est bien *une* colline, *un* arbre ou *un* homme. La moindre éminence permet de voir jusqu'à la fin du monde. Regarder ce paysage tôt le matin, avec le soleil derrière soi, équivaut à perdre le sens des proportions. Votre imagination revit et vous en venez à penser que la Création a commencé en ce lieu précis.

« Je suis retourné à Rainy Mountain en juillet. Ma grand-mère était morte au printemps, et je voulais aller sur sa tombe. Elle avait vécu jusqu'à un âge très avancé où elle était devenue infirme. Sa seule fille encore en vie l'a assistée dans ses derniers moments, et l'on m'a dit qu'à sa mort, son visage ressemblait à celui d'une enfant.

« Il me plaît de penser à elle comme à une enfant. Lors de sa naissance, les Kiowas vivaient le dernier grand moment de leur histoire. Depuis plus d'un siècle, ils contrôlaient entièrement cette région qui s'étend de la Smoky Hill River jusqu'à la Red River, depuis le cours supérieur de la Canadian River jusqu'au confluent de l'Arkansas River et de la Cimarron River. Ils firent alliance avec les Comanches et tinrent sous leur coupe l'ensemble des Plaines du Sud. La guerre était pour eux chose sacrée, et ils étaient les meilleurs cavaliers que le monde eût jamais connus. Cependant, pour les Kiowas, l'art de la guerre ne représentait pas tant une question de survie qu'une disposition innée, aussi n'ont-ils jamais pris en compte la progression sournoise et inexorable de la cavalerie des Etats-Unis. Lorsqu'à la fin, divisés, en panne de ravitaillement, ils se virent acculés dans le froid de l'automne jusqu'à la Staked Plain, la panique s'empara d'eux. Dans le canyon de Palo Duro, ils durent abandonner leurs derniers vivres aux pillards, heureux encore d'avoir la vie sauve. Pour ne pas périr, ils se rendirent aux soldats à Fort Sill et furent emprisonnés dans le vieil enclos de pierre transformé depuis en musée militaire. A ma grand-mère fut épargnée l'humiliation de se trouver recluse pendant huit ou dix ans entre quatre hauts murs gris, mais nul doute qu'elle devait connaître depuis sa naissance l'amertume de la défaite et les sombres ruminations des vieux guerriers.

« Elle s'appelait Aho et appartenait à la dernière civilisation qui continuait de se développer en Amérique du Nord. Il y a presque trois siècles de cela, ses ancêtres descendirent des pays du Nord. On localise les premières traces de leur existence près de la source de la Yellowstone River à l'ouest du Montana. C'était un peuple de montagnards, une mystérieuse tribu de chasseurs dont le dialecte n'a jamais fait l'objet d'une classification linguistique. A la fin du dix-septième siècle, ils entreprirent une longue migration vers le sud-est. Ce voyage en direction de l'aube devait les conduire à l'âge d'or. En cours de route, les Kiowas furent accueillis avec amitié par les Crows qui leur transmirent la culture et la religion des Plaines. L'acquisition de chevaux réveilla leur vieil esprit nomade.

Ensuite, ils firent l'acquisition de Tai-me [1], figurine sacrée de la danse du soleil, qui, en tant que principal objet et symbole de leur culte, leur permit de s'associer à la divinité solaire. Enfin, et surtout, ils acquirent le sens du destin, ce qui implique courage et orgueil. Leur arrivée dans les Plaines du Sud les avait proprement transformés. A présent, ils n'étaient plus réduits à se préoccuper de leur survie ; ils formaient une redoutable société seigneuriale composée de combattants et de voleurs, de chasseurs et de prêtres du soleil. D'après leur mythe originel, ils vinrent au monde cachés dans le creux d'un tronc d'arbre. D'un certain point de vue, leur migration constituait l'accomplissement d'une ancienne prophétie, puisqu'en effet ils émergèrent d'un monde sans soleil.

« Tout cela, j'ai pu le voir. J'ai suivi leur route antique jusqu'à la tombe de ma grand-mère. Bien qu'elle eût vécu sa longue vie à l'ombre de Rainy Mountain, l'immense paysage de l'intérieur des terres – avec ses saisons et ses bruits – coulait dans ses veines comme un souvenir. Elle pouvait évoquer aussi bien la tribu des Crows, qu'elle n'avait pourtant jamais vue, que les Black Hills, où elle n'était jamais allée. Quant à moi, je voulais voir dans la réalité ce qu'elle-même avait bien mieux perçu en esprit.

« J'ai commencé mon pèlerinage le long de la Yellowstone. Là-bas, me semblait-il, se trouvait le sommet du monde, une région de lacs profonds et de sombres futaies, de canyons et de cascades. Cependant, aussi beau que soit cet endroit, on y éprouve une sen-

1. Mythe fondateur kiowa. Figurine représentant un homme et un bison découpés dans du cuir brut. *(N.d.T.)*.

sation d'enfermement. De tout côté, l'horizon paraît si proche qu'il semble être à portée de main, avec les hautes murailles des forêts et les profondes anfractuosités ombreuses. Il existe une parfaite liberté dans ces montagnes, mais elle appartient à l'aigle et à l'élan, au blaireau et à l'ours. Les Kiowas comparèrent leur propre stature à l'espace qui s'étendait devant eux, et ils durent baisser les yeux et s'incliner devant l'immensité sauvage.

« Vers l'est, les prairies des hauteurs sont autant de marches d'un escalier qui mène à la plaine. En juillet, les versants intérieurs des Rocheuses regorgent de lin, de blé noir, d'orpin et de dauphinelle. La terre s'étend et la limite du pays recule. Des bosquets d'arbres et des animaux qui paissent au loin défient le regard, et l'esprit s'émerveille. Le soleil accomplit une course presque interminable car le ciel est vaste au-delà de toute comparaison. Les grands nuages ondoyants dérivent et fractionnent la lumière, ombres mouvantes sur l'herbe et les récoltes, comme l'eau qui s'écoule. Là-bas au loin dans le pays des Crows et des Blackfeet, la plaine est jaune. Les trèfles dominent les collines et se penchent au point de recouvrir le sol d'un tendre tapis. Les Kiowas firent halte en ce lieu. Ils étaient arrivés à l'endroit où il leur fallait changer de vie. Dans les plaines, le soleil est comme chez lui. C'est précisément là qu'il a une dimension divine. Quand les Kiowas parvinrent au pays des Crows, c'était l'aube, et ils purent voir successivement les sombres versants des collines de l'autre côté de la Bighorn River, la profusion de lumière sur les terrasses cultivables, et la plus ancienne divinité alors à son solstice. Ils ne partirent pas tout de suite vers le sud, le véritable chaudron du pays, car d'abord ils durent purifier leur sang des souffles du vent du nord, et garder un moment encore les montagnes dans leur champ de vision. Ils portèrent Tai-me en procession vers l'est.

« Une brume sombre s'étendait sur les Black Hills, et le pays devint comme du fer. En passant au sommet d'une crête, j'ai entraperçu la Tour du Diable – sa plus haute extrémité ressemblait à la pointe d'une lime dans le gris du ciel – puis elle a disparu dans le paysage. J'ai mis beaucoup de temps à m'en approcher et ne l'ai pas revue avant qu'elle surgisse entière, au milieu de la vallée, comme si, à la naissance du temps, le centre de la terre s'était soulevé jusqu'à percer la croûte tellurique, engendrant ainsi le premier mouvement du monde. Elle est là qui semble se mouvoir, monter encore, tout comme certains arbres sans âge qui aspirent à s'élever jusqu'aux cieux, et crée une illusion dans le paysage. Il est des choses dans la nature qui engendrent une horrible quiétude dans le cœur de l'homme ; la Tour du Diable est l'une d'entre elles. L'homme doit *s'expliquer* devant une chose semblable. Pas question de se dérober à la confrontation s'il ne veut pas se voir banni de l'univers pour toujours. Deux siècles auparavant, parce qu'ils ne purent faire autrement, les Kiowas inscrivirent une légende à la base du rocher. Ma grand-mère disait :

> Huit enfants étaient là en train de jouer, sept sœurs et leur frère. Soudain, le garçon fut frappé de stupeur ; il trembla et se mit à courir à quatre pattes. Ses doigts se changèrent en griffes, son corps se couvrit de fourrure, et, à la place du garçon, il y eut un ours. Les sœurs furent terrifiées ; elles s'enfuirent, poursuivies par l'ours. Elles coururent jusqu'à la

souche d'un grand arbre, et l'arbre leur parla. Il les incita à grimper sur lui, ce qu'elles firent, et l'arbre commença à s'élever dans les airs. L'ours accourut afin de les tuer, mais elles étaient déjà hors d'atteinte. L'ours entoura le tronc de l'arbre et l'écorça avec ses griffes. Les sept sœurs furent transportées au ciel où elles devinrent les étoiles qui forment la Grande Ourse.

« Depuis lors, et tant que cette légende vivra, les Kiowas ont des parents dans le ciel nocturne. Quoi qu'ils fussent dans les montagnes, ils ne pouvaient prétendre à plus. Même si leur bien-être devait demeurer précaire, même s'ils avaient beaucoup souffert et devaient souffrir encore, du moins avaient-ils quitté l'état sauvage.

« Le premier d'entre eux qui se tint debout en bordure des Grandes Plaines vit plus loin qu'il n'avait jamais vu. Il y a quelque chose au cœur du continent qui demeure toujours aux confins du visible, quelque chose comme l'essence du soleil et du vent. Cet homme sut que la quête était possible. Rien ne l'empêchait de se mettre en route ; il pouvait pénétrer dans le pays, y vivre, supporter le poids lourd et torride de son silence. En un sens, la question de la survie ne s'était jamais posée de façon plus urgente et plus appropriée, car nul pays ne se prête mieux à éprouver la puissance de l'homme ; nulle part ailleurs la réalisation d'un miracle n'a été plus à la portée de l'esprit ; nulle part la destinée ne peut mieux se plier à la volonté humaine.

« Ma grand-mère vénérait le soleil ; elle lui adressait un regard empreint de sainteté, regard qui, de nos jours, a déserté l'espèce humaine. C'était une personne toujours sur ses gardes, en qui subsistait un fond de crainte respectueuse. Elle fut chrétienne pendant ses dernières années, mais le parcours avait été long, et elle n'avait jamais oublié la voix du sang. Dans son enfance, elle avait assisté aux danses du soleil et participé au rite annuel, apprenant ainsi l'histoire du sauvetage de son peuple grâce à l'intercession de Tai-me. Elle avait à peu près sept ans en 1887, la dernière fois que les Kiowas accomplirent la danse du soleil, le long de la Washita River, en amont de Rainy Mountain. Les bisons avaient disparu. Afin d'accomplir le sacrifice ancestral – lequel consistait à empaler un crâne de bison sur l'arbre de Tai-me – une délégation d'Anciens était partie pour le Texas pour y marchander un animal appartenant au troupeau des Goodnight. Elle avait dix ans quand les Kiowas se sont réunis pour célébrer une fois encore le culte de la danse du soleil. Ils ne purent trouver de bison et durent se contenter de suspendre une vieille peau à l'arbre sacré. Cet été-là fut connu par ma grand-mère sous le nom de Ä'poto Etoda-de K'ado (Danse-du-Soleil-Quand-les-Pieux-Fourchus-Furent-Laissés-Debout), et il entra dans les calendriers kiowas, sous la figure d'un arbre debout face à la charpente inachevée d'une cabane de guérisseur. Avant que la danse ait pu commencer, une compagnie de soldats en armes quitta Fort Sill, avec l'ordre de disperser la tribu. Ainsi soumis à l'interdiction arbitraire d'accomplir l'acte essentiel à leur foi et ayant assisté au massacre des troupeaux sauvages qui furent ensuite abandonnés sur place à la putréfaction, les Kiowas s'éloignèrent pour toujours de l'arbre. Cela se passait le 20 juillet 1890, près de la grande courbe de la Washita. Ma grand-mère y était. Sans amertume, et aussi longtemps qu'elle vécut, elle garda en son esprit une vision de déicide.

« Maintenant que je ne l'ai plus qu'en souvenir, je revois ma grand-mère dans les différentes attitudes qui lui étaient particulières : debout par un matin d'hiver près du fourneau à bois, remuant la viande dans un grand poêlon de fer; assise à la fenêtre du sud, courbée pour enfiler des perles, et, plus tard, quand sa vue baissa, regardant longuement les rides de ses mains; sortant appuyée sur une canne, très lentement, car elle ployait déjà sous le poids des ans. Je la revois dans ses prières aussi. Surtout dans ses prières. Elle faisait de longues prières incohérentes exprimant la souffrance et l'espérance, elle qui avait vu tant de choses. Je n'étais jamais vraiment sûr d'avoir le droit de l'écouter, tant ce qu'elle disait paraissait intime et peu coutumier. La dernière fois que je l'ai vue, elle priait en pleine nuit debout devant son lit, nue jusqu'à la taille, tandis que les reflets de la lampe à pétrole jouaient sur sa peau brune. Ses longs cheveux noirs, toujours maintenus en tresses pendant la journée, retombaient alors sur ses épaules et recouvraient ses seins comme un châle. Je ne comprenais pas toujours ses prières; je crois qu'elle employait une sorte de vieux dialecte plutôt que le langage usuel. Il y avait une tristesse inhérente à son intonation, une légère hésitation sur les syllabes de l'affliction. Elle débutait sur un ton aigu puis sa voix descendait, elle épuisait son souffle jusqu'au silence, et recommençait, toujours avec cette même intensité dans l'effort, pour dire ce qui est et ce qui n'est pas, avec l'urgence que peut exprimer la voix humaine. A la voir ainsi au comble de l'extase dans la lueur ténue et dansante, parmi les ombres de sa chambre, elle semblait hors du temps, comme si l'âge ne pouvait plus la rattraper. Mais ce n'était qu'une illusion. Je crois que c'est à cet instant que j'ai su que je ne la reverrais jamais.

« Dans la plaine, les maisons font office de sentinelles, de vieilles gardiennes qui veillent au grain. Là-bas, le bois a tôt fait de revêtir une patine vénérable. Toutes les couleurs s'estompent dans le vent et la pluie, puis le bois grisonne, ses veines apparaissent, et les clous commencent à rouiller. Les vitres sont noires et opaques ; on pourrait croire qu'il n'y a pas âme qui vive à l'intérieur ; pourtant ces maisons sont habitées par de nombreux fantômes dont les squelettes jonchent les environs. On en voit ici et là qui se détachent sur le ciel, et vous pouvez vous approcher d'eux indéfiniment en désespérant de jamais les atteindre. Ils appartiennent au lointain. Tel est leur domaine.

« Ma grand-mère habitait une maison située près de l'endroit où l'affluent de Rainy Mountain se jette dans la Washita. Il fut un temps où une belle animation régnait en cette maison, beaucoup d'allées et venues, de festins et de bavardages. Les étés y étaient particulièrement joyeux, il y avait tout le temps des réunions. Les Kiowas sont des gens de l'été ; ils endurent les grands froids en silence, mais quand survient le changement de saison, le pays se réchauffe, se revivifie et ils ne tiennent plus en place ; l'envie de partir s'empare à nouveau d'eux. Les Anciens ont un grand sens du spectacle et une merveilleuse notion du décorum. Ceux qui venaient rendre visite à ma grand-mère quand j'étais enfant étaient de fortes personnalités, emplies de sagesse et de dédain. Ils avaient adopté une expression de tranquillité inaltérable et n'en changeaient plus : cela suffisait. Sous le cuir, ils étaient maigres et se tenaient droits. Ils se coiffaient de grands chapeaux noirs et portaient des chemises amples qui gonflaient au vent. Ils gominaient leur chevelure et ornaient leurs nattes de rubans colorés. Certains maquillaient leur visage et arboraient des cicatrices résultant de vieilles inimitiés soigneusement entretenues. Ils formaient un vénérable conseil de guerre, ces grands seigneurs qui connaissaient leur propre valeur et ne manquaient jamais de la rappeler au bon souvenir de chacun. Leurs épouses et leurs filles les servaient bien. Les femmes se permettaient parfois quelques caprices; leurs commérages constituaient à la fois la marque et le dédommagement de leur servitude. Elles se livraient à des bavardages très élaborés, infiniment détaillés, émaillés de bons mots, de gesticulations, de frayeurs et de fausses alertes. Elles allaient se promener dans leur châle fleuri et frangé, orné de perles et d'argentan. La cuisine était leur domaine où elles préparaient de simples repas qui étaient en vérité autant de banquets.

« Il y avait de fréquentes prières et de grandes fêtes nocturnes. Enfant, j'avais l'habitude de jouer dehors avec mes cousins à la lueur du réverbère pendant que les chants des Anciens résonnaient autour de nous avant de se perdre dans les ténèbres. Il y avait beaucoup de bonnes choses à manger, beaucoup de rires et de surprises. Et plus tard, une fois le calme revenu, je me couchais auprès de ma grand-mère, j'entendais les grenouilles coasser au loin près de la rivière et je sentais le souffle du vent.

« A présent, il règne dans les pièces de la maison un silence funèbre – l'infini sillage de quelque mot définitif. Les murs se sont resserrés dans la maison de ma grand-mère. Quand j'y suis retourné, j'étais en deuil et, pour la première fois de ma vie, j'ai pris conscience de la petitesse des lieux. C'était tard dans la nuit, et la lune était blanche, presque pleine. Longtemps je suis resté assis sur les marches du perron qui mènent à la cuisine. De là, j'avais une vue sur tout le paysage ; je pouvais voir les arbres alignés le long du ruisseau, la lumière rase sur les plaines ondulantes, et les étoiles de la Grande Ourse. Comme je regardais la lune, j'ai observé une chose étrange. Un grillon perché sur la rambarde, seulement à quelques pouces de moi. Mon angle de vision était tel que la créature se superposait à la lune comme un fossile. Elle est venue ici vivre et mourir, pensai-je, car ici et ici seulement sa menue silhouette devient unique et éternelle. Une brise tiède se fit l'écho de ma nostalgie.

« Le lendemain matin, je m'éveillai à l'aube et sortis de la maison de ma grand-mère pour me rendre à la margelle du puits près des arbres. Tout était tranquille, la nuit s'attardait sur les pacaniers au loin près de la rivière. Le soleil émergea du sol, et il fut un long moment impuissant à brûler l'air, terne et presque aussi froid que la lune. L'arc orange grandit sur le pays et s'incurva jusqu'à atteindre un diamètre impossible. Cela ne peut continuer ainsi, pensai-je, et je commençai à avoir peur. Puis l'air se dissipa et le soleil recula. Mais pendant un instant, j'avais vu jusqu'au centre de l'être du monde. Dans les plaines, chaque jour procède de cette étrange éclipse.

« Je suis parti sur le chemin de terre qui mène à Rainy Mountain. Il faisait déjà chaud, les sauterelles commençaient à emplir les airs. Cependant, c'était encore tôt le matin, et des oiseaux chantaient dans les ombres. Les longues herbes jaunes de la montagne resplendissaient dans la clarté du jour, et un gobe-mouches se hâtait au-dessus du pays. Et là, comme de juste, à la fin du long sentier légendaire, se trouvait la tombe de ma grand-mère. Elle était enfin en terre sacrée. Ici et là, sur les pierres sombres, étaient inscrits les noms chéris de nos ancêtres. Je me suis retourné une fois, j'ai vu la montagne et je suis parti. »

3

Le chantre de la nuit

Los Angeles, 1952

Le 20 février

Il est parti aujourd'hui. Comme il pleuvait, je lui ai donné mon pardessus. Vous savez, ça m'a vraiment ennuyé de m'en séparer : c'était le seul que j'avais. On était debout sur le quai. Lui, il avait les yeux baissés, et moi j'essayais de trouver quelque chose à dire. La voie ferrée était trempée – vous savez, quand les rails brillent sous la pluie – et il y avait plein de gens tout autour en train de se dire au revoir. Il avait son baluchon et sa valise – vous savez, une de ces petites boîtes en fer avec trois rayures peintes dessus. On avait fait tout le chemin à pied sous la pluie, et les épaulettes du pardessus – enfin, de *son* pardessus – eh bien, elles étaient toutes trempées et tachées. Il a bien essayé de protéger son baluchon de la pluie en le mettant sous son pardessus, mais ça a quand même été mouillé un peu. Quand on est arrivés à la gare, il l'a sorti et il a essayé de le faire sécher, mais c'était déjà tout ramolli, et je suis sûr qu'après il s'est défait complètement. Lui, il avait mauvaise mine. Ses mains étaient encore bandées, ce qui fait qu'il était pas très habile avec. On a mis du temps pour arriver. Il pouvait pas marcher très vite. C'était un bon pardessus, une gabardine grise, mais il était vieux et il avait pas été nettoyé depuis longtemps. Je me rappelle pas où je l'ai trouvé. D'occase, je crois, et il y avait un gros trou à la poche droite. On a pas vraiment l'utilité de ce genre de manteau par ici. Sauf quand il pleut.

Il commençait à faire sombre quand je suis rentré, et la pluie s'est un peu arrêtée de tomber. J'ai été faire un tour en ville, les rues étaient trempées et tous les lampadaires étaient allumés. Vous savez, il fait tout le temps sombre ici, même à midi, et les lampadaires sont toujours allumés. Mais quand il fait nuit et qu'il pleut, alors là il y a des lumières vraiment partout. Elles brillent sur le trottoir et sur les voitures. Il y en a de toutes les couleurs, elles s'allument, elles s'éteignent, elles clignotent et elles bougent dans tous les sens. Les boutiques sont toutes éclairées à l'intérieur et les vitrines sont remplies de choses qui brillent. Tout est propre comme un sou neuf.

N'empêche qu'il faut regarder où on met les pieds. Il y a toujours foule là-bas, surtout après la pluie, et il y a aussi pas mal de bruit. On entend les voitures qui démarrent et qui freinent dans les rues trempées, on entend les sifflets, les klaxons, et il y a aussi beaucoup de musique à plein volume, et puis il y a les vieux debout au coin des rues qui vendent les journaux, ils sont toujours à hurler après vous, mais on arrive pas à comprendre ce qu'ils disent. Enfin moi, je peux pas.

J'ai pressé le pas parce qu'il allait se remettre à pleuvoir et que j'avais froid. De toute façon, j'avais pas trop envie de m'attarder. Je pensais à lui, qui devait être si malade dans le train. Il avait vraiment mauvaise mine tout à l'heure. Comme s'il avait besoin d'aide. Ses yeux étaient encore tout bleus et gonflés, et on voyait que son nez était cassé. Ses mains étaient toutes bandées. Bon, c'est évident que vous allez pas aider un homme aussi mal en point, en tout cas pas si vous ne le connaissez pas. Parce qu'il vous fera peur. Je pensais à tout ça, que personne allait l'aider, et ça me filait le bourdon. Je me sentais seul aussi, faut croire. Il s'est remis à pleuvoir, et il y avait comme une impression de solitude dans les rues, à voir tous ces gens en train d'aller quelque part, chez eux sans doute.

Je suis sorti du tunnel à hauteur de la troisième rue et j'ai pris vers Bunker Hill. Il s'était remis à pleuvoir des cordes, ma chemise était toute trempée et toute collante – vous savez, l'odeur de la laine mouillée – et je suis entré au Silver Dollar, chez Henry. Il y faisait bon. C'est plutôt sympa comme endroit, il y a un juke-box, et il y traîne toujours quelques Indiens qui viennent pour boire un coup et prendre du bon temps. On peut se saouler tranquillement chez Henry, et tant que vous êtes pas malade et que vous cherchez pas la bagarre, personne vous dira rien. Martinez vient parfois faire un tour, et alors là, y en a pas un qui bouge. Faut dire qu'on l'appelle *Culebra* [1]. C'est un poulet, et pas des plus tendres. Il est toujours en train de chercher des crosses, et s'il tombe sur vous – si votre tête lui revient pas – eh bien, c'est qu'il est temps pour vous de faire gaffe. N'empêche que Henry garde toujours une bouteille au frais pour lui – et de l'argent aussi, je crois bien. Il se met en quatre pour lui, vous pigez? Et

1. « Couleuvre » en espagnol. *(N.d.T.)*

si vous vous tenez pas comme il faut, il vous connaît plus.

A cause de la pluie, il y avait du beau monde. J'avais bien envie de boire un coup, mais j'avais pas d'argent, alors j'ai demandé à Troupeau-de-Chèvres s'il pouvait me rembourser. Il était avec une fille que je connaissais pas – elle est nouvelle par ici, de l'Oklahoma, je crois – et ça faisait longtemps qu'il me devait de l'argent. Il est payé à la semaine, sans compter les loyers qu'il encaisse pour ses terres. Il jouait au grand seigneur, sans doute à cause de la fille, et il m'a filé trois dollars. Elle était pas mal, la fille – vous savez, avec des seins vraiment gros – et j'avais bien envie de faire connaissance. J'aurais pu lui parler facilement, elle paraissait vraiment tout ce qu'il y a d'aimable et de sympathique, mais je voyais bien que Troupeau-de-Chèvres préférait que je parte. Il se débrouillait pas mal, visiblement il avait une idée derrière la tête. Alors, je lui ai dit que j'avais quelqu'un à voir dehors, ce qui a pas eu l'air de le contrarier. S'il m'avait pas remboursé, j'aurais pu m'amuser un peu avec lui. Brusquement, j'ai regretté d'avoir dit ça – que je devais aller voir quelqu'un ailleurs, je veux dire – parce que, du coup, il fallait que je parte pour de bon. Il y avait pourtant d'autres types de ma connaissance, Howard, Tosamah, Cruz, toute la bande, mais ils étaient déjà bien partis. Je crois qu'ils étaient sur un coup. De toute façon, j'étais pas d'humeur. Alors, comme j'avais pas envie d'aller autre part, j'ai acheté une bouteille de vin et je suis rentré.

La pluie tombait autour des lampadaires, ça faisait de drôles de cercles jaunes avec les nuages et les immeubles derrière, et la pluie qui arrêtait pas de tomber, toute fine. Même avec les lampadaires, il faisait très sombre, et on voyait rien ni personne, sauf de temps en temps une voiture qui roulait lentement avec le bruit que ça fait quand il pleut, et quand elle passait, on voyait les feux arrière qui laissaient des zigzags rouges sur la route.

Il y a pas de lumière dans l'escalier. C'est tombé en panne depuis longtemps. Il y avait personne, et l'escalier était sombre. J'avais oublié de prendre des allumettes chez Henry, et j'ai dû monter les marches à l'aveuglette. Quand je suis arrivé chez moi, la fenêtre était ouverte. C'est la première chose que j'ai remarquée, la fenêtre ouverte, avec la pluie qui rentrait et l'eau qui coulait. Ç'a m'a embêté d'avoir oublié de fermer la fenêtre parce qu'il y a une fuite dans le plancher et que la voisine du dessous, la vieille Carlozini, ça la rend dingue, cette fuite. Je crois que ça tombe sur son lit parce qu'un jour elle en a parlé au propriétaire. J'ai allumé, et bien sûr il y avait une flaque énorme sur le plancher. J'ai essayé de l'éponger, mais c'était complètement trempé. Elle est encore partie faire un tour, et j'espère qu'elle va s'en prendre une bonne. A tous les coups, elle va en parler au propriétaire. Bon, faut dire que c'est la seule fenêtre ici, alors si on l'ouvre pas de temps en temps, ça a vite fait de sentir le renfermé. Souvent, il faut même ouvrir la porte pour faire un courant d'air. Je me rappelle comment j'étais assis là cet après-midi, avec mes pieds sur le rebord de la fenêtre. Ça commençait à pleuvoter, et lui il avait mis sa petite valise sur le lit, et je pouvais l'entendre qui rangeait ses trucs derrière moi. Il y avait un gros pigeon qui volait dans la rue, et j'essayais de l'attirer sur le rebord. Vous savez, des fois on peut y arriver en mettant des miettes un peu partout. Mais celui-là – il était vraiment gros, avec beaucoup de bleu et de violet sur le cou – eh bien il arrivait pas à se décider ! Il a tourné autour un moment, et puis il est parti sur le toit d'en face pour rejoindre les autres qui s'y trouvaient déjà. Et voilà comment on a oublié de fermer la fenêtre.

Il faisait tellement froid quand je suis entré que j'ai tout de suite enlevé ma chemise humide et que j'ai allumé le radiateur. J'avais peur que la chaudière soit pas en marche, mais très vite, les tuyaux ont commencé à faire du bruit, et il y a eu un peu de chaleur. J'ai posé ma chemise sur le radiateur et j'ai pas tardé à sentir l'odeur de la laine. La chemise a vite été presque sèche et j'ai eu peur qu'elle brûle, alors je l'ai remise sur moi. Elle était toute chaude et ça m'a fait du bien. J'ai pensé à manger quelque chose. Hier, Milly a rapporté des provisions, elle fait toujours ça et elle en est toujours de sa poche. On avait mis du fromage, des biscuits, deux ou trois sucreries dans son baluchon, et il devait rester pas mal de choses, du pain, des haricots en boîte et d'autres trucs, mais en fait, j'avais pas très faim, et puis j'avais la bouteille de vin. Maintenant qu'il est parti, je sais pas si Milly continuera de venir. Je crois que si. Au bout d'un moment, il a commencé à faire chaud, et j'ai dû arrêter le radiateur. C'est drôle, le boucan que peuvent faire ces tuyaux. On peut les entendre dans tout l'immeuble, surtout quand il y a personne.

Je me suis mis à penser à lui. J'aurais bien aimé que Milly soit là. Elle l'aimait beaucoup, elle arrêtait pas de me parler de lui. Je crois qu'elle pensait que ça allait marcher pour lui ici. Elle picolait jamais avec nous, ou des trucs comme ça, mais elle venait toujours avec des provisions et on mangeait ensemble, tous les trois. Au début, elle lui demandait toujours de parler de la réserve, de l'armée, de la prison et du reste, mais il aimait pas trop ça, ce qu'elle a fini par piger. Alors, elle passait à autre chose. On la chambrait pas mal, ça lui déplaisait pas, et au bout d'un moment, elle a arrêté d'apporter ses paperasses. Avant ça, elle était débutante dans son travail et elle nous apportait plein de questionnaires qu'elle nous lisait, des tas de questions stupides sur l'éducation, la santé, le travail qu'on faisait, et tout et tout, et après elle écrivait plein de trucs dessus. Moi, ça m'était égal, mais lui ça le rendait dingue, et il disait que ça la regardait pas. Elle l'a bien pris, et c'est là qu'elle a arrêté de nous apporter tous ces formulaires et ces machins. Après ça, il a commencé à bien l'aimer, et moi j'étais content. On s'entendait bien, tous les trois. Elle a eu de la peine de le voir partir. Elle l'a pas montré, mais ça se voyait qu'elle était pas bien. Aujourd'hui, elle devait aller à son travail, sinon je crois qu'elle serait venue à la gare avec nous. Peut-être qu'elle passera demain, mais c'est pas sûr.

J'ai aussi pensé à la nuit dernière. Lui et moi, on a été sur la colline, avec Tosamah et Cruz. Il y avait déjà beaucoup d'Indiens là-haut, et la soirée semblait bien partie. Tout le monde était bourré, on avait deux tambours, et en plus l'un des types avait apporté une flûte. Y avait aussi pas mal à boire, et tout le monde était en pleine forme. On a commencé à chanter nos bonnes vieilles chansons dans la fraîcheur du soir. Quelqu'un a fait un feu, on a chauffé les tambours pour que la peau soit bien tendue et qu'on puisse vraiment les entendre.

Tout de suite après, ils se sont mis à danser, Mercedes Tenorio avait apporté ses carapaces de tortue, et elle a commencé à danser en tapant du pied. Vous voyez ça d'ici, elle s'est baladée partout avec ses carapaces de tortue à la lueur du feu de camp, et elle s'est mise à crier : *« Eh he ! Oh ho ! Ah ha ! »* ,comme une ancêtre, et tout le monde a commencé à lui répondre, et ils se sont tous mis en file derrière elle, et elle les a guidés partout. J'aurais bien aimé me joindre à eux, mais lui, ça lui disait trop rien, et puis, de toute façon, il pouvait pas danser avec ses mains bandées comme ça, alors on s'est contentés de se reculer un peu pour regarder.

Quand on est là-haut, c'est facile de tout oublier. On voyait toutes ces lumières en bas, un million de lumières je crois, et toutes les voitures en train d'aller et venir, si petites, si lentes et si loin. On pouvait voir tout un côté de la ville, jusqu'à la flotte, mais de là où on était, on entendait rien. Tout ce qu'on entendait, c'étaient les tambours et les chants. Il y avait quelques étoiles, on se serait cru en plein désert, il se passait plein de trucs, une danse des squaws, une chanson, et tout le monde se sentait bien, tout le monde était simplement content de picoler et d'être là.

Il voulait me dire quelque chose, alors on a été se promener un peu à l'écart. On commençait déjà à être bien faits tous les deux, et on est restés dans le noir à écouter les autres. Je crois qu'on pensait la même chose. Je sais pas ce qu'il voulait me dire. J'imagine qu'il voulait plutôt que *moi*, je dise quelque chose en premier, alors j'ai commencé à lui parler de ce qui allait se passer. On a fait des projets. On allait se donner rendez-vous pour dans un an ou deux, ou peut-être plus. Lui, il allait rentrer chez lui, histoire de se remettre un peu, et l'un de ces jours, moi aussi je rentrerais chez moi, et on se retrouverait quelque part dans la réserve pour se prendre une bonne cuite ensemble. Ce serait la dernière fois, et il fallait vraiment qu'on le fasse. On partirait à cheval dans les collines, tous les deux seulement. Ce serait tôt le matin, et on verrait le lever de soleil. Comme au bon vieux temps, vous voyez ? On se prendrait une dernière cuite, et on chanterait nos bonnes vieilles chansons. On chanterait le temps passé, comme on était bien là, rien qu'avec les collines, les nuages et le soleil qui se lève. On se bourrerait la gueule en beauté, vous voyez, et on serait tranquilles. A notre manière, juste comme il faut. Parce que ce serait la dernière fois.

C'est ça que je lui ai dit. C'était ça, notre projet. Bon d'accord, j'avais tout inventé quand il était à l'hôpital, et au début, c'étaient que des mots. Seulement, j'ai l'impression qu'il y a cru, parce qu'il m'en a reparlé dès le lendemain. J'ai dû faire un effort pour me souvenir de ce que j'avais bien pu lui dire, et à partir de là, j'ai commencé à y croire moi-même. C'était ça, notre projet à tous les deux, et jamais on en aurait parlé à personne.

« Une maison faite d'aube. » Je lui racontais souvent toutes ces vieilles coutumes, les récits, les chansons, Beauchemin et Mélopée Nocturne. Je lui ai chanté ce genre de choses, et je lui ai expliqué ce que cela voulait dire, ce que je pensais que cela voulait dire. On buvait pas mal tous les deux, et à chaque fois, il me demandait de lui chanter ces trucs-là. Bon, hier soir on était donc là-haut sur la colline, et on pouvait entendre au loin les tambours et la flûte, la nuit était fraîche, noire et calme. Je lui ai encore parlé de notre projet, on commençait à être bien déchirés, et je me suis mis à chanter tout seul, comme ça. Seulement, comme les autres chantaient aussi, ça collait pas, alors j'ai voulu prier. Je voulais pas qu'ils m'entendent, parce qu'ils étaient tous en train de prendre du bon temps, et puis je crois que j'avais un peu honte aussi. Alors, j'ai baissé d'un ton, parce que je voulais qu'il y ait que lui qui m'entende.

Tségihi.
Maison faite d'aube,
Maison faite de lumière du soir,
Maison faite de sombre nuage,
Maison faite de pluie mâle,
Maison faite de sombre brouillard,
Maison faite de pluie femelle,
Maison faite de pollen,
Maison faite de sauterelles,
Sombre nuage est à la porte.
A sa traîne est sombre nuage.
Loin au-dessus le zigzag de l'éclair.
Divinité mâle!
Je te fais offrande.
Je t'ai roulé une cigarette.
Répare mes pieds pour moi,
Répare mes jambes pour moi,
Répare mon corps pour moi,
Répare mon esprit pour moi.
En ce jour, pour moi, lève ta malédiction.
Pour moi, retire ta malédiction.
Pour moi tu l'as éloignée;
Loin elle s'en est allée.
Heureusement je me remets.

Heureusement je me sens calme au-dedans de moi.
Heureusement je m'en sors bien.
Calme en dedans de moi, puis-je marcher.
N'étant plus souffrant, puis-je marcher.
Insensible à la douleur, puis-je marcher.
Animé d'un vif sentiment, puis-je marcher.
Comme il y a longtemps, puis-je marcher.
Heureusement puis-je marcher.
Heureusement, escorté de sombres nuages abondants, puis-je marcher.
Heureusement, escorté d'averses abondantes, puis-je marcher.
Heureusement, escorté de plantes en abondance, puis-je marcher.
Heureusement, sur une piste de pollen, puis-je marcher.
Heureusement puis-je marcher.
Etant comme il y a longtemps, puis-je marcher.
Qu'il fasse beau devant moi,
Qu'il fasse beau derrière moi,
Qu'il fasse beau au-dessous de moi,
Qu'il fasse beau au-dessus de moi,
Qu'il fasse beau tout autour de moi.
Qu'en beauté cela finisse.

Il avait la poisse. Ça se voyait tout de suite. On voyait que les choses allaient pas bien tourner pour lui ici. J'ai l'impression que Milly croyait qu'il s'en sortirait bien, mais elle a pas compris comment c'était pour lui. C'était un Chevelu, comme disait Tosamah. Vous savez, des fois faut changer. C'est la seule manière d'arriver à vivre dans un endroit pareil. Faut oublier comment c'était avant, comment vous avez grandi, et tout et tout. C'est pas toujours facile, mais y a que ça à faire. Eh bien lui, il voulait pas changer, je crois, ou bien il savait pas comment s'y prendre. Il sortait tout juste de prison, et c'était dur pour lui. Comme il était en conditionnelle, il avait pas droit à l'erreur, et ça lui a rendu tout plus difficile. Il était pas aussi chanceux que nous autres. Tosamah a dit qu'il allait nous attirer des ennuis. Il l'avait tout de suite flairé, Tosamah, et il m'a prévenu de faire gaffe avec lui. Mais bon, Tosamah non plus, il comprend pas. Il a une grande gueule, il a de l'instruction, mais comprendre, il sait pas.

Un soir, j'étais tout seul à la maison – il était parti quelque part – et Tosamah est entré. J'avais pas trop envie de parler avec lui, vous savez, parce qu'il est tout le temps en train de frimer et qu'il prend rien au sérieux. Il tenait la pleine forme, je crois, et il a commencé à faire son numéro. « Tiens, prends ce pauvre minet, qu'il a dit. Regarde, ils lui ont donné tous les avantages. Ils lui ont donné des chaussures et ils lui ont dit d'aller à l'école. Ils lui ont enlevé les poux, ils lui ont fait plein de coupes de cheveux gratuites et ils l'ont laissé combattre à leurs côtés. Et tu crois qu'il a dit merci ? Que dalle, mon pote ! Bien trop taré pour être civilisé. Tu veux que j'te dise la suite ? Eh bien, ils lui ont foutu la paix. Ils l'ont jugé inoffensif. Ils ont cru qu'il allait se mettre à planter des haricots, mec, qu'il allait vivre peinard aux frais de la princesse. Oh, pour sûr qu'il allait se débrouiller très bien ! Il allait se dégoter un petit boudin d'Indienne, une bien ravagée, et ils allaient rester au lit toute la journée à se bourrer la gueule et à faire plein de moutards à la charge du gouvernement. Même qu'ils allaient se mettre à la poterie, mon pote, et relancer l'économie du pays! Seulement voilà, ça s'est pas passé comme ça. Il s'est trouvé être un putain de primate. La première fois qu'il touche à un couteau, il tue un type! Ils ont été rien qu'un peu embarrassés!

« Et tu sais ce qu'il a dit? J'veux dire, est-ce que tu *as idée* ce que le minet leur a sorti? *Un serpent*, qu'il a dit! Il avait tué un putain de *serpent* ! *Le corps du délit* – t'as compris? – *il menaçait de se changer en serpent*. Nom de Dieu! Et t'entends pas les sonnettes pendant que t'y es? C'est pas rien, non? Et maintenant est-ce que tu peux *imaginer* comment ça s'est passé au procès? Bon, y avait le Chevelu, tu vois, sobre, sain d'esprit et tout, et l'autre connard de juge en train de le mater, et le ministère public qui s'efforce de raisonner ce pauvre dégénéré d'Indien : " Expliquez-nous ce qui est arrivé, mon gaillard. Dites-nous tout. " " Eh bien votre Honneur, voici ce qui s'est passé : je me suis coupé une petite tranche de serpent, comme ça, peinard sur la dune. " Nom de Dieu, ça a été notre fête, encore mieux qu'à Little Bighorn! Sûrement que ce pauvre laissé-pour-compte, il avait tout l'programme de Jésus dans sa petite tête! Tu vois l'affiche! *Quel-Est-Son-Nom-Déjà contre Etats-Unis*! Tu vois pas qu'ça fasse jurisprudence? Si t'y penses, autant dire que le marteau du juge soigne les morsures de serpent! Tu parles d'un remède!

« Alors ils ont déporté le minet, mon pote. *Obligés,* qu'ils étaient! Ça fait partie du programme Jésus. J'ai bien dit *ils*, mon pote. Ils nous déportent toujours, nous autres les renégats, les durs à cuire, tôt ou tard. Même qu'ils ont bien réfléchi : ils nous déportent avant même qu'on soit nés. C'est une sacrée bande de fignoleurs ces types-là, et discrets en plus! On devrait les admirer, mon pote. Ils connaissent leur affaire par cœur. J'veux dire qu'on est transparents pour eux. Ils nous voient venir de loin. On les trompe pas une minute. Ecoute, Benally, un d'ces quatre, ce sera la pleine lune, bien rouge, la lune du chasseur, et on va tous se retrouver dans des wagons avec femmes et enfants. Bon, maintenant tu vas pas me croire, mais de temps à autre ça m'arrive d'y trinquer. »

Il s'emballe toujours comme ça, Tosamah, à parler sans réfléchir, à frimer. Seulement, il comprend pas. N'empêche que tout ça me faisait penser. Penser à *lui*. A lui en train d'avoir peur du premier qui passe. D'avoir si peur qu'il savait plus quoi faire. Et d'avoir peur à ce point-là, c'est ça qu'il arrive pas à comprendre, Tosamah. Il est instruit et ne croit pas aux frayeurs, aux choses comme ça. Seulement, il a pas grandi dans une réserve. Il sait pas ce que c'est de grandir dans un endroit pareil. De grandir dans un bled comme Kayenta ou Lukachukai. De grandir dans le noir. De voir de drôles de choses. Des choses dont on arrive pas à parler. Un bébé qui meurt par exemple, ou bien un bon cheval. Une maladie qui vous tombe dessus, ou bien c'est le maïs qui se dessèche comme ça, sans raison. Alors, on se souvient d'une chose qui s'est passée la semaine dernière, une chose bizarre. On a entendu un hibou peut-être, ou bien on a vu un drôle de coup de vent, ou alors c'est quelqu'un qui vous a regardé du coin de l'œil un peu trop longtemps. Et là, tout à coup, vous *savez*. Simplement, vous savez. Que votre tante ou votre grand-mère était peut-être une sorcière. Peut-être que vous savez qu'elle était une sorcière parce qu'elle passait toujours la nuit dehors à rôder autour des enclos; peut-être que des fois vous l'avez aperçue en train de parler aux chiens ou aux brebis, et que l'instant d'après elle avait disparu. Simplement, vous savez, et vous pouvez plus vous empêcher d'avoir peur. C'est ça qui s'est passé avec lui. C'est ça qui a dû se passer.

On s'entendait bien; on a passé de bons moments ensemble. Je me rappelle la première fois que je l'ai vu. C'était tôt le matin. J'étais là depuis une heure, je crois, et le contremaître m'a fait appeler. Je pensais qu'il allait me gueuler dessus parce que j'avais pointé tard, mais en fait je crois qu'il s'en était pas rendu compte. Je suis entré dans le bureau, et *il était* là, avec le contremaître et un autre type, un préposé au Relogement. On s'est serré la main, et le contremaître m'a dit qu'il allait le faire commencer dans mon atelier, et si je voulais bien lui faire visiter un peu les lieux... J'étais content, parce que DeBenedictus avait été renvoyé la semaine d'avant, que j'avais personne en face de moi sur la chaîne et que j'avais personne à qui parler. En plus, j'avais bien besoin d'un aide-agrafeur, parce que j'étais obligé d'accomplir deux tâches à la fois pendant que les commandes s'entassaient. Alors, je lui ai montré comment on pointait et puis je l'ai présenté aux collègues. J'ai bien vu qu'il était un peu timide et même un peu effrayé – vous savez comment c'est quand on arrive dans une nouvelle boîte – et je l'ai emmené dans l'atelier pour lui montrer comment on agrafait. Il était habile de ses mains et il s'est accroché. Bon, comme il apprenait, il était un peu lent au début. Il faisait quelques erreurs aussi, mais j'ai fait comme si de rien n'était. Et bientôt les choses ont bien tourné.

Il avait tout le temps les yeux baissés sur son travail, exactement comme si j'avais pas été là. Je savais ce qu'il ressentait, alors j'ai pas cherché à lui parler, et à chaque fois que la cadence se ralentissait un peu, on se contentait de rester debout à surveiller l'arrivée de la prochaine pièce sur la chaîne, comme si on pensait vraiment qu'à ça, vous voyez, et ça aussi ça faisait partie du boulot. Midi approchait, et j'ai remarqué qu'il avait pas apporté son manger. Je savais pas trop quelle attitude adopter. J'ignorais s'il avait de l'argent ou pas. C'est marrant, je m'étais jamais posé ce genre de problèmes avant, et ça m'a turlupiné. Je voulais pas l'embêter, ni rien, et je crois qu'il pensait la même chose que moi, parce que, quand on a entendu la sirène, il a fait comme s'il savait pas ce que c'était, et il a continué à travailler. Finalement, tout s'est arrangé. On a pointé, et je l'ai emmené au distributeur de Coca-Cola. Je crois que les gens du Relogement lui avaient donné un peu d'argent. En tout cas, il avait un peu de monnaie, et j'étais content. On a pris nos cocas et on est allés dans la cour. Tout le monde était assis en train de casser la croûte. Ils se sont tous montrés sympas, mais je voulais pas aller avec eux parce que je savais que ça l'aurait intimidé. Faut dire qu'ils aiment bien blaguer dans le coin. Toujours en train de parler d'« eau-de-feu », de vous appeler « grand manitou » et tout le reste. Moi, ça m'est égal, mais lui je savais pas comment il réagirait. J'avais peur qu'il se vexe, un truc comme ça. Remarquez, il avait sûrement l'habitude, vu qu'il avait été à l'armée et puis en prison, mais à ce moment-là, je le savais pas. J'avais apporté un sandwich et je lui ai demandé si ça lui disait de partager avec moi, mais il a dit qu'il avait pas faim. J'en ai mangé la moitié, et puis j'ai fait comme si j'en voulais plus. J'ai posé le restant sur la planche entre nous, dans l'espoir qu'il change d'avis, mais non. Finalement, j'ai dû le jeter.

Il savait pas où pieuter. Les gens du Relogement étaient en train de lui chercher quelque chose, je crois, mais ils avaient encore rien trouvé, et il allait devoir passer la nuit au foyer indien. C'est une sorte d'entrepôt là-bas dans la ruelle, où ils emmagasinent la nourriture et les vêtements que les gens donnent, vous savez. On peut rester là quelque temps si on a nulle part où aller. C'est jamais qu'un vieux baraquement en bois où on peut voir à travers les cloisons, mais on peut toujours s'y faire un bon petit lit avec tous ces vieux manteaux qui tiennent chaud. Bon, évidemment, y a pas de toilettes ni d'éclairage, et y a toujours quelqu'un pour foutre le bordel en amenant une fille. En plus, y a plein de types qui tombent malades là-bas, ce qui fait que ça sent toujours très mauvais. Je lui ai expliqué tout ça avant d'ajouter qu'il pouvait venir chez moi s'il voulait. Il a rien dit, mais après le travail, il a été parler avec les gens du Relogement et, la nuit même, il est venu chez moi avec sa petite valise.

Un long temps s'est passé avant qu'il parle à quelqu'un. Oh bien sûr, au bout d'un moment, on a pas mal parlé, lui et moi, mais c'était jamais très profond. Vous savez, des fois Milly et les autres assistants sociaux, ils venaient nous voir et, dès leur départ, on daubait à tout va sur eux. On allait retrouver la bande des autres, on picolait et on se marrait bien. N'empêche qu'il s'est passé du temps avant qu'il parle de lui – et encore il a jamais dit grand-chose. Je crois que c'est pareil pour la plupart d'entre nous. Quand on vient de la réserve, on aime pas trop en parler; je sais pas pourquoi. J'imagine que c'est parce qu'on pense que ça servira à rien; alors on tente d'oublier tout ça. Bien sûr, des fois on y pense, on peut pas s'en empêcher, mais justement on essaie de se sortir ça de la tête. De toute façon, on a beaucoup d'autres choses à penser, et ça perturbe plus qu'autre chose si on passe pas l'éponge là-dessus. J'ai l'impression que si on venait tous du même endroit, les choses seraient différentes. Parce qu'on pourrait en parler, vous pigez? Et on pourrait se comprendre.

On était un peu de la même trempe, lui et moi. Au bout d'un moment, il m'a dit d'où il était, et là j'ai vu tout de suite qu'on allait être de bons amis. Si ça se trouve, on a des liens de parenté. Les Navajos ont un clan qu'ils appellent du même nom que cet endroit dont il me parlait. J'y ai été une fois. Il y a huit ou dix ans, je crois, j'allais alors à l'école indienne de Santa Fé, et certains d'entre nous avaient été là-bas pour la grande danse de novembre. Il faisait froid cet hiver-là, et il était tombé beaucoup de neige. Le coin est beau, entouré de montagnes et de canyons, et on voit beaucoup de roches rouges. A part les montagnes, ça ressemble à la région au sud de Wide Ruins d'où je viens, avec des failles, des broussailles et des roches rouges. Et lui non plus il avait pas de famille, sauf son grand-père. Il disait que son grand-père avait un troupeau de brebis. Moi, j'ai gardé des brebis dès que j'ai pu marcher.

Il y avait rarement des chutes de neige là-bas mais, quand cela se produisait, tout le pays se trouvait recouvert à perte de vue. Parfois, ça continuait pendant toute la nuit, et tu pouvais voir la neige tourbillonner dans le ciel noir par le trou de la cheminée. Et parfois, les flocons rentraient et fondaient sur le sol autour du feu, et alors tu étais content d'avoir du feu. Tu pouvais entendre le vent, tu étais petit et tu pouvais te réfugier sous les couvertures et voir la lueur des flammes danser sur les poutres du toit et les murs, et le sol était jaune et chaud et tu pouvais passer ta main dans la poussière et sentir la chaleur. Tu savais que ton grand-père était là, qui veillait sur toi. Parfois, tu sortais de ton sommeil, et il était là en train de ranimer le feu, et tu savais que tout allait bien. Le matin venu, tu te levais, tu sortais, il faisait froid et il y avait de la neige partout. Le soleil était peut-être déjà levé, et la neige était si brillante que tu avais mal aux yeux. La neige tombait sur le hogan, elle recouvrait le toit, et le hogan ressemblait alors à une petite colline enneigée, tu pouvais voir la fumée en sortir, tu pouvais sentir l'odeur du café et du mouton. Tu prenais de la neige dans tes mains, tu t'en frictionnais le visage, cela te réveillait et te faisait du bien, et tes mains étaient rougies et mouillées par la neige froide. Tu étais petit et tu regardais le paysage enneigé tout autour de toi ; la neige s'amoncelait sur les broussailles, tu devinais les brindilles noires en dessous, et les brebis bêlaient dans l'enclos, et les piquets de la clôture étaient à demi ensevelis sous la neige, et, en bas, tu pouvais voir le bois, devenu presque noir au contact de l'eau. Il y avait une rigole un peu plus loin, et, à l'intérieur, là où la neige était tombée, la terre était d'un rouge profond et des brindilles en sortaient, à demi couvertes de neige elles aussi. On aurait dit des pelotes de laine ou de coton. Tout était différent. Il faisait un temps merveilleux, et tu avais envie de crier, de courir et de sauter partout. Puis tu rentrais et tendais tes mains vers le feu. Ton grand-père te grondait en souriant, parce que tu étais petit et qu'il savait ce que tu ressentais. Il te découpait une tranche de mouton. Tu sentais toujours l'odeur du café en train de chauffer même quand ton grand-père l'avait ôté du feu et versé dans les tasses. Tu pouvais voir comme le café était chaud et noir, tu pouvais voir la fumée qui s'échappait des tasses. Tu devais laisser le café refroidir un instant, car les tasses étaient en fer émaillé et elles étaient brûlantes. C'était dur d'attendre car tu avais froid et tu savais comme le café allait être bon. Mais la viande, elle, refroidissait plus vite, et tu pouvais bientôt en prendre un petit bout qui réchauffait tes doigts. La viande était juteuse et bien fumée, et parfois il y avait une petite croûte brûlée au-dessus, de toutes petites parcelles noires qui craquaient sous la dent, et la viande était ferme et bonne à mâcher. Puis, au bout d'un moment, tu pouvais tenir la tasse dans ta main. C'était bon rien qu'au toucher. Tu pouvais voir le reflet mat, la trace de tes doigts graisseux, et tu te penchais pour regarder le bon café noir et fumant. Et quand tu le buvais enfin, c'était bien meilleur que la viande. Tu aimais le café fort et brûlant, ainsi que les petits morceaux de grains qui restaient sur ta langue et entre tes dents. Tu te dépêchais car tu étais petit, dehors il y avait de la neige, et tant de choses à faire. Tu emmenais les brebis dans le matin radieux et tu devais chercher de l'herbe sous la neige. C'était difficile, il fallait enlever la neige, et tes mains devenaient transies de froid. Mais tu étais tout de même content parce que tu étais dehors avec les brebis, parce que tu pouvais parler tout seul et chanter à tue-tête, parce que la neige était fraîche, belle et profonde. Tu avais envie d'aller au comptoir d'échanges pour chercher de l'eau. Ton grand-père s'y rendait en chariot une fois ou deux par semaine et, s'il n'avait pas un besoin urgent d'eau, il attendait que tu aies rentré les brebis, comme ça tu pouvais l'accompagner. Il n'aimait pas laisser les brebis seules, mais il n'y en avait pas pour longtemps, et puis il savait à quel point tu avais envie d'y aller. Le niveau de l'eau était bas dans le tonneau ; tu avais vérifié la nuit d'avant, et il en restait juste assez pour le matin. Tu pensais à la route, aux versants des collines, au chemin qui traversait les plateaux, et tu espérais que la neige n'allait pas se transformer trop vite en boue. Alors là, ce serait bien, ce ne serait pas comme pendant les longues pluies. Ce serait bien aussi de ne pas rester trop longtemps dehors avec les brebis. Alors, tu te dépêchais de trouver de l'herbe. Et puis, quand tu avais rentré les brebis, tu t'apercevais que ton grand-père avait rempli le tonneau de neige et donc qu'il y avait de l'eau à nouveau. Mais il t'emmenait tout de même au comptoir d'échanges, parce que tu étais petit et que tu t'étais fait un tel plaisir d'y aller. Là-bas, il y avait du monde, beaucoup de monde, parce que le temps était à la neige, parce que les chemins étaient difficiles, parce que les gens avaient besoin de faire des provisions et qu'ils voulaient s'attarder un peu pour fumer une cigarette et parler de la pluie et du beau temps. Tu étais petit, et il y avait tant de belles choses à voir, des choses nouvelles : des seaux brillants comme des sous neufs, des baquets, des selles, des cordes, des chapeaux, des chemises, des bottes, et surtout le grand bocal en verre rempli à ras bord de sucreries. Le tenancier s'appelait Frazer. Il te tendait un beau sucre d'orge tout rouge et puis il éclatait de rire parce que tu hésitais à t'en saisir, parce que tu en avais tellement envie que tu ne savais plus quoi faire. Puis il se tournait vers ton grand-père et lui tendait du tabac et du papier à rouler brun. Quand ton grand-père avait fumé, il parlait avec le tenancier pendant un long moment, et tu ne comprenais pas ce qu'ils se disaient, alors tu allais regarder toutes ces belles choses toutes neuves. Ensuite, le tenancier posait des choses sur le comptoir, des sacs de farine, de sucre, une tranche de porc salé et un sachet plein de sucres d'orge rouges. Alors ton grand-père ôtait l'une de ses bagues et la donnait au tenancier. C'était une petite pierre verte grossièrement montée sur de l'argent fin. Elle était presque neuve et n'avait pas grande valeur, en tout cas pas celle que semblait lui attribuer le tenancier. Puis le tenancier ouvrait l'une des boîtes, une grande boîte de tomates entières, et ton grand-père saupoudrait de sucre les tomates, et toi et lui les mangiez sur place tout en buvant deux bouteilles de soda rouge plein de bulles. Il se faisait tard, alors vous rentriez au coucher du soleil, et tout le paysage autour de toi était froid et blanc. Cette nuit-là ton grand-père façonna des feuilles d'argent au coin du feu tout en te racontant des histoires. Et tu étais là, et tu étais petit, au centre de tout, des montagnes sacrées, des montagnes enneigées, des collines, des ravines et des plateaux, du coucher du soleil, de la nuit, au centre de tout – là où tu étais petit, là où tu étais et devais être.

C'était un peu dur pour lui, vous savez, de se faire à tout. On devait arriver très tôt au boulot et tirer nos heures. Le soir, on allait s'amuser un peu chez Henry. Là-bas, il y avait toujours des filles, et les jours de paie on faisait très fort.

Seulement voilà, il avait la poisse. Il me semble que les deux premiers mois se sont bien passés. Et ça aurait pu continuer s'ils l'avaient laissé tranquille. Enfin, peut-être, parce qu'avec ce genre de gars, on sait jamais... En tout cas, ils l'ont jamais lâché. Le juge d'application des peines, les gens du Chômage, ceux du Relogement, ils étaient toujours en train de l'asticoter, vous savez, de lui souffler dans les bronches. Ils voulaient savoir comment il allait, s'il avait pas commis de faux pas, et tout et tout. Je crois que ça a fini par lui taper sur le système, surtout ces avertissements au sujet de la boisson et des sorties nocturnes. Ils étaient toujours en train de lui dire qu'il était *prévenu*, vous voyez? Ils lui disaient qu'à la moindre incartade, il allait encore se retrouver en cabane. Du coup, il arrêtait pas d'y penser, puisqu'ils lui permettaient pas d'oublier ses problèmes. Des fois, ils venaient me voir pour me parler de lui, et je leur disais qu'il remontait la pente. C'était pas vrai, et je savais bien pourquoi, mais je voyais pas comment leur dire. De toute façon, ils auraient pas compris. Il faut *se faire* à tout, vous savez; c'est comme de devoir aller quelque part où on a jamais été, vous savez pas vraiment où vous allez, ni pourquoi, ni quand vous devez arriver, et tout le monde est là à vous regarder, à vous attendre, à se demander pourquoi vous vous dépêchez pas un peu. Et ils peuvent rien pour vous parce que vous savez pas leur parler. Ils vous disent plein de *mots*, et vous savez que ces mots veulent dire quelque chose, mais vous savez pas quoi, tandis que vos mots à vous, eh bien, ils servent à rien parce que ce sont pas les mêmes ; ils sont différents, et pourtant c'est les seuls que vous avez. Tout est différent, et vous arrivez pas à vous y faire. Vous voyez comment les choses se passent, vous voyez que les gens se passent de vous, et vous commencez à vous faire du souci. Vous vous demandez comment vous allez bien pouvoir faire pour entrer dans la danse, voyez ? Et même si vous ne savez pas comment faire, vous savez que vous devez le faire parce qu'il y a rien d'autre à faire. Et vous *voulez* le faire, vous savez que c'est la seule chose à faire, parce que c'est mieux que tout ce que vous avez connu jusque-là : de l'argent, des habits, des projets, la possibilité de se déplacer rapidement. Vous *voyez bien* de quoi ça a l'air, mais vous savez pas comment vous y prendre pour participer. Il y a trop de choses tout autour de vous, et vous arrivez pas à vous agripper parce que ça va trop vite. D'abord, il faut s'y faire, et c'est justement ça qui est difficile. Vous allez devoir être livré à vous-même. Vous allez devoir vous sortir beaucoup de choses de la tête, parce que sinon vous allez vite être largué. Vous allez devoir y aller doucement, boire un petit coup de temps en temps, et surtout vous allez devoir oublier qui vous êtes. C'est très difficile, et vous avez envie d'abandonner. Vous pensez à vous tirer d'ici et à rentrer chez vous. Parce que vous voulez croire que vous avez un chez-vous. Vous montez sur la colline, vous entendez les chansons, les échos des conversations, et vous pensez à rentrer chez vous. Mais dès le lendemain, vous savez que c'est peine perdue. Vous savez que si vous rentrez chez vous, il y aura rien, rien qu'une contrée morne, peuplée de vieillards qui tournent en rond en attendant la mort. Et ça aussi, vous allez devoir l'oublier. Bref, ils étaient toujours en train de tourner autour de lui et de le prévenir. Ils le laissaient jamais en paix, et bientôt j'ai vu qu'il allait craquer.

Il y a eu des problèmes à la manufacture. A un moment, on s'est trouvés un peu dépassés, et on a dû faire pas mal d'heures supplémentaires. Je crois que c'est là que Daniels – c'est le contremaître – est devenu assez nerveux, parce qu'il y avait beaucoup de commandes et qu'on était plutôt débordés. C'est pas facile de bosser sous les ordres d'un type comme Daniels – il est boulot-boulot, vous voyez le genre, et il apprécie pas qu'on plaisante avec le travail – mais là, pour le coup, il était *vraiment* soucieux, il nous surveillait de près et il nous avait salement à l'œil.

Un soir, après avoir travaillé une douzaine d'heures d'affilée, on a été chez Tosamah et on a fait une partie de poker. On était cinq ou six, je crois, on picolait ferme et on se marrait bien. Lui et moi, on devait se lever tôt le lendemain, et au bout d'un moment, j'ai commencé à regarder l'heure. Il se faisait tard, et j'étais mort de fatigue. Lui aussi il était crevé, et l'alcool commençait à lui faire de l'effet. Il connaissait pas très bien Tosamah, et Tosamah tenait la pleine forme, il avait son mot à dire sur tout, vous voyez le genre, en fait il faisait que baratiner comme d'habitude. Bon, je voyais bien qu'il l'aimait pas trop, qu'il commençait à lui porter sur les nerfs, et j'arrêtais pas de lui dire qu'on ferait mieux de rentrer pour dormir un peu, mais il voulait rien savoir. Il restait assis, à écouter Tosamah causer sur tout et rien, et il était de plus en plus bourré. J'ai l'impression que Tosamah savait lui aussi à quoi s'en tenir, car il a commencé à lui chercher des poux, pas directement vous savez, mais quand même il s'est mis à parler de Chevelus, de la réserve, et tout le reste. J'aurais préféré qu'il la ferme, les autres aussi, je crois – enfin, sauf Cruz qui ricanait comme un imbécile –, parce qu'à ce moment-là ils se sont tous calmés et ils ont commencé à regarder leurs mains – vous savez – comme s'ils se demandaient ce qu'il fallait faire. Je sentais qu'il allait y avoir de la casse.

Vous savez un truc, y a des gens qui sourient quand ils s'énervent, et plus ils s'énervent, plus ils sourient. Eh bien lui, c'était son cas. Il était assis là, tout souriant, mais je crois que j'étais le seul à savoir que c'était pas bon signe. Je sentais qu'il y avait du malaise dans l'air, et je commençais à avoir peur. Et là, tout d'un coup, il a perdu les pédales. C'était comme s'il explosait à l'intérieur, et il s'est levé brusquement et il a voulu se jeter sur Tosamah. Seulement, comme il était ivre mort au point de pas tenir debout, il a trébuché et s'est effondré sur l'évier. Il cherchait Tosamah du regard, et ce regard était effrayant, vraiment méchant, mais ses yeux tenaient pas en place, vous voyez, alors que lui il pouvait à peine bouger. Il était là, penché, à essayer de se reprendre, et il tremblait de partout comme s'il avait une quinte de toux. Tout s'était passé très vite, Cruz s'est mis à rire, les autres ont fait pareil, et on aurait dit que ça lui enlevait l'envie de se battre. C'était comme si tous ces rires l'avaient stoppé net dans son élan, comme si, d'un coup, il en avait plus rien à foutre de rien. Vous savez, à ce moment-là, j'étais content que ça finisse comme ça, parce que s'il y avait eu une bagarre, ils lui auraient fait porter le chapeau. Mais après j'ai pensé qu'il avait dû être blessé par ce qui était arrivé ; il était blessé en dedans, et plutôt salement.

Il est pas venu travailler le lendemain, ou le surlendemain, je sais plus. Impossible de le persuader d'y aller, et de toute façon il voulait même pas m'adresser la parole. J'ai l'impression qu'il avait honte, ou bien peut-être il croyait que moi je lui en voulais. Daniels a tout de suite demandé où il était, et j'ai dit qu'il était malade. Il a rien dit, Daniels, il a juste grogné deux ou trois trucs et il est parti. Je suis sûr qu'il m'a pas cru. Les commandes s'empilaient, et on y arrivait plus du tout.

Quand je suis rentré, il était dans les vapes. Il a pas dessaoulé pendant deux jours. Il a pas mis le nez dehors une seule fois, il est resté dans la chambre et a bu jusqu'à se rendre malade. Je crois que c'est là que j'ai vu qu'il allait perdre son boulot, et j'étais embêté pour lui parce qu'il avait vraiment besoin de travailler. C'était un bon job, et il se débrouillait plutôt bien. Mais évidemment, quand il est revenu, Daniels l'attendait de pied ferme. Il est venu dans l'atelier et il s'est planté derrière lui, à regarder par-dessus son épaule, vous voyez, à épier ses moindres gestes. Bon, chacun sait que c'est dur de travailler dans ces conditions, avec quelqu'un d'important qui vous observe sans arrêt, et j'ai vu qu'il commençait à transpirer. Il a fait deux petites erreurs, et Daniels lui est tombé dessus. Il y avait pas de quoi en faire une montagne, pour quelques trucs ratés, mais Daniels a réagi comme si c'était grave, il s'est mis à parler fort et à attirer l'attention des autres. Bon, c'était trop pour lui, je crois. Il avait eu Daniels sur le dos toute la matinée, et il a fini par en avoir marre. Finalement, il a tout laissé tomber, il a lancé un regard noir à Daniels comme s'il allait le frapper, et puis il est parti. J'ai l'impression que Daniels a été surpris parce qu'il est resté la bouche ouverte une minute au moins. Et puis il est devenu tout rouge, il s'est mis à marcher dans tous les sens comme s'il savait pas quoi faire, tout en gueulant à propos de « ces putains de bons à rien de métèques ». Mais je crois qu'il se sentait con, aussi. On manquait de main-d'œuvre, et ça en prend du temps de trouver et de former un bon employé. En fait, il avait pas le droit de rester derrière lui comme ça pour lui faire remarquer ses erreurs. Après tout, on se débrouillait pas si mal. Grâce à nous, le boulot était fait.

Après ça, il a eu vite fait de dégringoler la pente. Des fois, il était là quand je rentrais du travail, des fois il était pas là. La moitié du temps, il était ivre, et je pouvais pas veiller tout le temps sur lui. J'ai bien essayé de lui dire de freiner un peu, mais il devenait furieux à chaque fois que j'abordais le sujet, et tout ça faisait qu'envenimer les choses. Il a vite été à court d'argent, et il s'est mis à me taper du fric chaque soir avant de sortir. Bon, ça a pas duré longtemps comme ça avec moi, mais vous savez ce qu'il a fait? Il a commencé à demander de l'argent à Milly! Il lui racontait qu'il avait besoin d'habits neufs ou de tickets de bus pour chercher du travail, et à chaque fois elle lui donnait deux ou trois dollars, des fois cinq. Et lui il partait tout dépenser en bibine. J'en ai parlé à Milly qui m'a dit qu'elle était au courant. Elle était embêtée pour lui. Les gens du Relogement lui ont trouvé un boulot dans les écoles, à l'entretien des jardins, mais il s'est pointé bourré deux ou trois fois, si bien qu'au bout de dix jours, ils l'ont viré. Milly aussi lui a trouvé du travail. C'était un boulot de nuit dans une boulangerie, et elle lui a dit que c'était pas mal payé, mais il a même pas pris la peine de s'y présenter. Vous savez, s'il avait tenu bon la première fois, avec ce premier emploi ici dans l'atelier avec moi, eh bien il s'en serait sorti. On s'aimait bien et on faisait du bon boulot ensemble. Je pouvais le tenir à l'œil, veiller sur lui quoi, et ça c'était plutôt une bonne chose. Je crois qu'il avait besoin qu'on veille sur lui. A part Milly et moi, personne se préoccupait de son sort.

On a passé de bons moments ensemble – même après ça. Des fois, Milly venait nous voir le dimanche matin, avec un panier plein de sandwichs, de Kool Aid [1], de pommes et de galettes. Et puis, tous les trois, on prenait le bus jusqu'à Santa Monica. On se trouvait un endroit sur la plage où il y avait pas trop de monde, vous savez, et on restait là au soleil à discuter, à blaguer et à regarder les nageurs, les oiseaux et l'océan. Milly apportait toujours un petit maillot de bain tout blanc, et des fois elle allait dans l'eau et on la regardait. Je me sentais tout drôle quand elle avait son maillot, et lui, vous savez, des fois il plaisantait, il disait des trucs sur elle, et c'est vrai que je riais, mais en fait j'aimais pas trop ça parce que je pensais beaucoup de bien d'elle et qu'elle était gentille pour nous. Je disais jamais rien quand il parlait comme ça, et tant mieux parce que ça aurait envenimé les choses. C'est qu'il se serait moqué de moi, vous savez ! Il aurait dit que j'avais des vues sur elle, et tout le bordel. C'était pas ça. Elle le préférait à moi, je crois, mais j'avais toujours peur qu'il lui fasse du mal d'une manière ou

1. Boisson sucrée en poudre. *(N.d.T.)*

d'une autre. Elle était insouciante et gentille avec tout le monde. Elle *se fiait* à tout le monde. Y a des gens comme ça. Et pourtant, elle en avait traversé, des moments pénibles. Cela aurait été tellement facile de lui faire du mal.

Quand on sortait comme ça tous les trois, des fois elle nous parlait de sa famille, comment c'était quand elle était petite fille. Elle avait grandi dans une ferme quelque part, et je crois que les siens avaient pas eu la vie facile. Elle parlait beaucoup de son papa. Il s'était tué à la tâche dans cette ferme, disait-elle, en essayant de faire pousser quelque chose. La terre était pas bonne, et ça avait jamais donné grand-chose. Il avait travaillé énormément pour qu'elle puisse aller à l'école. Elle disait qu'elle avait toujours eu l'intention de le rembourser, mais finalement il est mort avant qu'elle puisse le faire.

Elle est tombée amoureuse d'un type, et ils se sont mariés. Pendant un temps, en tout cas. Elle en a parlé qu'une seule fois, et tout ce qu'elle a dit, c'est que, pendant un temps, tout avait été bien, mieux que ça avait jamais été avant. Et puis tout de suite elle passait à autre chose. C'était comme si elle allait se mettre à pleurer, vous savez ; on devinait qu'un truc moche était arrivé. Mais elle parlait de choses gaies aussi. Elle se rappelait toujours de trucs marrants, et elle riait beaucoup. J'ai jamais connu une personne aussi prête à rire. Et elle nous faisait toujours beaucoup rire, nous aussi. Vous pouvez imaginer que c'était vraiment facile de lui faire du mal.

Non, attends une minute. Il y avait une personne qui riait, qui était toujours prête à rire, dont les yeux riaient. Oui, un été, il y avait une fille à Cornfields, oui.

Et elle avait vite fait de nous faire parler aussi. On se sentait à l'aise avec elle, en liberté vous savez, et on lui disait des trucs qu'on aurait pas dits à grand-monde. En fait, on s'en rendait pas compte, ça se passait comme ça, c'est tout, parce qu'elle était tout le temps en train de rire et qu'elle était, comment je pourrais dire, ouverte vous voyez, et ça se voyait qu'elle se moquait pas de vous. On lui parlait souvent de la réserve, et c'était parfait vous savez, parce qu'on tournait ça en plaisanterie; on parlait des drôles de trucs qui nous étaient arrivés. Un jour justement, on était assis sur le sable à regarder la flotte. Il avait fait gris et froid toute la semaine, mais ce jour-là le temps était clair et chaud, et on se sentait bien à paresser comme ça. Milly avait été se baigner et elle était revenue s'asseoir entre nous. Ses cheveux étaient mouillés, elle riait, et on aurait dit que des perles d'eau coulaient partout sur son visage, ses bras et ses jambes. Elle était vraiment jolie comme ça, vous savez, toute propre et toute fraîche. Sa peau était blanche et nette, elle mettait son pied dans le sable et puis elle écartait les orteils. Lui, ça faisait deux jours qu'il essayait de se reprendre, il parlait de chercher du travail, et tout et tout. Milly le croyait, et je crois bien que moi aussi.

N'empêche qu'on s'amusait bien tous les trois, à blaguer et parler de toutes sortes de choses.

Je sais pas comment on est venus à parler chevaux. Il nous a raconté l'histoire d'un cheval qu'il avait autrefois. C'était un bon cheval, vous savez, petit et rapide, mais qui avait pas été complètement dressé. Des fois il devenait tout fou, comme une mule. Ce cheval adorait l'eau. Il voulait toujours partir pour la rivière. Des fois, le cheval s'en allait, et lui il devait aller à sa recherche. Et il le retrouvait toujours au même endroit, debout au milieu de la rivière, en train de regarder autour de lui, comme pour s'assurer que les choses étaient bien restées en ordre. Bon, un jour il revenait des champs sur son cheval, et il a croisé un vieil homme à pied. C'était un personnage important, un gouverneur, un guérisseur, ou quelque chose comme ça, il avait *du maintien* en tout cas, le genre qui sourit jamais, vous voyez. Bon, eh bien il voulait se faire emmener. Lui, il a dit O.K., et il a pris le vieil homme en croupe. Au début, ça a été, seulement fallait encore traverser la rivière. Et là, juste quand ils étaient au milieu, ce dingue de cheval a décidé de faire trempette, et le vieil homme est tombé dans la rivière. Il était âgé mais je crois qu'il a dû penser que c'était le pire canasson qu'il ait jamais vu de sa vie. Il s'est relevé, l'air vraiment mauvais, vous savez, un peu comme une poule mouillée. Il a rien dit. Il a juste secoué la tête et il est parti. Ses chaussures étaient remplies d'eau, et il a dû barboter encore un bon bout de temps.

Quand Milly a entendu ça, la façon dont c'était raconté, elle a été prise d'un tel fou rire qu'elle savait plus quoi faire. Elle pouvait plus s'arrêter de rire, et au bout d'un moment, nous aussi, on s'est mis à rire . Et puis elle a eu le hoquet, et ça a été encore pire. On a failli crever de rire. On était là à se tordre de rire, à se gondoler comme des dingues, les larmes nous sortaient des yeux. On avait l'air d'une belle bande de cinglés mais on en avait rien à battre. Elle était jolie quand elle riait.

Il y avait une fille à Cornfields, un été.

Milly le croyait, vous savez. Parce qu'elle voulait croire tout le monde. Elle était comme ça, et elle arrivait à nous faire croire des choses, à nous aussi, par exemple que tout allait bien se passer. Alors on était heureux et on tirait des plans sur la comète.

Pony, qu'on l'appelait, et elle riait, sa peau était claire, elle avait des petites mains effilées, elle portait une veste de velours bleu foncé, un collier de fleurs de maïs avec une vieille najahe *qui ressemblait à la lune, et une pierre d'un bleu anglais incomparable...*

J'ai l'impression qu'il y croyait. Mais ça allait pas se passer comme ça, ça allait pas bien se passer parce qu'il était trop tard; les choses étaient allées trop loin pour lui, vous savez, et il était déjà atteint en dedans. Peut-être qu'il était atteint depuis longtemps, peut-être qu'il était atteint depuis toujours et que personne l'avait jamais su, mais là, pour la première fois, ça remontait, ça ressortait et surtout ça se voyait. Enfin moi, je vois ça comme ça.

Il y avait une fille à Cornfields un été, elle riait, et tu ne l'as jamais revue. Tu avais été envoyé au pensionnat, c'était la première fois, tu avais eu le mal du pays, et alors c'était bon de se retrouver là. Tout était comme avant, comme si le pays devait durer toujours, et rien n'avait changé. Tu es descendu du car à Chambers, et tu as marché tout le chemin jusqu'à l'épicerie de Wide Ruins, et tu n'étais pas habitué à marcher autant et ça t'a pris du temps et il faisait chaud et tu étais fatigué. Tu es entré pour prendre une boisson fraîche, et le vieux Frazer a fait comme s'il était content de te voir. Et tu te sentais adulte, parce que tu étais parti au loin, et tu te figurais que tu avais vu tout ce qu'il y avait à voir. Il faisait chaud, c'était la fin de l'après-midi, et tu n'avais pas trop envie de faire le reste du chemin à pied. Tu espérais vaguement que ton grand-père vienne chercher de l'eau, mais Frazer t'a dit qu'il était venu la veille. Tu étais content d'être là parce qu'il y faisait frais, et Frazer faisait comme s'il était content de te voir, et vous êtes restés debout tous les deux à parler de tout et de rien. Frazer a dit qu'il allait y avoir une danse des squaws à Cornfields la nuit prochaine, et ça faisait longtemps que tu n'avais pas vu une danse des squaws. Cela t'a paru bien, et tout de suite tu as eu envie d'y aller. Tu te sentais adulte, et tu t'es mis à marchander avec Frazer comme si tu étais un vieux dur à cuire, lentement, avec aisance, comme si tu n'y tenais pas plus que ça. Ensuite, tu lui as demandé s'il avait de bons chevaux à vendre. Un noir, un bon, a-t-il dit, mais qui valait cher, et il n'avait pas l'intention de le vendre dans l'immédiat. Tu t'es contenté de hocher la tête, tu l'as laissé dire, mais après tu as glissé dans la conversation que tu avais un oncle non loin d'ici, à l'ouest de Cornfields, et cet oncle possédait une belle ketoh *très ancienne qu'il allait te donner. Il l'avait depuis longtemps, as-tu dit, et c'était du beau travail ; il y avait une grande toile d'araignée au milieu et un cercle de petites toiles assorties tout autour, et l'argent était lourd et massif. Mais elle était vieille, as-tu dit, et on n'en voyait plus beaucoup de semblables. Alors, tu as fait comme si c'était vraiment dommage, qu'elle soit si vieille et démodée, et tu as vu tout de suite qu'il se mettait à cogiter. Il t'a demandé quand est-ce que tu comptais l'avoir, et tu as fait comme si tu n'y avais pas spécialement réfléchi, et tu as dit que peut-être, si tu allais à cette danse des squaws, tu en parlerais à ton oncle. Là, il t'a demandé ce que tu en ferais quand tu l'aurais. Eh bien, as-tu dit, tu ne savais pas vraiment. Tu l'aimais bien parce que c'était du bel argent massif et que ces choses-là ne se voyaient plus. Tu pensais que tu allais la garder un moment et qu'ensuite tu aviserais. Et c'est là qu'il a dit : « Allons, laisse-moi te montrer ce cheval ; c'est une bonne bête », et en effet c'était un beau petit cheval noir, tout luisant et rebondi, avec de longues jambes. Il devait bien galoper. Il paraissait lent, as-tu dit, indolent même, comme s'il ne faisait pas assez d'exercice. Peut-être que tu allais l'acheter, as-tu dit, mais d'abord tu voulais l'essayer pendant quelques jours. S'il voulait bien, as-tu dit, tu irais à cheval jusqu'à Cornfields et tu essaierais d'avoir la* ketoh. *Au début, il a dit non, mais tu as continué à parler de ton oncle, comment l'épicier de Ganado avait vu cette* ketoh *et avait voulu l'acheter, et finalement il a pris une bride, il a conduit le cheval au-dehors et t'a confié les rênes.*

C'était bon de sentir le cheval noir sous toi, et tu l'as laissé trotter tout le chemin jusqu'à chez ton grand-père. Le soleil baissait, la terre était rouge, une petite brise se levait, il faisait frais, et tu étais de nouveau chez toi.

Je crois qu'il va pleuvoir toute la nuit. Ici, sur la colline, il fait froid, il pleut et il y a personne. Ici, tout est sombre et tranquille. Et boueux aussi. Ce sera boueux longtemps. Il voulait que je lui dise comment ça allait se passer, vous savez. C'est drôle comme il peut faire clair une nuit, pleuvoir la suivante, et continuer de pleuvoir comme si ça allait jamais s'arrêter. Peut-être que là où il est, il fait pas le même temps, qui sait ? A l'heure qu'il est, il se trouve loin d'ici, et peut-être qu'il pleut pas là-bas, peut-être qu'il est réveillé et qu'il arrive à voir la lune et les étoiles à l'horizon. Le train va ralentir et grimper les montagnes autour de Williams et Flagstaff, la lune va apparaître au-dessus des arbres, et les sombres silhouettes des arbres vont se détacher contre le ciel. Peut-être qu'il est réveillé et qu'il va bien.

Et puis le train va descendre vers le sud-est, le soleil va se lever, et tu pourras voir loin à l'horizon. Tu peux voir le soleil se lever au-dessus du Painted Desert, tu peux voir les sombres ravines, la belle terre rouge et mauve dans le petit matin, tout est beau et tranquille, et le pays s'étend jusqu'à Wide Ruins, Klagetoh et Cornfields.

Tu te sentais bien, serein et détendu sur ce cheval noir qui galopait comme le vent. Ton grand-père avait pris une année de plus, et il pleurait ; il pleurait parce que tes père et mère étaient morts, parce qu'il t'avait élevé, que tu étais parti et que tu étais revenu. Tu étais revenu à la maison comme un homme, sur un beau cheval noir. Et il avait chanté ton retour. C'était bien comme ça, tout était bien, et il n'y avait rien à dire.

Tu étais fatigué et tu es allé te coucher en songeant au matin. Et à la première lueur, tu es sorti et tu as su où tu te trouvais. Tout était pareil, comme tu t'en souvenais, comme tu pensais que cela devait être ; et rien n'avait changé. Cette première lueur, as-tu pensé, ce petit instant avant le lever du soleil : ici, il en serait toujours ainsi. C'était comme ça, et voilà tout. C'était comme ça le jour de ta naissance et ce serait comme ça le jour de ta mort. Il faisait frais, tu avais froid au visage et aux mains. Les nuages étaient les mêmes : de petites fumées lointaines. Le paysage était sombre et paisible, il allait tout autour du ciel. Rien ne pouvait emplir le ciel, sauf le soleil qui se levait, et alors le paysage scintillerait, il scintillerait plus que l'eau, et cette scintillation serait faite de centaines de couleurs, et tu aurais presque mal aux yeux.

Mais à la première lueur, tout était doux, gris et paisible. On n'entendait pas un bruit, rien du tout. Le ciel attendait, et l'aube blanchissait comme un coquillage. A la première lueur, tout le pays était seul et très paisible. Et tu étais là où tu voulais être, tout seul. Tu ne voulais voir personne, tu ne voulais entendre personne. Il n'y avait rien à dire.

Le soleil s'est levé derrière toi, et tu as conduit le cheval noir sur la route de Cornfields. C'était un bon cheval, pour sûr, meilleur que beaucoup d'autres. Son poitrail était ample et puissant, et il était endurant. Il aurait pu tenir cette cadence pendant tout le trajet si tu avais été pressé. Mais il était encore tôt, et tu n'avais pas une longue route à faire, tout au plus une demi-

journée. tu pouvais voir la terre filer sous tes pieds, et tu pouvais entendre le rythme des sabots. Il était encore tôt et il ne faisait pas encore chaud; et le cheval noir t'emportait à bonne allure, juste assez pour sentir l'air frais du matin. C'était bon d'aller ainsi, et tu as eu envie de prier.

Je suis le fils de Femme-Turquoise.
Au sommet de Belted Mountain,
Beau cheval – fin comme une belette.
Le sabot de mon cheval est strié comme une agate;
Son fanon est un beau panache de plumes d'aigle;
Ses jambes sont vives comme l'éclair.
Le corps de mon cheval va comme une flèche empennée de plumes d'aigle;
La queue de mon cheval est comme la traîne du nuage noir.
J'ai placé sur l'échine de mon cheval une charge légère;
La Petite Brise Sacrée souffle dans son pelage.
Sa crinière est faite de courts arcs-en-ciel.
Les oreilles de mon cheval sont faites de pétales de maïs.
Les yeux de mon cheval sont faits de grandes étoiles.
La tête de mon cheval est faite d'eaux mêlées –
Venues des eaux sacrées – il ne connaît pas la soif.
Les dents de mon cheval sont faites de blancs coquillages.
Dans sa bouche, en guise de longue bride, l'arc-en-ciel
Avec lequel je le guide.
Quand mon cheval hennit, des chevaux multicolores le suivent.

Quand mon cheval hennit, des brebis multicolores le suivent.
Je lui dois ma richesse.
Tout est en paix devant moi,
En paix derrière moi,
En paix au-dessous de moi,
En paix au-dessus de moi,
En paix tout autour de moi,
Quand il hennit, sa voix est paisible.
Je suis Eternel et Paisible.
Je soutiens mon cheval.

Tu es monté par Klagetoh, et une fois là-bas, tu t'es arrêté à l'épicerie, et tu y as passé le début de l'après-midi, à parler, à rire et à vanter ton cheval noir, jusqu'à ce que le soleil soit bas et qu'il fasse frais à nouveau. Tu es passé chez Sam Charley qui a fait le reste de la route avec toi. Et tous les deux, vous avez beaucoup ri en vous souvenant des filles de l'école – les filles Nambé et les Apaches – et le cheval de Sam Charley était vieux et fourbu, piteux en comparaison du noir, et le cheval noir dansait autour de lui, il agitait la tête et voulait faire la course. Il n'y avait pas de ketoh, *mais le cheval noir était à toi pour l'instant, tu allais le conduire jusqu'à Cornfields, et c'était tout ce qui importait.*

Plus tard, un peu à l'est de Cornfields, le soleil s'est couché, le crépuscule a orné le ciel d'un violet profond, et la nuit est tombée, apportant le froid avec elle. Et il y avait des chariots, des feux ; et tu pouvais entendre les palabres et sentir la fumée et les odeurs de café et de pain frit. Et une lune pommelée s'est levée à l'est, elle ressemblait à une boucle de ceinture concho, finement argentée et creusée en son centre. Et les tambours. Tu as entendu les tambours, et tu aurais aimé être encore en route, seul, à des kilomètres de là, quand tu pouvais entendre les tambours et ne voir que le paysage au clair de lune et puis enfin les feux au loin. On peut entendre les tambours de loin la nuit, et on ne sait pas où ils se trouvent tant qu'on ne voit pas les feux, parce que les tambours semblent retentir à des kilomètres à la ronde, dans tout le paysage, et puis on arrive sur une colline, et soudain les voilà : les feux, les tambours; et pourtant ils résonnent encore de façon si lointaine.

La danse a commencé, et tu t'es éloigné un peu pour mieux regarder. Il y avait une fille de l'autre côté, elle riait, elle était belle et faisait plaisir à voir. La lueur du feu jouait sur sa peau, et elle riait. La lueur du feu se reflétait sur le velours bleuté de sa veste et sur la najahe, la pierre de nouvelle lune pâle du collier de fleurs de maïs. Ensuite, tu n'as eu de cesse de l'observer quand elle ne regardait pas de ton côté. Ensuite seulement, parce que ça t'avait pris du temps pour te rendre compte de sa beauté. Elle était petite et mince; elle bougeait doucement son corps, dansant sur place au son des tambours, et sa longue jupe découvrait parfois ses pieds au rythme de sa danse, et il y avait des piécettes d'argent sur ses mocassins.

« Dis donc, mon cher! » Sam Charley venait de te prendre par l'épaule. « Elle t'a repéré. Elle se demande! »

« C'est un beau collier, as-tu dit. Qui est-elle? »

« Ei yei! *Un beau collier! Peut-être que t'aimerais bien l'échanger contre quelque chose, hein? On l'appelle Pony. Je crois qu'elle habite vers Naslini. »*

Ensuite, de nombreux couples se sont mis à danser

autour des feux. Ils passaient lentement devant toi, ils se tenaient la main sous leurs couvertures, ils dansaient gracieusement à longues foulées légères, et leurs silhouettes sombres se rapprochaient les unes des autres à la lueur des flammes. Et puis tu l'as perdue de vue. Tu as regardé alentour, mais elle n'était plus là. Sam Charley t'a parlé, mais tu n'as pas entendu ce qu'il disait, car tu n'entendais que les tambours qui battaient à l'unisson de ton cœur. Et puis elle t'a pris par le bras en riant, et elle a dit : « Viens, ou alors donne-moi quelque chose qui vaille cher. » Son rire était bien réel. Tu en es devenu insouciant, sûr de toi, et tu aurais voulu l'entendre toujours. Elle t'a donné sa couverture et t'a conduit sur l'aire de danse près des feux. Et tu as mis la couverture sur tes épaules, tu l'as ouverte, et elle est venue s'y blottir. Elle était petite, elle riait tout près de toi, et tu l'as tenue dans tes bras pendant toute la danse. Vous dansiez ensemble sur un rythme lent autour des feux, et elle riait auprès de toi, la lune était haute dans le ciel, les tambours retentissaient dans la nuit, et le cheval noir était attaché non loin dans le campement, et la lune et les feux luisaient et se reflétaient sur le velours bleu foncé de ses flancs et de sa croupe, et ta main s'est posée sur du velours bleu foncé et, en baissant les yeux, tu voyais ses petits pieds qui effleuraient le sable illuminé, tu voyais les petites bordures blanches des semelles, la doublure d'un beau rouge et les piécettes d'argent. Et tu ne l'as jamais revue.

On avait passé la soirée chez Henry et on rentrait à la maison. A la fermeture, on était restés un peu dehors avec plein d'autres types, on avait parlé fort et on s'était bien marrés, vous savez, mais après c'était retombé, il était tard et on a décidé de rentrer à la maison. On marchait lentement, on parlait fort, je crois, et la rue était sombre et vide. On est passés devant une ruelle. Elle finit en impasse, et il y a rien dedans, à l'exception de poubelles et de vieux meubles cassés que les gens jettent. La nuit, il y fait toujours très sombre parce que le plus proche lampadaire se trouve à l'autre bout du pâté de maisons. Pendant la journée, il y a plein de pigeons parce que les gens y jettent leurs détritus ; il y a toujours plein de trucs par terre, des boîtes de conserve et du verre brisé, et ça sent vraiment mauvais. Bon, on passait donc devant cette ruelle quand tout à coup on a vu surgir Martinez devant nous. D'abord, il s'est contenté de rester là à frapper sa matraque dans sa paume tout en nous regardant. Il nous a fait sursauter, avec sa façon de jaillir d'une ruelle sombre comme ça, et tout de suite on s'est écrasés, vous savez, et j'étais effrayé. Alors, il nous a dit d'aller dans la ruelle, et il nous a suivis. J'étais complètement dessaoulé ; il faisait sombre, il était tout près, et pourtant je le voyais à peine. Je savais pas ce qu'il allait faire et je tremblais de frayeur.

« Salut, Benally », qu'il a fait doucement. J'arrivais pas à voir son visage, mais je me doutais qu'il devait être en train de sourire comme quand il sait que vous avez peur de lui. On rentrait juste à la maison, j'ai dit, et je lui ai demandé ce qu'il voulait. Il s'est contenté de rester là en souriant, à nous regarder transpirer, et il arrêtait pas de frapper sa paume avec sa matraque. « Fais voir un peu tes mains, Benally. » Il était tout près, on était dos au mur. J'ai tendu mes mains. Je le touchais presque. Il avait une torche, vous savez, et il l'a allumée. « Dis donc Benally, elles tremblent, tes mains », qu'il a dit comme s'il se demandait pourquoi et que ça le tracassait sincèrement. Il m'a laissé un bon bout de temps comme ça avec mes mains tendues à la lumière ; elles tremblaient salement, et j'arrivais pas à me contrôler. Alors, il m'a demandé combien d'argent j'avais sur moi. Je crois qu'il savait que je venais juste d'être payé, et je lui ai donné tout ce qui me restait de la soirée. Il a regardé l'argent longtemps, comme s'il y en avait pas assez, et j'arrêtais pas de trembler comme une feuille. « O.K., il a dit, et c'est qui, ton pote, Benally ? » Et il s'est avancé vers lui en braquant la torche sur son visage. J'ai dit son nom, en ajoutant qu'il était au chômage, qu'il cherchait du travail et qu'il n'avait pas d'argent. Martinez lui a dit de montrer ses mains, et il l'a fait, mais si lentement qu'on aurait pu croire qu'il allait pas le faire. Je pouvais voir ses mains dans la lumière, elles étaient ouvertes et tremblaient presque pas. « Tourne-les », a dit Martinez, et il les a regardées et elles tremblaient presque pas. Tout à coup, la lumière a bougé, et il a frappé. Vite et fort. J'ai rien vu mais j'ai entendu le craquement des os, et ça m'a rendu malade. Il n'a pas crié ni rien, mais je l'ai vu se courber en deux de souffrance contre le mur en se tenant les mains. La lumière s'est éteinte, et Martinez est passé devant moi dans le noir, et j'ai entendu son souffle court et précipité, comme s'il riait, vous savez. On est sortis de la ruelle et on est rentrés. Ses mains étaient pas cassées, mais elles étaient salement gonflées, et le lendemain, il pouvait à peine bouger ses doigts, et il y avait des grosses marques moches sur les phalanges, toutes jaunes et violettes. On a dit à Milly qu'on avait essayé de réparer le radiateur, vous savez, et qu'il l'avait pris sur les mains.

Il a pas réussi à oublier. C'était comme chez Tosamah, vous pigez? Il a rien dit – et même quand c'est arrivé, il a rien dit, il était juste courbé en deux contre le mur à se tenir les mains – mais il a pas réussi à oublier. Il restait tout le temps assis, à regarder ses mains. Des fois, je disais quelque chose, et c'était comme s'il m'entendait pas, comme s'il avait un sale truc en tête et qu'il devait réagir mais sans savoir comment. Au bout d'un moment, il levait la tête et il me demandait ce que je venais de dire. C'était de plus en plus difficile de lui parler. Par exemple, Milly disait un truc drôle, vous savez, et elle et moi on riait et on le regardait, et lui il souriait, mais ça se voyait qu'il pensait à autre chose et qu'il avait pas entendu. Et même quand on picolait, c'était plus pareil. Avant, il buvait un coup, il était content et on se marrait bien, mais après cette nuit-là, ça a plus jamais été pareil.

Un jour, je suis passé le prendre, et on a été à Westwood [1]. Des fois, quand je me suis bien débrouillé à l'atelier, Daniels me laisse faire une livraison avec le fourgon. C'est un break super, vous savez, on voit tout et on profite de l'air frais. Quand la livraison urgeait pas trop et que je devais aller quelque part comme là, je l'emmenais avec moi. Daniels s'en est jamais rendu compte, sinon je crois que j'aurais été saqué. Bon ben, c'était une belle journée, et il était juste assis là, comme s'il savait pas quoi faire, alors je lui ai dit de venir, et il a paru content. On a pris par Wilshire, il faisait beau, et midi allait sonner. J'étais pas supposé revenir avant

1. Un des beaux quartiers de Los Angeles. *(N.d.T.)*

treize heures, et ça allait prendre que quelques minutes pour décharger. J'ai pensé que quand j'en aurais fini, on aurait le temps de passer prendre des hamburgers et de filer à la plage. J'ai toujours aimé Westwood et, comme il faisait beau, il y avait plein de gens dans les rues. J'ai reculé dans la ruelle jusqu'à l'aire de livraison. L'avant du véhicule mordait un peu sur le trottoir, et les gens devaient faire un petit détour. Il a attendu dans la cabine pendant que je déchargeais. C'était pas une grosse commande, et j'en ai eu vite fini. Je me suis réinstallé au volant, et j'allais démarrer quand il m'a dit d'attendre un peu. « On y va », j'ai fait. On avait juste le temps d'éviter les bouchons de midi sur Wilshire et de filer à la plage. Mais il m'a dit d'attendre, on était assis là, vous voyez, je comprenais rien à ce qui se passait et j'en avais marre. Et puis une femme est sortie d'une boutique, il a hoché la tête et il a voulu absolument que je la regarde. Elle était bien sapée et elle marchait lentement tout en regardant les vitrines. Elle est passée juste devant nous, vous savez, et il s'est reculé un peu, comme s'il voulait pas qu'elle le voie. Je comprenais rien à ce qui se passait. Bon d'accord, elle était pas mal, mais elle était pas spécialement jeune, y avait pas grand-monde au balcon ni ailleurs, et je trouvais pas qu'il y avait de quoi s'exciter. Elle avait l'air riche, du genre mince, et elle devait aller souvent au soleil parce que sa peau était toute dorée, vous voyez, et elle portait une robe blanche toute simple, des petites chaussures blanches aussi, et des gants pareils. C'est vrai qu'elle était pas mal. Elle portait des lunettes de soleil, elle avait une jolie petite bouche avec une drôle de couleur pâle sur les lèvres, ses cheveux n'étaient pas très longs mais ils étaient propres, brillants et bien coiffés; elle avait une mèche argentée bien nette, et tout autour ses cheveux étaient noirs, brillants, presque cuivrés à la lumière du soleil. On l'a regardée disparaître.

Il a dit qu'il la connaissait. Je crois qu'il avait travaillé pour elle, et elle l'aimait bien. Elle allait l'aider, qu'il a dit. Elle l'aimait beaucoup, et d'après lui ils avaient fait la fête ensemble, et juste quand elle allait l'aider à trouver un travail pour quitter la réserve, il s'était attiré des ennuis. Il arrêtait pas de dire ça, qu'elle l'aimait bien, qu'elle allait l'aider d'une façon ou d'une autre mais qu'à ce moment-là il s'était attiré des ennuis. Au début, je l'ai pas cru, et ça m'énervait qu'il continue là-dessus, à se vanter et à plaisanter à propos d'une femme blanche. Mais plus tard j'ai su qu'il disait vrai. Quand il a été blessé, vous savez, il a parlé d'elle tout le temps, il disait son nom, et pourtant il était salement amoché, il délirait complètement, et on voyait bien qu'il frimait pas. C'est drôle, mais même au début, quand je pensais qu'il blaguait, il faisait comme s'il savait tout d'elle, comme quoi elle était spéciale, elle était gentille et elle l'aimait bien. Je l'ai revue à l'hôpital. C'est vrai qu'elle était pas mal. Comme ces femmes qu'on voit dans les magazines.

Il a plus cherché de travail.

Si seulement on avait pas oublié de fermer la fenêtre. Avec toute cette pluie. J'aimerais bien qu'il arrête de pleuvoir. Ici, quand il pleut, ça fait toujours une impression de froid et de vide. On devait découper des images de chevaux, de voitures et de bateaux pour les mettre au mur. Une fois, Milly a bien apporté des rideaux, mais on a jamais été fichus de les installer. Peut-être que demain je le ferai. C'est ça qui lui en boucherait un coin, à Milly. Lui, on le vannait toujours, rapport à sa petite valise. Elle était là dans le coin, et il y avait toujours cette petite araignée qui voulait tisser sa toile dessus. Milly, elle arrivait et elle passait la brosse dessus, mais cette petite araignée, eh bien elle se remettait au travail et elle tissait une autre toile au même endroit. Jamais elle abandonnait, et finalement on a dit à Milly de la laisser tranquille. Cette araignée était notre colocataire, qu'on a dit, et Milly avait pas le droit d'arriver comme ça et d'essayer de l'expulser. Alors, elle s'est mise en tête que personne, même pas une araignée, était censé vivre dans une valise, et elle allait apporter des pinces à découper et lui faire une vraie petite maison de poupée. Elle disait que l'araignée devait avoir sa petite chaise à bascule. Il fait froid ici quand il pleut. Sinon, c'est pas mal comme piaule. On pourrait en faire quelque chose de vraiment bien. Il y a plein de bonnes piaules par ici. Je pourrais en trouver une avec une salle de bains privée si je voulais, ce serait facile. Quand on a un bon travail, on peut faire à peu près ce qu'on veut.

La vieille Carlozini devrait pas tarder à rentrer. A son âge, elle devrait pas rester dehors sous la pluie comme ça. Un de ces jours, elle va tomber raide dans la rue, ou alors on la retrouvera toute seule dans son petit logis. Elle possède pas grand-chose, vous savez, quelques assiettes et quelques cuillères, et chaque matin à cinq heures et demie, on peut l'entendre remuer ses trucs. Elle porte toujours ce vieux chapeau noir quand elle est de sortie. Il est trop grand pour elle, et ça fait drôle, parce que les bords lui retombent sur le visage, et il y a cette vieille fleur toute fanée qui lui pend sur l'œil et qui se balance quand elle marche.

Elle dit jamais bonjour, ni rien, mais elle vous tient toujours à l'œil, comme si elle croyait que vous alliez lui faucher quelque chose. Elle vous entend dans l'escalier, vous savez, et elle entrebâille toujours sa porte pour vous regarder passer. Faut croire qu'elle a que ça à faire.

Une fois, on allait sortir, et la vieille Carlozini était assise sur les marches, toute courbée et immobile, comme si elle allait s'endormir. Sa porte était grande ouverte, elle était juste assise comme ça sur les marches, et c'était la première fois qu'on pouvait voir à l'intérieur de chez elle. C'était tout noir, ça semblait sale, et même dans l'escalier on pouvait sentir l'odeur. Je crois bien que c'était la première fois qu'elle laissait sa porte ouverte comme ça. Elle prend jamais de bain, et vous savez comment sentent les vieillards, et comment ils aiment rester enfermés chez eux dans le noir. Vraiment, ça sentait mauvais. Bon, on est passés en faisant attention, et elle a dit quelque chose. On s'est tournés, elle nous regardait, et ses yeux étaient tout mouillés. « Vincenzo n'est pas bien, elle a dit. Il va vraiment mal, cette fois. » Elle tenait une petite boîte en carton qu'elle nous a tendue. On savait pas de quoi elle parlait, mais on a regardé dans la boîte, et on a vu un petit animal mort, un cochon d'Inde je crois ; sa fourrure était noire et blanche, il avait les côtés tout frisés et il était couché sur un vieux linge blanc. « Oh, cette fois il va vraiment mal », elle a dit en secouant la tête. On savait pas quoi dire, elle nous regardait en pleurant comme si on avait pu arranger ça si on avait voulu. C'était comme si elle voulait être vraiment sympa avec nous, pour qu'on fasse quelque chose. « Il s'appelle Vincenzo, elle a dit, il est très intelligent, vous savez, il peut même se tenir debout, exactement comme vous messieurs, et il peut aussi taper des mains. » En y repensant, ses yeux ont brillé, et elle a souri. Elle a continué comme ça, comme si la petite chose était encore vivante, et qu'elle allait se dresser et taper des mains comme un bébé. Ça m'a rendu vraiment triste de la voir comme ça, si vieille, si seule, obligée de tenir le coup, avec sa façon de dire « comme vous messieurs », et tout le reste. On savait pas quoi faire, alors on a continué à l'écouter et à regarder la petite boule de fourrure. Et puis, au bout d'un moment, lui il a dit qu'il pensait qu'il était mort. Au début, j'ai pensé qu'il aurait pas dû dire ça, c'était un peu salaud, vous pigez? Mais je crois aussi qu'il fallait lui dire. Peut-être qu'elle savait déjà qu'il était mort mais qu'elle attendait que quelqu'un le dise, parce qu'elle, elle savait pas comment le dire. Tout à coup, elle a retiré la boîte, et elle l'a fixé durement pendant au moins une minute, comme si elle était très blessée et qu'elle comprenait vraiment pas comment il avait pu dire un truc pareil. Et puis elle a hoché la tête et s'est tassée un peu plus encore. Elle a rien dit, elle a pas pleuré non plus; on aurait dit qu'elle était très, très fatiguée, vous savez, et qu'elle avait plus de forces. Je lui ai demandé si elle voulait qu'on dépose Vincenzo dans l'impasse, mais elle est restée assise sans rien dire. Elle était là, assise sur les marches, en train de tenir le petit animal mort, et elle semblait terriblement petite elle aussi, et seule, et la nuit tombait, et l'escalier commençait à s'assombrir. C'est drôle, vous savez; ce petit animal devait être son ami, et elle le gardait chez elle, depuis toujours si ça se trouve, et on le savait même pas. Après ça, tout est redevenu pareil. Elle nous a jamais reparlé.

Il pleut toujours beaucoup à cette période de l'année. C'est pas plus mal. Au bout d'un moment, ça s'arrête, et tout brille comme un sou neuf. C'est bien de vivre ici. Il se passe toujours plein de choses et, une fois qu'on connaît un peu, il y a beaucoup à faire et à voir. Une fois qu'on connaît un peu et qu'on s'y est fait, on se demande comment on a pu faire pour vivre avant, là d'où on venait. Là-bas, il y a rien, vous savez, rien que des étendues désertiques et mornes, tandis qu'ici il y a tout, tout ce que vous avez rêvé d'avoir. Vous êtes jamais seul. Vous allez faire un tour en ville, et il y a toujours plein de gens qui s'amusent. Vous voyez comment ça se passe pour eux, comment ils arrivent à se débrouiller, pour avoir de l'argent par exemple, ou toutes ces belles choses, les radios, les voitures, les vêtements, les grandes maisons. Et vous aussi, vous avez envie de ces choses; vous seriez fou de pas en avoir envie. Et vous aussi, vous pouvez les avoir : elles sont *si faciles* à obtenir. Vous entrez dans ces magasins qui sont pleins de belles choses toutes neuves, et vous pouvez acheter presque tout ce que vous voulez. La plupart du temps, les gens sont très accueillants, ils sont toujours prêts à vous donner un coup de main. Ils vous connaissent pas, mais ils sont accueillants quand même; ils font un détour rien que pour vous rendre service. Ils vous serrent la main, ils vous prêtent attention, et des fois vous connaissez pas la marche à suivre, vous savez, mais eux ils vont tout faire pour vous faciliter les choses. C'est comme s'ils *voulaient* que ça marche pour vous, comme s'ils veillaient sur vous. Les gens du Relogement sont corrects eux aussi. C'est pas du tout ce qu'en dit Tosamah. Ils savent ce que c'est d'arriver quelque part pour la première fois, d'avoir peur, et tout et tout, et ils veillent sur vous. Ils payent vos frais de transport, ils vous dégotent un job, une piaule. Je crois même qu'ils vous prennent en charge si vous tombez malade. Vous avez pas à vous en faire.

« Non, môssieur Benally, vous avez pas à vous en faire. » Ça, c'est ce que dit Tosamah. Il est toujours en train de pérorer sur le Relogement, le Chômage, la *Termination* [1], et tout le reste, et ce petit gros de Cruz, toujours juste derrière lui, à sourire et à hocher la tête, comme s'il savait de quoi il s'agissait. J'ai l'habitude d'écouter Tosamah. C'est un bouffon, et il lui arrive de dire des trucs marrants, mais faut aussi savoir de quoi il retourne. C'est un vrai taon qui peut vous sucer le sang, et si vous le laissez faire, il vous tournera en ridicule à la première occasion.

Voyons voir... voyons voir... Troupeau-de-Chèvres m'a donné trois dollars, et j'ai acheté une bouteille de vin. Je me demande qui était cette belle plante au bar. J'ai deux dollars et onze cents. J'aimerais bien boire encore un coup de vin. J'aimerais bien une autre bouteille de vin... et un billet d'un dollar... et deux dîmes... et deux pennies...

1. *Termination :* nom d'un décret pris en 1953 qui impliquait la sujétion des Indiens au gouvernement des États-Unis. A comprendre comme étant le contraire de l'autodétermination, le droit des peuples à disposer d'eux-mêmes. Abrogé en 1983. *(N.d.T.)*

Ei yei! *Un nom pareil! Et en plus elle avait des thunes... des thunes sur ses pompes.*

Elle est de l'Oklahoma, je crois.

Henry, garde ce billet d'un dollar et ces deux pennies. Donne-moi douze dîmes, douze pièces d'argent brillantes... Allez Henry, en souvenir du bon vieux temps, file-moi douze pièces brillantes. Le temps, c'est d'l'argent, sers-moi un verre luisant.

Peut-être que la pluie va s'arrêter un peu.

Il a plus cherché de travail. C'est drôle comme tout va vite, vous savez? On s'est engueulés. Je pouvais plus lui parler. Il était toujours ivre mort. On se saoulait souvent ensemble, et ça se passait bien parce que ça nous détendait un peu, ça nous rendait heureux, et on pouvait se permettre de décompresser et d'oublier nos galères. Mais au bout d'un temps, après cette nuit où Martinez... ou bien ça datait d'avant, je sais pas. Peut-être que ça avait commencé chez Tosamah, ou avec cette femme blanche, qui sait? En tout cas, c'était plus drôle du tout. L'alcool lui faisait plus rien; il restait pareil, toujours assis la tête baissée, comme s'il détestait tout, comme s'il se détestait lui-même de boire comme ça, comme s'il haïssait Milly et moi. Et je pouvais vraiment pas lui parler. A chaque fois que j'essayais, il devenait fou furieux. Fallait que ça cesse, vous pigez? Je voyais bien qu'un truc moche allait arriver si ça continuait comme ça, mais je pouvais pas tout faire, aussi. Il voulait pas qu'on l'aide, et je crois que ça me rendait fou furieux, moi aussi, et un jour on s'est engueulés. Il était fait comme un rat, ignoble à voir. Il s'était vomi dessus, je crois qu'il y pouvait rien, et il restait assis à dire et à redire les pires choses imaginables. J'aimais pas entendre ce genre de trucs, vous savez ; ça m'effrayait, et je lui ai dit de changer de disque. En fait, je crois que j'étais plus effrayé que furieux, mais ce que je sais, c'est que j'en pouvais plus. J'en avais marre de m'en faire tout le temps pour lui, il devenait de pire en pire, je savais qu'il allait y avoir de la casse et je voulais pas m'en mêler. Il a continué, c'était de pire en pire, il était en furie, il déversait toute sa hargne sur moi, ça m'a rendu malade et je lui ai dit de se tirer. Il s'est levé tout de suite, il s'est mis à tituber, il était tout rouge, en sueur, il tremblait et il avait l'air vraiment méchant, vous savez, mais j'en avais rien à foutre tellement j'étais furieux. O.K., qu'il a dit, c'était dit, je pouvais aller au diable, il allait se tirer. Il allait chercher la Couleuvre, qu'il a dit ; il allait régler ses comptes avec la Couleuvre, et je lui ai dit qu'il pouvait bien y aller, que j'en avais rien à foutre. Il est parti en claquant la porte, j'étais content et je l'ai entendu descendre l'escalier en se cognant partout, et j'en avais plus rien à foutre.

Dès que je me suis calmé, j'ai eu de la peine pour lui et j'ai commencé à me faire du souci. Mais je me suis dit que ça servait à rien. Fallait que ça cesse, vous pigez ; il allait y avoir du grabuge. Il est pas revenu, et je me suis fait du souci. J'ai attendu longtemps, et il a fini par se faire tard. J'ai eu du mal à aller me coucher. Je suis resté aux aguets mais il est pas revenu. Je me suis dit que c'était peut-être une bonne chose qu'il se retrouve livré à lui-même comme ça. Ivre et malade comme il était, il pouvait pas aller bien loin. Je me suis dit qu'il s'était sûrement fait ramasser et mettre en prison ; peut-être qu'ils verraient qu'il était malade, et ils appelleraient le docteur pour le soigner. Il est pas rentré de la nuit, le lendemain je devais aller travailler, et j'étais bien content d'être occupé. J'ai bossé dur à l'atelier, et c'était comme si tout allait bien. A mon retour, il serait là et on pourrait remettre les pendules à l'heure.

Il est pas revenu pendant trois jours. Chaque soir, je rentrais à la maison tout droit du boulot, et il était pas là. J'ai été voir chez Henry, j'ai traîné un peu partout, et personne l'avait vu. Il était pas en prison. Je savais pas quoi faire. Et puis, trois nuits plus tard, j'ai été réveillé par un bruit dans l'escalier. Je suis sorti, j'ai allumé dans le couloir et je l'ai aperçu immobile dans l'obscurité en bas des marches, comme s'il était mort. La vieille Carlozini avait entrebâillé sa porte pour le regarder, il y avait un rai de lumière sur lui. Il était immobile et tout tordu. C'était lui pourtant, et il était presque mort. J'ai même cru qu'il était mort et je savais pas quoi faire. J'ai couru en bas, je savais plus où j'en étais, j'ai oublié que la lumière marchait pas et j'ai essayé d'allumer. J'ai crié à la vieille d'ouvrir plus grand sa porte, mais elle bougeait pas et j'ai été obligé de la pousser. J'ai poussé fort et peut-être qu'elle est tombée – je sais pas – mais j'ai fini par ouvrir cette porte. Il était couché sur le ventre, je l'ai retourné et j'ai failli vomir. C'était à pleurer. Il était blessé de partout, déchiré et couvert de sang. Presque tout le sang était sec ; il avait séché sur ses vêtements et dans ses cheveux. Il avait perdu énormément de sang, et sa peau était jaune pâle dans la lumière. Ses yeux étaient fermés et tout gonflés, son nez était cassé et sa bouche était tout écorchée. Et ses mains étaient cassées, mais alors complètement cassées. Je ne voyais que sa tête et ses mains, et je voulais pas ouvrir ses vêtements. J'ai été forcé de regarder ailleurs. Jamais j'avais vu quelqu'un massacré à ce point-là. J'ai voulu le remonter ici, mais il pouvait pas marcher et j'avais peur de le bouger. J'ai été prendre une couverture pour qu'il ait pas froid, et je suis sorti pour appeler une ambulance. Elle est venue très vite, et ils l'ont mis sur une civière. Il était incapable de leur parler, et ils m'ont dit que je devais venir aussi.

J'ai passé le reste de la nuit à attendre à l'hôpital. Il y avait plein de docteurs et d'infirmières en train de courir partout, personne ne m'a rien dit, et j'ai pensé qu'il était peut-être mort ou en train de mourir, et moi j'étais assis là à attendre, sans savoir où il se trouvait ni ce qui lui arrivait. Le jour a fini par se lever, et une infirmière est venue me poser plein de questions. C'étaient des questions stupides sur sa famille, son dossier médical, son assurance, et j'sais plus. J'ai pas su répondre à grand-chose et j'ai essayé de lui faire dire comment il allait. Elle a continué, comme si ces questions étaient d'une importance capitale et que je lui disais pas la vérité. Elle a dit qu'ils allaient devoir remplir un rapport pour la police, elle voulait savoir exactement ce qui s'était passé, et s'il avait des parents qui pouvaient venir immédiatement. Et finalement, elle m'a dit qu'il était inconscient et que le docteur savait pas encore s'il allait bien s'en sortir. Elle a dit que ça prendrait du temps avant que je puisse le voir et je lui ai dit que je pouvais attendre. Je crois qu'elle a vu que je m'en faisais et plus tard elle m'a apporté une tasse de café. Après, je me suis souvenu que je devais aller bosser, alors j'ai appelé Daniels pour lui dire que j'étais malade. Il a dit : O.K.

J'ai attendu toute la journée. En fin d'après-midi, ils m'ont emmené dans sa chambre. C'était tout sombre, et il était couché sur le dos en train de dormir. Ils l'avaient bien nettoyé et il avait des bandages sur la tête, le torse et les bras. Ils m'ont dit que je pouvais m'asseoir près du lit si je voulais. Je crois qu'ils avaient fait leur possible et que finalement, les choses avaient pas trop mal tourné. De temps en temps, une infirmière entrait pour jeter un coup d'œil sur lui. Il s'est pas réveillé, et finalement ils m'ont dit de rentrer chez moi.

Cette nuit-là, j'ai appelé la femme blanche ; je sais pas pourquoi mais je me suis dit qu'il fallait que je le fasse. Je voulais pas que Milly sache ce qui s'était passé et je voyais pas qui appeler d'autre. Je crois que je me suis pas bien débrouillé au téléphone. Au début, elle comprenait pas du tout de quoi je parlais, elle m'a demandé qui j'étais et pourquoi je l'appelais. J'ai dit que j'espérais que ça l'embêtait pas trop que je la dérange comme ça mais qu'il était vraiment mal en point et que je ne savais pas quoi faire d'autre. Elle a pas dit grand-chose pendant une minute, comme si elle était en train de réfléchir, vous savez, et puis elle m'a remercié avant de raccrocher. Et deux jours plus tard, elle est venue à l'hôpital.

J'étais déjà là depuis un moment. Il était réveillé et il arrivait à ouvrir un œil, mais son visage était à moitié bandé et il avait du mal à parler. Moi, je parlais de tout et de rien, vous savez, comme si tout allait bien se passer ; c'est là que j'ai fait tous ces projets. Et puis elle est entrée dans la chambre, et j'ai tout de suite su que c'était elle. Elle était vraiment pas mal, bien sapée, et on pouvait sentir son parfum. J'étais un peu embarrassé, je savais pas quoi faire et je me suis levé pour partir mais elle m'a demandé de rester. Elle s'est avancée, elle m'a serré la main et m'a encore remercié. Ma présence semblait pas la gêner et elle s'est tout de suite mise à lui parler. Elle a dit qu'elle était désolée qu'il soit malade et elle était sûre qu'il allait bientôt guérir. Elle parlait très vite, comme si elle savait exactement ce qu'elle voulait dire. Moi, ça me faisait drôle d'être là, mais elle faisait pas attention et elle a commencé à lui parler de son fils, Peter. Elle a dit que Peter avait grandi, elle avait voulu l'emmener mais il était occupé avec ses amis et il avait pas pu venir. Elle a dit qu'elle avait beaucoup pensé à *lui* et qu'elle s'était demandé ce qu'il devenait, vous savez, et elle pensait toujours beaucoup de bien de lui, et il serait toujours son ami. Peter voulait toujours qu'elle raconte des choses sur les Indiens, qu'elle a dit, et elle lui racontait souvent l'histoire d'un jeune Indien courageux. Il était né d'un ours et d'une demoiselle, disait-elle, et il était noble et sage. Il avait eu beaucoup d'aventures, il était devenu un grand chef et il avait sauvé son peuple. C'était l'histoire que Peter aimait le mieux, et elle pensait toujours à *lui*, Abel, quand elle la racontait. C'était vraiment bien comment elle avait dit tout ça, comme si elle faisait vraiment grand cas de lui, et j'ai deviné que cette histoire devait être une sorte de secret important pour elle, vous savez, et ça m'a fait honte d'être resté là à écouter. Elle a dit qu'elle était infiniment contente que je l'aie appelée, car elle aurait pas voulu manquer de le revoir pour rien au monde. J'étais content qu'elle soit venue et je crois que lui aussi mais il en a jamais parlé. J'arrivais pas à deviner ce qu'il pensait. Il avait détourné la tête, un peu comme si la souffrance revenait, vous savez.

Ei yei! Un ours! Un ours et une demoiselle! Et c'était une femme blanche qui avait imaginé tout ça, vous savez, qui avait tout inventé, et on aurait dit mon grand-père en train de me raconter l'histoire de Esdza shash nadle ou bien Dzil quigi, oui, exactement ça! C'était comment, déjà? Ah, ça y est, je me souviens; on boit un coup de vin et ça revient. C'était il y a longtemps, il faisait sombre, tu écoutais en regardant le feu et il continuait sa tâche et il continuait à parler de tout ce qu'il avait connu, et il en avait connu des choses, et il y avait pas de fin aux histoires et aux chansons.

Et quand ces choses se furent passées, les gens descendirent des mesas. Ils avaient peur de Esdza shash nadle. Ils enterrèrent la Pierre Calendaire et enveloppèrent leurs morts dans des couvertures emplumées; ils abandonnèrent leurs biens et s'enfuirent. Et là, sur le rocher où ils vivaient, ils laissèrent l'image d'un ours.

Ce fut là, mon petit-fils, ce fut à Kin tqel qu'ils tuèrent deux habitants des cavernes. Il y avait douze frères et deux sœurs. Les sœurs étaient en âge de se marier. Et il y avait deux vieillards, l'Ours et le Serpent. Ils partirent se baigner au sommet de la montagne. Ils revêtirent de beaux habits et furent changés en hommes; ils devinrent deux beaux jeunes gens très forts. Ils fumèrent des pipes. La fumée était suave et descendait de la montagne en faisant des volutes. Les sœurs rencontrèrent les traînées de fumée, elles furent charmées et grimpèrent sur la montagne afin d'en trouver l'origine. « D'où venez-vous ? » demanda la sœur aînée. « Je viens de la montagne », dit l'Ours. « Et moi je viens de la plaine », dit le Serpent. Les sœurs tirèrent des bouffées des pipes et s'endormirent. A leur réveil, elles se rendirent compte qu'elles avaient couché avec un ours et un serpent et elles en furent effrayées. Elles s'enfuirent chacune de son côté, la sœur aînée vers le pic, la cadette vers la plaine. La sœur aînée parvint enfin dans la grande *kiva* des Yei bichai. Quatre saints hommes et quatre saintes femmes vinrent l'accueillir. Les femmes lui firent prendre un bain avant de l'oindre et puis elles l'aspergèrent de farine de maïs et de pollen. Elle donna naissance à une fille qui avait des touffes de poil derrière les oreilles, sur les bras et sur les jambes. Et puis le Yei dit aux gens d'entonner le Chant de la Montagne, et depuis ce temps la sœur aînée fut appelée l'Ourse-Demoiselle.

Par la suite, un garçon naquit, et l'Ourse-Demoiselle l'abandonna. L'enfant pleura, un hibou l'entendit et vint l'emporter. L'enfant grandit et devint fort. Il allait devenir chasseur, et le hibou eut peur et voulut le tuer. Mais le vent parla à l'enfant et lui dit de s'enfuir ; il fallait qu'il se dirige vers l'est en suivant le Rio Mancos.

Il atteignit sa majorité, épousa la fille aînée d'un grand chef et devint guérisseur. Mais la fille cadette était belle et il songeait sans cesse à elle. Il coucha avec elle sans qu'elle sût qui il était. Puis elle le sut. Elle allait avoir un enfant et elle eut honte. Et quand l'enfant naquit, elle le cacha parmi les feuilles. L'enfant fut trouvé par l'Ours.

Avec la beauté devant moi,
Avec la beauté derrière moi,
Avec la beauté au-dessus de moi,
Avec la beauté au-dessous de moi,
Avec la beauté tout autour de moi...

Ce soir, il fait sombre et il pleut sur la colline, alors que la nuit dernière était fraîche et claire. On s'était éloignés tous les deux, on pouvait entendre les chants et voir les étoiles. C'est drôle mais on n'avait pas envie de se retourner. On savait que les lumières étaient là, alignées là-bas, au loin, et c'était beau. Je crois qu'on avait pas besoin de regarder pour savoir que c'était grand et beau, que tout était là, et qu'au-delà il y avait rien d'autre que l'eau noire et le ciel. Mais on avait pas envie de se retourner. On entendait les chants et on voyait les étoiles. Il y avait un vague halo jaunâtre, comme de la fumée dans le ciel, mais le ciel était trop vaste, et au centre on pouvait voir les étoiles, si petites et si tranquilles. Et lui il allait rentrer chez lui.

J'ai prié. Il allait rentrer chez lui et j'ai eu envie de prier. Veille sur moi, ai-je dit. Chaque jour, veille sur moi et écoute-moi. Et on allait chevaucher ensemble vers les collines. On allait voir comment c'était, comment ça avait toujours été, comment le soleil se levait avec une petite brise, comment la lumière se répandait sur tout le paysage. On va se saouler, j'ai dit. On va être tout seuls, on va se saouler et on va chanter. On allait chanter sur ce qui avait toujours été, ça allait être bien et ça allait être beau. Ça allait être la dernière fois. Et il allait rentrer chez lui.

4

Le coureur de l'aube

Walatowa, 1952

Le 27 février

La rivière coulait, sombre et rapide, et le long des rives des pans de glace reposaient sous une croûte de neige. La vallée était grise et froide, la masse obscure des montagnes s'estompait à l'horizon, un grand nuage de neige et de brume mêlées demeurait immobile dans les profondeurs du canyon. Les champs étaient incolores, dénudés, et l'enchevêtrement de branches grisâtres qui surplombait les vergers évoquait des bois de cerf et des ossements. En cette fin d'après-midi hivernal, le village semblait s'être replié sur lui-même. Le haut des maisons et les *vigas* [1] étaient détrempés. De minces colonnes de fumée noire s'élevaient au-dessus des toits, elles s'élargissaient et allaient se suspendre au plafond bas du ciel. Les rues étaient vides ; les pieux des clôtures et les pierres recouverts de monticules de

1. Eléments de l'architecte du sud-ouest des États-Unis (Nouveau-Mexique surtout). Ce sont des poutres faisant saillie sur les murs à l'extérieur des habitations. *(N.d.T.)*

neige durcie et cassante, mêlée de glèbe et de cendres. Nulle trace de soleil, juste cette lumière froide, ténue et uniforme, qui éclairait chaque recoin du pays sans faire d'ombre ; tout était environné d'un silence que le tintement de la cloche ne parvenait pas à rompre. Aucun mouvement n'était visible, à l'exception de brefs jaillissements de fumée. Hors de la ville, sur l'ancienne route du sud, la neige intacte recouvrait les rochers, les genévriers et les dunes. Un vieux lièvre énorme traversa le versant de la colline en une succession de bonds saccadés avant de se fondre dans la neige.

Le père Olguin se trouvait dans son appartement du presbytère. Il était seul et s'affairait dans les pièces assombries. En sept ans, il avait eu le temps d'apprendre à envisager d'un œil serein ses obligations et ses projets. L'incendie qui jadis enfiévrait son esprit s'était graduellement éteint ; à présent, il savait s'épargner toute agitation stérile et tout mouvement de désespoir. Il avait pris de l'âge. Il ne se considérait pas comme quelqu'un d'heureux (il n'éprouvait d'ailleurs que dédain pour cette singulière abstraction), mais plutôt comme un homme pondéré, en paix avec lui-même. En fin de compte – et peut-être de la seule manière possible – il avait atteint son but principal : établir un pacte entre la ville et lui-même. Certes, il subsistait un vieux fossé infranchissable creusé par ce sentiment d'exclusion, aussi subtil qu'indéniable, inhérent à tout processus de déracinement, mais la plupart du temps, il parvenait à bannir cette impression, laquelle ne se manifestait plus que par de rares bouffées d'irritation froide venant perturber le cours ordinaire de ses pensées, sans entamer pour cela ses convictions les plus intimes : rien de plus que le prix de sa solitude sacrée et inviolable. Cette sécurité, il l'avait appelée de tous ses vœux, et c'était bien à *son* initiative, par *son* acte de renonciation, et non celui des gens de la ville, que s'était instaurée cette distance tacite entre eux et lui. En définitive, ses rapports avec la population s'étaient avérés plutôt positifs. Il avait montré l'exemple de la piété, et dans une certaine mesure, le développement des bonnes œuvres était à placer à son crédit. A de rares intervalles, il allait chercher sur le second rayon du haut de sa bibliothèque le journal empoussiéré de Fray Nicolas, objet qu'il considérait à présent sans gêne aucune, avec un respect mêlé de familiarité, une sorte de bienveillance solennelle ; il le tenait ouvert entre ses mains, tel un bel oiseau rare dont la beauté l'eût emporté sur la corruption et qui lui permettait d'accomplir aisément le petit exercice spirituel qui toujours le ramenait dans la voie de la foi et de l'humilité.

Abel était assis dans la pénombre de la maison de son grand-père. Le soir allait tomber, et la grisaille commençait à s'intensifier à la fenêtre. Toute la journée, il était demeuré ainsi, la tête baissée dans le noir, ne se levant qu'afin d'entretenir le feu et d'observer le visage du vieil homme. Et il était demeuré ainsi la veille et l'avant-veille. Depuis son retour, il était resté comme ça une partie de la journée. Les deux premiers jours, il était sorti pour s'enivrer ; le troisième jour, il avait voulu en faire autant, mais il n'avait plus d'argent, le froid était mordant, et il avait mal partout. Six jours durant, il avait attendu l'aube pour écouter la voix de son grand-père. Cette voix, il l'entendait à présent, mais elle ne voulait rien dire : de simples mots lancés en l'air qui retombaient aussitôt dans l'insignifiance.

Le vieux Francisco était en train de mourir. Toute la matinée, il avait été parcouru de frissons et s'était plaint du froid bien que la pièce fût chauffée par le feu de la cheminée et qu'il reposât sous trois couvertures et le pardessus gris d'Abel. A midi, il avait perdu connaissance, tout comme les deux jours précédents. A l'aube, il reprenait vie, reconnaissait Abel, il parlait, il chantait même. Cependant, sa voix s'affaiblissait au fil des jours, jusqu'à devenir presque inaudible, et ses mots retombaient dans l'insignifiance : « *Abelito... ketha ahme... Mariano... frio... se dio por... mucho, mucho frio... vencido... aye, Porcingula... que blanco, Abelito... diablo blanco... Sawish... Sawish... y el hombre negro... si... muchos hombres negros... corriendo, corriendo... frio... rapidamente... Abelito, Vidalito... ayempah? Ayempah!* »

Abel attendait et écoutait. Il se demandait que faire. Tout à l'heure, à l'aube, il avait voulu parler à son grand-père, mais n'avait su que dire. Il écoutait le maigre filet de voix qui s'écoulait dans les ténèbres, et il attendait, réduit à l'impuissance. Son esprit était suspendu aux derniers mots, mais ils ne menaient nulle part. Son propre malaise s'était mué en désespoir. Longtemps il avait été malade. Ses yeux le brûlaient, son corps tressaillait, et il ne savait que faire. Il se sentait oppressé par cette chambre, comme toujours, cette chambre où la voix de son grand-père et tant d'autres s'étaient élevées et avaient résonné si longtemps que les murs semblaient en être imprégnés. Cet intérieur sombre, exigu, représentait tout ce qu'il savait de l'infini. C'était là qu'il était né, c'était là que sa mère et son frère étaient morts. A cet instant précis – et pareil instant pouvait durer des heures, des jours – il ne se souvint pas en être jamais sorti.

La voix était fluette, les mots débités à une telle allure que ce n'étaient plus des mots. Le feu allait s'éteindre. Il se leva pour allumer la lampe. Les murs blancs émergèrent de la pénombre et les objets de la pièce apparurent ; des ombres dansèrent sur la blancheur des murs, tandis que soudain les vitres des fenêtres s'obscurcirent et s'opacifièrent, au point qu'un terne miroitement s'opposa désormais à toute vision. Le simple fait de se lever et de traverser la pièce lui remémora son corps endolori ; il s'agenouilla et mit du bois dans la cheminée. Il attendit que le feu prît, et il put voir les petites flammes pointues s'enrouler autour du bois crépitant, les escarboucles étincelantes voleter au-dessus de l'âtre noir et terreux. Les murs les plus éloignés parurent s'illuminer faiblement et émettre des ondes de lumière jaune ; la lueur des flammes baissa et vint se tordre sur le lit, jusqu'à lécher les cheveux et le visage du vieil homme. Sa respiration se fit précipitée et caverneuse. La silhouette incertaine de son corps s'élevait et retombait, ses râles s'accrurent, ses yeux étaient exorbités, son regard s'égarait.

Abel lissa le pardessus et le ramena sous le menton de son grand-père. Le visage du vieil homme était brûlant, ses lèvres craquelées et parcheminées. Abel mouilla un linge et humecta avec douceur la bouche de son grand-père. Il voulut essuyer ses yeux, mais ils restaient désespérément grands ouverts, aussi se contenta-t-il d'appliquer le linge frais sur son front. Il n'y avait plus rien à faire, il se rassit à la table et se prit la tête dans les mains. Les murs tremblaient autour de lui, le feu commençait à ronfler et à rugir, une légère buée se formait sur les vitres froides et noires. Un reflet mat jouait sur les bouteilles vides qui jonchaient la table, et le verre déformait les motifs de la vieille toile cirée. Le niveau du kérosène était bas dans le réservoir vert de la lampe, et, de temps à autre, une traînée de fumée du noir le plus pur s'élevait hors du globe. Comme l'heure avançait, il somnola un peu sans cesser de percevoir le faible écho de la voix de son grand-père, ce souffle profond, cette respiration lointaine qui allait se maintenir ainsi jusqu'à l'aube... jusqu'à une autre – une aube de plus. Chaque jour, la voix s'était encore un peu plus brisée, pour seulement renaître à l'aube. Le vieil homme avait parlé six fois dans l'aube, et la voix de sa mémoire avait grandi, intacte et claire, comme l'aube.

A présent, ses petits-fils étaient assez âgés et, à la première lueur, il les emmena au vieux Campo Santo situé au sud-ouest du Milieu. Quand ils furent parvenus à l'extrémité de la roche blanche et basse, il leur demanda de se tourner vers l'est. La mesa noire leur apparut à la première lueur, et il leur apprit que le soleil y tenait demeure. Ils devaient apprendre le contour entier de la mesa noire, ils devaient le connaître comme ils connaissaient la forme de leurs mains, par cœur et pour toujours. Chaque jour, le soleil se levait à un endroit différent. Il commençait sa course ici, sur un point du versant médian, il ne bougeait plus pendant le solstice, puis au fil des jours, il formait une ligne vers le sud qui épousait le plateau, qui s'approchait plus ou moins pendant les lunaisons et qui reculait à nouveau. Ils devaient connaître la longue trajectoire du soleil sur la mesa noire, savoir comment l'astre se déplaçait selon les saisons et les années, et ils devaient vivre en accord avec les apparitions du soleil, car ainsi seulement ils pourraient se situer, eux-mêmes et chaque chose, dans l'espace et aussi dans le temps. Là, quand le soleil se levait sur la butte arrondie, c'était le moment de planter le maïs, et là, où le pan le plus élevé s'inclinait un peu, c'était le jour de la course des coqs, six jours avant la poursuite du Taureau noir et la danse du Petit Cheval, sept jours avant la commémoration de l'immigration pecos, et là, et là, et là, les danses secrètes, tous les quatre jours pendant les fêtes de la kiva, *la lune propice au sarclage, le temps des moissons, la chasse du lièvre, celle du sorcier, toutes les journées des clans et des Sociétés ; et là, juste sur le col, où le ciel était plus bas et plus brillant que partout ailleurs sur les collines noires, le déblaiement des fossés en prévision des pluies de printemps, et enfin, la longue course des hommes noirs à l'aube.*

Toutes ces choses, il les conta à ses petits-fils, soigneusement, lentement, longuement, parce que c'étaient des choses anciennes et vraies, et qu'elles risquaient de se perdre à jamais, aussi facilement qu'une génération est oubliée par la suivante, aussi facilement qu'un vieillard finit par perdre la voix, s'il ne s'en est pas assez servi, s'il a trop peu parlé, ou même pas du tout. Mais ses petits-fils savaient déjà tout cela; non pas les noms des positions précises et quotidiennes du soleil par rapport à sa demeure, mais plus généralement, les mouvements et les significations du grand calendrier organique lui-même, l'émergence de l'aube et du crépuscule, de l'été et de l'hiver, le cycle précis du soleil et de tous les soleils présents et à venir. Et comme il savait qu'ils savaient, il les emmena avec lui dans les champs où ils creusèrent la terre, effleurèrent le maïs et mangèrent des melons doux au soleil.

Il était une fois un jeune homme qui chevauchait vers le nord-ouest sur un poulain doré tout en conduisant un cheval de chasse, à travers la rivière, au-delà des parois blanches et de la plaine, au-delà des collines et des mesas, des canyons et des cavernes. Quand les chevaux ne purent continuer parce que la face du rocher était presque verticale et que les anciennes prises étaient devenues des ombres au cours des siècles de vent et de pluie, il escalada les murailles et les cimes, sans avoir besoin d'employer toute sa force, en s'accrochant au rocher comme de la vigne vierge, en appliquant avec précaution tout son esprit et son corps sur l'à-pic, en répartissant instinctivement son poids sur d'invisibles anfractuosités, et il entendit la plainte du vent qui gémissait dans les fissures, comme un écho des voix anciennes, et il vit les chevaux loin au-dessous dans le défilé ensoleillé. Les cavernes lui apparurent enfin. Il se trouvait sur une corniche étroite, devant l'entrée d'une grotte scellée par une membrane de fils d'argent qu'il écarta de la main. Il se courba pour entrer et s'agenouilla sur le sol. L'intérieur de la caverne était frais, sombre et exigu; il sentit l'humus, la mort et les anciens feux, comme si l'air avait stagné derrière la membrane depuis des siècles. Des cendres formaient un monticule sur le sol, et ses pas s'enfonçaient dans l'argile vitrifiée par le sang des animaux. La voûte burinée était basse, noircie de fumée, et le mur circulaire formait un arrondi parfait de roche et de plâtre. Ici et là des écuelles de terre cuite, dont la plus grande, seulement ébréchée sur les bords, était profonde et brûlée à l'intérieur; elle était très belle, très fine et d'apparence fragile, mais quand il la frappa de l'ongle, elle rendit un son métallique. Il y avait une métate noire près de la porte, un bol peu profond dont le grain grossier et igné portait d'immémoriales traces de farine; dans les cendres du feu, il vit plusieurs épis de maïs, de la taille d'un pouce humain, carbonisés et d'allure cassante, mais en fait durs comme du bois. Et là, parmi les objets des morts, il prêta l'oreille au silence environnant et n'entendit que le murmure du vent... puis le bruissement d'un grand oiseau en piqué – du coin de l'œil, il distingua l'ombre horrible qui s'élançait à contre-jour –, le frôlement des ailes contre la paroi et le couinement d'un rongeur. Au même instant, les ailes gigantesques soulevèrent lentement le petit poids mort et disparurent.

Tout l'après-midi, il se dirigea vers la cime de la montagne bleue, et enfin il fut sur les hauteurs, parmi les pentes boisées et les éboulis. Le soleil disparut derrière la montagne et le crépuscule atteignit les arbres. Il progressait dans la lueur mourante vers le sommet du pays. Tout l'après-midi, il vit des traces d'animaux sauvages et entendit le bruit des feuilles mortes et le cassement des branches de chaque côté. Deux fois, il vit des cerfs, immobiles, en harmonie avec l'ombre et la lumière, qui l'observèrent un instant avant de se rembucher. Bien qu'ils fussent à portée de fusil, il les laissa en paix mais enregistra machinalement leur position, leur prestance, leur réaction de peur et de fuite, leur âge et leur poids.

Il vit aussi des traces de loups et de cougars, les empreintes profondes d'un ours assez jeune, et puis, à la dernière lueur, il arriva dans une petite clairière. C'était un bon endroit, idéal pour bivouaquer, et il avait eu la chance d'y être parvenu quand il pouvait encore voir. Un arbre mort gisait en travers d'un lit de pierres, sans terre humide ni feuilles mortes dessus, et le bois produisit un feu presque exempt de fumée. La forêt alentour était si touffue que la lumière et le crépitement du feu se trouvaient confinés dans la clairière. Il attacha les chevaux aussi près du feu que possible, étendit la couverture et mangea. Adossé à sa selle, il dormit d'un œil, surveillant le feu et gardant son fusil chargé contre lui.

Un brusque mouvement des chevaux le fit sursauter. Ils s'étaient relevés, frémissants, le cou tendu, tournés vers la sombre masse des arbres les plus proches. Il pouvait voir le blanc de leurs yeux, les oreilles rabattues sur la crinière hérissée, et le frissonnement presque imperceptible de leur croupe. Et au même instant, il distingua une forme svelte et noire qui musait sous les arbres, et puis d'autres, assises immobiles tout autour avec de petites oreilles pointues, les yeux doux et luisants, des formes bienveillantes et discrètes; le regard des têtes grises souhaitait la bienvenue et exprimait une bonne volonté farouche. Et il était jeune et c'était la première fois qu'il se trouvait parmi elles, et il leva son fusil sans faire de bruit. Son regard se porta d'une forme à l'autre, mais elles ne firent aucun signe, si ce n'est tendre la tête encore un peu plus, tranquillement assises au loin dans les ténèbres, comme une portée de petits chiens timides et émerveillés. Il avait traqué l'ours avec une grande âpreté; celui-ci était proche, quelque part dans la nuit, sans nul doute conscient de la présence de l'homme, puisqu'il n'avait cessé de le devancer de quelques heures au cours de l'après-midi et de la soirée, maintenant toujours la même allure méthodique, peu pressée, sûr de sa position, de celle de son poursuivant, et de l'intervalle entre eux deux, toujours hors de vue de justesse, presque hors de portée de l'ouïe. Et à présent il était là dans l'obscurité, immobile et invisible, en attente, ne souhaitant pas rompre la quiétude de la nuit, n'osant profaner cette heure empreinte d'absolu; c'était le temps du repos et du réconfort, le temps de l'offrande mortelle du chasseur et du triste guet du chassé, ce dernier attendant quelque part au loin dans les froides ténèbres, savourant sa vie à chaque souffle, marmonnant finalement son pardon et son consentement; le silence était essentiel à cette rencontre car il formait une sorte de lien entre eux, un lien ancien, un lien incorruptible. De part et d'autre, la lâcheté n'était pas de mise. Il reposa son fusil, alla parler à voix basse aux chevaux afin de les rassurer, et puis il alimenta le feu; les formes grises rejoignirent l'obscurité, et au matin elles avaient disparu.

C'était la grisaille qui précède l'aube, et il y avait une mince couche de givre sur les feuilles; il sella les chevaux et se mit en route dans le sens du vent en suivant les traces. Au lever du soleil, il parvint au sommet de la montagne. Pendant des heures, il suivit la crête, et il put voir le paysage à des kilomètres à la ronde. C'était la fin de l'automne, le temps était clair, et les grandes pentes brillantes, vertes et bleues, surgissaient des ombres de chaque côté du sentier; il voyait les frondaisons jaunes des trembles resplendir au soleil, les minces lignes blanches de l'écorce, et loin au-dessous, dans les profonds replis du paysage, les cimes des pins noirs qui oscillaient au vent. En milieu de matinée, il atteignit un col et parvint sur l'immense piton rocheux où la piste se perdait. Un ancien cours d'eau coulait sur sa gauche, large et peu profond d'abord, puis qui allait en se resserrant un peu plus loin en bas. Il attacha les chevaux et descendit le rocher à pied, en se servant de son fusil pour préserver son équilibre. Il progressa lentement, tranquillement, jusqu'à une grande cheminée creusée au centre du rocher. De chaque côté, la paroi abrupte donnait sur un grand ravin et, au-delà, sur la lisière de la forêt; il vit d'abord la trace sur la terre, là où l'ours avait quitté le rocher et glissé, et ensuite des trouées dans la broussaille du ravin. Il pensa à suivre le même chemin; ce serait rapide et aisé; plus il s'approchait de sa proie, plus il devenait nerveux, mais il fallait éviter de faire du bruit en se pressant ainsi. L'ours le sentait venir, il savait mieux que lui-même à quel point il était proche, il devait l'observer depuis le bois, l'attendre même. Il fallait toujours éviter de faire du bruit en se pressant. Les parois de la cheminée étaient abruptes et lisses; elles convergeaient au bord du ravin à quelque huit mètres plus bas au-dessous; le fond était couvert de mélilot, de castillèje et d'armoise. Il tendit les bras autant que possible et lança le fusil qui retomba presque sans bruit sur les hautes touffes de mélilot; la crosse émit un reflet mat et le long canon miroita et courba les tiges vertes et jaunes. Il s'engagea dans la cheminée, petit à petit, uniquement soutenu par la tension de ses membres sur les parois. La descente fut lente, ardue et, vers la fin, ses bras et ses jambes commençaient à trembler, mais, comme il était jeune et fort, il sauta depuis l'extrémité du rocher sur le sable au-dessous, ramassa le fusil et continua, sans hâte, en conformant son allure à celle de l'ours, en surveillant les traces de l'animal, en marchant même dans ses empreintes, en suivant le bord du ravin à travers les arbres, sans plus de précaution, conscient seulement de s'avancer, de s'approcher, les yeux fixés sur les traces.

Et quand il leva enfin les yeux, la forêt entourait un étang de lumière, et l'ours était là, petit et immobile de l'autre côté des fourrés, insouciant, inattentif, distrait. Il leva le fusil ; l'ours se redressa et tourna la tête sans trahir le moindre effroi. Dans l'ombre profonde, il était petit et noir, diapré de lumière, tourné aux trois quarts, debout dans une immobilité parfaite, l'échine un peu voûtée, avec sa tête aplatie et ses yeux noirs qui le fixaient par-dessus l'épaule. L'ours était jeune et gras ; son bas-ventre ainsi que l'arrière de ses jambes courtaudes et épaisses étaient recouverts de sa fourrure hivernale, terne et poussiéreuse, plus longue et plus fine que sur le reste de son corps. La main de l'homme agrippa la crosse, il fit feu, l'écho de la brève détonation résonna sur les parois et s'éleva sur les pentes ; il entendit la soudaine dispersion des oiseaux et vit quantité d'ombres détaler aux alentours. La balle claqua dans la chair et ébranla la totalité du corps noir, mais sa tête ne bougea pas et ses yeux restèrent braqués sur lui. Alors, et pour un instant seulement, l'ours montra un empressement triste et absurde ; il se détourna et s'éloigna de sa démarche pesante, sans crainte ni douleur, mais en hâte, d'une manière irréfléchie, un simple pas, puis deux, puis trois, et c'en fut fait. Il frémit, regarda une fois encore autour de lui et tomba.

La traque était terminée, et maintenant seulement il pouvait se dépêcher; c'était fini et bien fini. La blessure était petite et nette, derrière la patte antérieure et au bas du ventre, là où la fourrure et la chair étaient minces. Il n'y avait pas de sang à la bouche. Il sortit sa bourse de pollen et traça des lignes jaunes au-dessus des yeux de l'ours. Bientôt, il allait être midi, alors il se pressa. Il éventra l'ours et écarta les chairs avec des éclisses, de façon à ce que le sang ne coulât pas sur la fourrure et ne souillât pas la peau. Rapidement, il dévora un morceau du foie de l'ours et prit le reste tout en pensant à ce qu'il lui restait à faire. Pour cela, il dut se rappeler la descente du rocher, toute la configuration du pays et tous les points de vue depuis la crête. Il progressa à vive allure, parcourut quatre cents mètres de ravin, jusqu'à un endroit proche de la crête où les chevaux pouvaient poser le sabot. Il était couvert du sang de l'ours. Dans sa main, le foie était chaud et humide. Lorsqu'il rejoignit la crête, le poulain roula des yeux fous et recula, la crinière hérissée; il broncha, et ses sabots claquèrent sur la roche. Il s'approcha lentement, lui parla et s'empara des rênes. Le cheval de chasse les regardait avec l'indifférence de son grand âge, en remuant la queue. Il n'y avait pas de temps à perdre. Il tendit les rênes, vrillant le mors dans la bouche du poulain, et sa voix s'éleva et résonna. Lentement, il présenta la chair de l'ours devant les naseaux frémissants du poulain et lui en tamponna doucement la bouche.

Pour descendre de la montagne, il chevaucha le poulain, en guidant le cheval de chasse qui portait l'ours; tout comme le vieux cheval de chasse et le jeune ours noir, le poulain et lui venaient d'atteindre leur majorité; eux aussi étaient devenus des chasseurs. Cette nuit-là, il campa loin en bas dans la pénéplaine, il vit les étoiles et entendit les coyotes qui hurlaient près de la rivière. Tôt le matin, il entra dans le village. Il était un homme à présent, un homme couvert du sang d'un ours. Il cria, et les hommes en armes se portèrent à sa rencontre ; il leur donna des lambeaux de la chair de l'ours, qu'ils enroulèrent autour du canon de leur fusil. Bientôt les femmes vinrent avec des baguettes, elles parlèrent à l'ours et tendirent sa peau avec. Hommes et femmes exultaient autour de lui, tandis qu'il chevauchait, le visage grave, les yeux fixés droit devant lui.

Elle était l'enfant d'une sorcière. Elle était sauvage, farouche, comme sa mère, cette vieille femme Pecos qu'il redoutait tant, que tout le monde redoutait, parce qu'elle avait de longs poils blancs autour de la bouche, parce qu'elle les haïssait et ne parlait jamais à personne. Cependant, sa fille était jeune et belle, et elle s'appelait Porcingula. Les femmes du village murmuraient sur son passage, mais elle se contentait d'en rire puisqu'elle faisait ce qu'elle voulait de leurs fils, et ses yeux de braise leur renvoyaient leur mépris.

C'était par une chaude nuit d'été, et elle l'attendait au bord de la rivière. Il fit quelques pas sur le sable de la rive et ne la vit pas. Il regarda alentour et appela son nom. Il n'y eut pas de réponse, la rivière coulait au clair de lune, et les feuilles du peuplier se détachaient contre le ciel, immobiles et noires. Et enfin, elle sortit de sa cachette, en riant comme une diablesse. « Eh bien, tu es en avance, après tout, dit-elle, et Mariano n'en avait pas fini avec moi. » « Viens », dit-il en pressant ses mains contre sa poitrine. Il l'attira à lui et l'embrassa sur la bouche. Mais d'abord il fallait bien qu'elle s'amuse à le taquiner un peu : n'était-il pas sacristain désormais ? Ne s'appelait-il pas Francisco, n'avait-il pas été engendré par le vieux prêtre poitrinaire ? Son père ne lui avait-il pas appris qui elle était ? Et elle aurait pu continuer longtemps ainsi à le faire marcher s'il ne l'avait caressée. Elle se fit docile, mais son corps se raidit tant elle était affamée. Elle l'attira sur le sable, prit ses mains et lui fit explorer sa chair nue, la courbure de son ventre tiède, les longues profondeurs ombrées de ses cuisses, et puis enfin elle guida ses doigts vers l'aine, à la lisière de sa toison, jusque dans la chair humide, brûlante, béante qui tressaillit à son contact, l'aspira et se referma sur lui. Alors, elle se déchaîna, s'enflamma, elle écarta ses cuisses, et il la pénétra brusquement, d'un seul coup, durement et profondément, et elle se contorsionna sous lui, se tordit et se répandit en supplications et malédictions, puis elle tenta de reprendre son souffle et s'agrippa à lui, elle lui talonna le dos et lui griffa les épaules de toutes ses forces, tandis qu'il allait et venait en elle sans relâche, s'enfonçant à chaque fois au plus profond de ses reins.

Elle rit, pleura et puis porta son enfant pendant tout l'hiver et, comme la délivrance approchait, elle devint de plus en plus belle. La lueur farouche disparut de ses yeux, le rire cinglant et strident déserta sa voix, son regard s'adoucit, s'attrista, devint adorable et profond, et elle se transforma en une petite personne intègre, entièrement dévouée à lui. Mais lui se méfiait. Les femmes du village chuchotaient entre elles, le vieux prêtre rasait les murs en regardant par-dessus son épaule. Et parfois, la nuit, quand elle était couchée à son côté, il se rappelait qui elle était et il lui tournait le dos. L'enfant mourut à la naissance, elle s'aperçut que la vision du petit corps l'avait effrayé, et c'en fut fini. L'étincelle farouche revint hanter son regard : elle retomba dans l'ornière en riant.

« Abelito ! Andale, muchacho ! »

Bientôt il irait aux champs, mais d'abord il avait quelque chose à faire et il dit à Vidal de prendre le chariot et de partir en tête. Il fit monter son petit-fils cadet devant lui sur le cheval, et ils sortirent du village en direction du nord. Ils traversèrent le vaste arroyo Bajo qui coulait au sud-est depuis Vallecitos et parvinrent à l'entrée de la vallée. Là, dans la plaine, entre les collines bleues et le contrefort des parois rouges, se trouvait le rocher rouge et circulaire. Comme ils venaient du sud, cela leur parut d'abord être une simple éminence, un petit promontoire perdu dans la plaine, mais lorsqu'ils furent arrivés juste devant, l'horizon sembla reculer. Il aida le garçonnet à descendre de cheval, et ils se tinrent à l'extrémité nord du rocher, tandis que la face abrupte du rocher rouge plongeait quinze mètres plus bas dans la plaine. Les champs les plus proches s'étendaient au-dessous d'eux, et ils pouvaient dénombrer une bonne centaine de collines jusqu'à l'embouchure du canyon. « Écoute », fit-il, tandis qu'ils se tenaient parfaitement immobiles au bord du rocher. Le soleil fit son apparition au-dessus de la vallée, une brise matinale souffla depuis les ombres, et à l'est, la longue ligne noire de la mesa parut s'éloigner. Loin au-dessous, la brise parcourut le maïs en herbe et le fit étinceler ; alors, ils entendirent les pas de course; tout d'abord, ce fut un bruit vague et lointain, puis le rythme se précisa, c'était une centaine d'hommes qui couraient, deux cents, trois cents peut-être, qui couraient à une allure mesurée, aisée et éternelle, une centaine d'hommes qui couraient à l'unisson. « Écoute, dit-il, c'est la course des morts, elle arrive ici. »

C'était au mois de novembre. La longue file des chariots s'étendait sur la route, on entendait le faible crépitement des feux et le bourdonnement assourdi des voix provenant du village. Le ciel avait été grisâtre toute la matinée, et des bancs immobiles de fumée grisâtre s'attardaient encore au-dessus des toits. De pâles escadrilles d'oies sauvages survolaient la rivière au sud. Cependant, à midi, la fumée se dissipa, le ciel s'éclaircit, le temps fut clair et froid, et le paysage se para de couleurs vives. Les murs revêtirent une teinte dorée, les feux firent resplendir la terre, et le soleil frappa les tresses de piments écarlates qui semblaient saigner, suspendus aux vigas. *Quand le Clan de la Courge sortit de la* kiva, *il était parmi eux, un peu à l'écart avec le tambour. Les danseurs prirent leur place et il attendit; il lui sembla qu'ils mettaient du temps à se préparer, et il attendit. Comme il n'avait jamais porté le tambour auparavant, il était embarrassé et intimidé. Tous allaient le jauger, les Anciens, les chanteurs et les notables. D'ailleurs, ils l'observaient déjà. Il portait un pantalon blanc maintenu par une ceinture argentée qu'il avait empruntée. Il s'était fait une queue de cheval qu'il avait attachée avec un ruban tout neuf, et il s'était maquillé sous les yeux avec de la couleur rouille.*

Il essayait d'anticiper les chansons, toutes les figures et les pas des danseurs, le crépitement des crécelles, les pauses dans les chants, les ruptures de rythme, mais tout se mélangeait dans son esprit, et il attendait sous les yeux des aînés, fébrile et empli d'appréhension. Les chants commencèrent, doux et lointains, les deux danseurs en tête de file s'avancèrent, bientôt suivis par les autres, et les deux colonnes s'étirèrent lentement en un parfait mouvement. Le tambour retentit comme le tonnerre sous sa main, sans qu'il se souvînt avoir frappé la peau. C'était arrivé, et il n'avait plus peur – il ne pensait même plus à la peur. Désormais insouciant, il suivit des yeux le sillage des danseurs et il sentit son esprit prendre de l'altitude, tout comme les crécelles qui s'élevaient au-dessus des longues lignes parallèles et mouvantes. Il n'avait plus besoin de voir, tout comme les danseurs n'avaient pas besoin de voir le tambour pour danser. Leurs pieds frappaient le sol en cadence, tandis que sa main suscitait un roulement de tonnerre sur le tambour, mais c'était là une seule et même chose – un mouvement fait de sons. Il perdit la notion du temps. Un Ancien vint auprès de lui, qui tenait un tambour plus grand que le sien et encore un peu brûlant d'avoir été chauffé. Il attendit, continua de battre sans compter la mesure, sans crainte de manquer le passage, se contentant de hocher la tête en rythme. Et quand le moment vint, à mi-parcours, il croisa les baguettes sur la peau surchauffée, et soudain le tambour chaud et lourd lui fut remis, et l'Ancien se détourna – et rien ne se perdit, rien ; le temps ne fut pas perdu, il n'y eut aucun hiatus dans le mouvement des corps et des esprits, seulement un étrange changement de ton, un son un peu plus sourd sur la peau chaude et tendue du tambour. C'était parfait.

Et quand ce fut fini, les femmes du village vinrent apporter des paniers remplis de nourriture. Elles se mêlèrent à la foule des chanteurs et des spectateurs, lançant la nourriture afin de célébrer le parfait accomplissement de sa performance. Depuis lors, il put s'exprimer au sein du clan et, l'année suivante, il guérit un enfant qui avait été malade depuis sa naissance.

A un certain moment, il sut qu'il ne pouvait plus continuer ainsi. D'emblée, il avait adopté une mauvaise allure, celle d'un autre homme, d'un homme meilleur que lui, il avait vu l'homme atteindre presque le summum de sa puissance sans même s'être échauffé, progresser sans le moindre effort, le dépasser et s'éloigner. Et lui, comme un imbécile, il avait mordu à l'hameçon, il avait gobé l'appât d'un seul coup et s'était laissé battre à plate couture. Ses poumons n'allaient pas tarder à éclater, ils le brûlaient déjà, et cette souffrance lui coupait jusqu'à son dernier souffle ; bientôt, il allait trébucher et s'effondrer. Mais cela passa. Cet instant passa, le suivant puis encore le suivant, et il courait toujours, et toujours il pouvait voir la sombre silhouette de l'homme qui le devançait dans les tourbillons de brume, comme une ombre immobile. Alors, il talonna cette ombre et courut en dépassant sa souffrance.

Le 28 février

Abel s'éveilla en sursaut. Il était tout à fait réveillé et il écoutait. La lampe s'était éteinte. C'était le silence qui l'avait réveillé. Nul son ne se faisait entendre dans la pièce. Il se redressa et jeta un regard vers le coin où gisait son grand-père. Les braises étaient encore rougeoyantes et répandaient une douce lumière sur le mur. Dehors, il n'y avait pas de vent, pas de bruit; seul un petit filet d'air froid s'était insinué au cours de la nuit, créant une fraîcheur de cave sur la terre battue. Il ne vit aucun mouvement et il sut que le vieil homme était mort. Il regarda les vitres, ces carrés charbonneux qui ne reflétaient rien. C'était juste avant l'aube, avant la première lueur de la septième aube, et il se leva pour entreprendre les préparatifs. Pas la peine de faire venir les chanteurs. A quoi bon? Et il savait ce qu'il y avait à faire. Il souleva la tête du vieil homme, lui mouilla les cheveux et lui fit une queue de cheval qu'il attacha avec un fil de laine. Il apprêta le corps selon la coutume, avec des couleurs vives et cérémonielles : sa chemise en velours lie-de-vin, un pantalon blanc, des mocassins bas, blanchis et assouplis avec du kaolin. Il alla au grenier chercher les sachets de pollen et de farine, les plumes sacrées et le vieux registre, puis, après avoir répandu de la farine aux quatre points cardinaux, il plaça le tout aux côtés de son grand-père, sans oublier les épis de maïs colorés. Il enveloppa le corps dans une couverture.

C'était encore la nuit noire qui précède l'aube ; il longea les enclos et traversa les vergers de la Mission. Le générateur tournait et les lumières s'allumèrent l'une après l'autre, à l'étage, dans la cage d'escalier, l'entrée, puis le père Olguin ouvrit brusquement la porte.

– Au nom de Dieu, que se passe-t-il ? demanda-t-il.

– Mon grand-père est mort, répondit Abel. Vous devez l'enterrer.

– Mort ? Oh... Oui, oui, bien sûr. Mais, *grand Dieu*, vous n'auriez pas pu attendre que...

– Mon grand-père est mort, répéta Abel d'une voix atone. Il n'y eut pas d'émotion. Il n'y eut rien.

– Oui, oui, j'ai entendu, fit le prêtre tout en frottant son œil valide. Mais Seigneur, quelle heure est-il, au fait ? *Vous avez une idée de l'heure ?* Je peux comprendre ce que vous ressentez, mais...

Mais Abel était parti. Le père Olguin frissonna et scruta les ténèbres. « Je peux comprendre, fit-il. Je comprends, m'entends-tu ? » Et il se mit à crier : « Je comprends ! *Oh mon Dieu ! Je comprends – je comprends !* »

Abel ne revint pas dans la maison de son grand-père. Il marcha d'un bon pas vers le sud en longeant le village. Une fois parvenu à la dernière maison, il s'arrêta afin d'ôter sa chemise. Son corps était engourdi et endolori par le froid. Il s'accroupit devant l'ouverture d'un four, passa ses mains sur la croûte gelée et frictionna ses bras et son torse avec les cendres. Il se releva dans l'obscurité et s'empressa de reprendre la route des chariots vers le sud. Seul le martèlement régulier de ses pas hâtifs résonnait sur la croûte de neige durcie. Il continua sa route.

A l'horizon apparut une lueur si pâle qu'on aurait pu croire à une feinte des ténèbres, comme si la nuit s'était longuement étirée avant de se lever pour prendre congé, puis une lumière fuligineuse et plombée s'éleva sur la neige, les dunes et les sapins noirs. Au-dessus des hauteurs sombres, l'Orient fut illuminé par une clarté douce, laiteuse et parcourue de stries grisâtres. Il touchait presque à son but et il vit les coureurs debout dans le lointain.

Il se mêla à eux, et tous se serrèrent les uns contre les autres dans le froid, tandis que la lueur pâle annonçant l'aube apparaissait dans la vallée. Un nuage solitaire surplombait le monde, lourd et immobile. Sa masse s'étendait sur la mesa noire, elle ternissait son liséré et débordait sur le versant abrité de la colline. Seul le col de la montagne émergeait de la nuée : ce n'était que l'étang limpide de l'éternité. Ils ne le quittaient pas des yeux, ils attendaient, et le vide du ciel commença imperceptiblement à s'approfondir et à se métamorphoser : il revêtit successivement la teinte d'une pierre ponce, d'une perle, d'une nacre, puis celle pâle et brillante de l'orange et du rose. Le limbe suspendu s'embrasa, la lumière froide et subite de l'aube frappa l'arc, et les coureurs s'élancèrent.

Le bruit feutré de leur départ précipité le fit sursauter, et il se mit à courir à leur poursuite. Il courut, le corps déchiré de souffrance, et il continua à courir. Il courut sans raison, simplement pour courir, tandis que l'aube découvrait le paysage. Le soleil apparut sur le col, il répandit ses éclats sur la route, traversa la vallée enneigée et atteignit les collines. La fraîcheur de la nuit s'estompa. Il se mit à pleuvoir. Au loin, il aperçut les silhouettes noires et élancées des coureurs qui semblaient glisser sans bruit à travers la lumière oblique et la pluie. Une sueur froide couvrit son corps. Il courut, sa respiration se précipita, sa poitrine se souleva, oppressée par la souffrance de la course. Ses jambes le trahirent et il s'affala dans la neige. La pluie tombait autour de lui et il vit ses mains brisées, zébrées par la pluie qui souillait la neige. Il se releva et reprit sa course. Il était seul et il courait. Tout son être était tendu vers une seule chose, un seul but : courir. Il dépassa la souffrance. L'épuisement s'empara de son esprit, et enfin il put voir sans avoir à penser. Il put voir le canyon, les montagnes et le ciel. Il put voir la pluie, la rivière et les champs au-delà. Il put voir les collines sombres à l'aube. Tout en courant, il commença à chanter en sourdine. Nul son ne se faisait entendre et lui-même n'avait pas de voix. Il n'avait que les paroles d'une chanson. Et il continua de courir, porté par la chanson. *Maison faite de pollen, maison faite d'aube. Qtsedaba.*

Cet ouvrage a été réalisé par la
SOCIÉTÉ NOUVELLE FIRMIN-DIDOT
Mesnil-sur-l'Estrée
pour le compte des Éditions du Rocher
en mars 1994

Éditions du Rocher
28, rue Comte-Félix-Gastaldi
Monaco

Imprimé en France
Dépôt légal : avril 1993
CNE section commerce et industrie
Monaco 19023 - N° d'impression : 26696